Le bonheur n'est pas interdit

Du même auteur

Le Masque et les Plumes, Carrère-Lafon, 1986.

Au bonheur des âmes, Stock, 1995 ; Denoël, 1997.

Isatis, Denoël, 1997.

Carnet de notes, Le Cherche Midi, 2001.

Destins croisés, Mango sport, 2004.

Vitriol Menthe, Oh ! Éditions, 2005 ; Pocket, 2006.

Putain d'audience : la réalité de ma télé, Florent Massot, 2006 ; Le Livre de Poche, 2007.

Le Plus Grand Cabaret du monde, Flammarion, 2008.

Tu m'appelles en arrivant ?, Florent Massot, 2009 ; Pocket, 2010.

Une révolte, pas une révolution, Florent Massot, 2010.

Nos plus belles années, Michel Lafon, 2010.

Dehors il fait beau... hélas !, Oh ! Éditions, 2011 ; Pocket, 2012.

Les joyeux guérissent toujours, Oh ! Éditions, 2012 ; Pocket, 2013.

Comme un poisson dans l'herbe, XO Éditions, 2013.

Inéluctable, XO Éditions, 2013.

Même que ça s'peut pas, XO Éditions, 2014.

Le Vrai Goût des tomates mûres, XO Éditions, 2016.

Sous le pseudonyme de Joseph Lubsky :

La Cellule de Zarkane, Florent Massot, 2007 ; Le Livre de Poche, 2009.

Patrick Sébastien

Le bonheur n'est pas interdit

XO ÉDITIONS

ISBN : 978-2-37448-025-1

À Maria.

« Ce qu'on est contribue plus à notre bonheur que ce qu'on a. » (Arthur Schopenhauer)

L'homme, dubitatif, fronce les sourcils et retourne le livre qu'il tient entre les mains pour en vérifier la couverture. Mais oui, c'est bien ça. L'auteur s'appelle Patrick Sébastien. Tu sais, celui qui fait tourner les serviettes !

— Bah, soupire-t-il pour lui-même, il doit croire que Schopenhauer est un pilote de formule 1 !

C'est la moindre des mille flèches qui ont tenté de me transpercer en soixante-quatre ans d'existence : le mépris. On peut y ajouter les trahisons, les ingratitudes, les abandons, les vols, les humiliations, les ragots, les calomnies, les deuils, les accidents, les maladies, les malveillances, les coups et toutes autres sortes de violences. Toutes les perversités du sort qui écornent chacun de nous. Augmentées, pour mon cas, de tout ce que la célébrité exacerbe. Et pourtant, à force de sagesse, j'ai réussi à préserver une multitude de bonheurs quotidiens. Et même un optimisme presque sans faille qui me fait déclamer à qui veut l'entendre :

« Je n'ai jamais été aussi heureux que demain. »

Le bonheur est un pont entre deux souffrances. De la passerelle au viaduc. Je vais tenter de t'aider à dessiner et construire ces arches de secours qui aident à traverser le fleuve tumultueux de nos vies boueuses sans s'y noyer. La métaphore est ampoulée, je sais. Mais j'en vois tant se débattre, suffoquer et couler. Emportés par le torrent des cancers nouveaux : la dépression, le manque de confiance, la rancœur, l'incommunicabilité, la solitude et la morosité chronique.

Alors, je te propose un petit voyage au pays du sourire et du bien-être. À partir de mes propres interrogations, de mes failles et de mes blessures, je vais tenter de t'aider à résorber les tiennes. De la même manière que je suis arrivé, à force d'application, à cautériser chacune de mes plaies intimes. Si tu es un fidèle, tu retrouveras bien sûr, dans ce livre, quelques confidences que tu connais déjà. Mais sous un éclairage neuf. Un soleil qui m'éclaire depuis peu.

Dans ces rayons luisent pêle-mêle Maman, Dieu, des rencontres révélatrices, et surtout l'inaltérable force du vécu. À soixante-quatre ans, je suis plus près de la sortie du bal que de l'orchestre. Mais j'ai tellement dansé, ri, chanté. J'ai tant usé mon vieux cuir à coups de poing et à coups de cœur. J'ai tant pleuré, tant péri. Et tant ressuscité.

Alors, écoute la parole d'un sage encore turbulent. Un vieil artiste sans grande importance, au nez de clown et au cœur écarlates. Un ringard agaçant pour certains. Un ami de la famille pour d'autres. Surtout, un homme-enfant qui n'a jamais lâché la main du gamin qu'il était. Un survivant. Tatoué jusqu'à son dernier souffle de la valeur humaniste la plus précieuse à ses yeux. Hélas, la plus galvaudée en ces temps égoïstes : la bienveillance.

Écoute… Et peut-être apercevras-tu un coin de ciel bleu dans la grisaille.

Écoute… Et même si tu ne t'entends pas vraiment avec les autres, tu vivras mieux avec toi-même.

Écoute… Et apprends à construire des ponts.

Écoute…

Le bonheur est un cri muet que l'on pousse à l'intérieur. Une révolte intime. On ne le subit pas. On le fomente. On le forge. On le sculpte. On le décide.

Le bonheur ne dépend que de nous-mêmes.

Le bonheur est gratuit.

À la portée de toutes les âmes.

Le bonheur n'est pas interdit.

LES PASSERELLES

Décembre 1958.

Maman pousse la porte d'entrée de la petite maison de Juillac, les traits tirés. Elle vient de faire dix kilomètres à vélo pour rentrer du travail. Dix kilomètres de pente, dans la pluie et le froid. Après dix heures de peine à porter des centaines de kilos de caisses de fruits. Pour un salaire de la valeur de quelques pommes. Dix heures à perdre sa vie pour la gagner. Et surtout pour gagner la mienne.

Elle est fille-mère, Maman. Mais pas dans cet ordre-là. Mère d'abord. Et fille s'il reste du temps pour ça. Elle a vingt-huit ans. C'est-à-dire ses vingt-trois à elle plus mes cinq à moi. Nous ne faisons qu'un. C'est ma première chance. Mon premier bonheur. Il paraît que les premières années sont déterminantes pour un enfant. Voire les premières heures. Ça tombe bien. J'ai eu un placenta de rêve. Maman a sans doute commencé à m'aimer longtemps avant de me concevoir.

Je suis nu, debout sur la table de la cuisine, les pieds dans une bassine d'eau tiède. Ma grand-mère me frotte avec un gant de toilette. Je frissonne. Il fait tout juste moins froid que dehors. Il me tarde de sauter dans mes nippes, répandues en vrac par terre.

– C'est quoi ce coquard et cette plaie au genou ? demande Maman.

– Il est tombé dans l'escalier, ment ma grand-mère.

– Dès qu'il sera sec, je lui mettrai du Mercurochrome.

Elle préfère ne pas lui dire que je dois cette paupière violacée et ce genou écorché à un garnement de huit ans qui m'a fait payer ma bâtardise. L'absence de valeur n'attend pas le nombre des années. Alors, elle ment avec les mots, mais pas avec les yeux. Maman l'a compris à son premier regard. Triste et fataliste. C'est la faute à personne. C'est comme ça. C'est les gens.

Alors Maman, pour me réchauffer le corps et le cœur, vient me frictionner avec une serviette rêche. Ma passerelle du jour. Un moment volé de bonheur doux. Si doux. Les mains des mamans assouplissent même le linge rugueux.

Juillet 2002.

Le grand salon du restaurant de l'Hôtel de Paris, à Monaco, déborde d'ors et de lumières. Je suis invité à l'anniversaire d'Yves Piaget. Une nouvelle véritable amitié plaquée or qui n'a rien à envier à mes convivialités populaires de comptoir. Je chante pour une assemblée prestigieuse en tenue de soirée. Du haut de mon estrade, je vois Maman, là-bas à la table d'honneur. Elle est assise entre le prince Rainier et James Bond. Roger Moore, celui des années 1970. Un peu plus loin, Shirley Bassey, et puis des ministres, des banquiers, des héritières.

Et ils font tourner les serviettes ! Elles tournent vraiment ! Là, dans le décorum luxueux, en plein cœur de la préciosité de Monte-Carlo. Aussi vite que dans les gradins des arènes de Palavas-les-Flots, un 15 août, en plein cœur de la trivialité vacancière. Fiesta ajoutée à Palavas, principes ôtés de Monaco !

Un ballet de tissus multicolores au-dessus de leurs têtes, sur les accords de ma chanson facile. Pour tous ces représentants de la belle société, une entorse légère à leur raideur d'apparat. Pour moi, un moment de jubilation intense. En surface. Et en profondeur, encore un moment volé de bonheur doux. Une passerelle.

Du dénuement à l'opulence. Des sueurs rances aux parfums raffinés. De l'espoir à l'accomplissement. De « Pourquoi pas, un jour ? » à « Ça y est, j'y suis ! » De Juillac à Monaco. D'une serviette à l'autre.

Quand je suis sorti de scène, René Coll, mon chef d'orchestre qui savait tout de moi, m'a glissé à l'oreille :

— Elle est pas belle, la vengeance ?

— Non, René. Pas une vengeance. Une revanche, ça n'a rien à voir.

À l'instant où j'écris ces lignes, la voix de Maman vient se glisser à mon oreille. Si tu es un fidèle, tu sais qu'elle m'accompagne à chaque livre depuis qu'elle est partie, il y a dix ans. Elle me suivra aussi dans celui-là. Posée sur mon épaule, en sentinelle, comme elle l'est à chaque instant de ma vie.

Cette voix n'est audible que par moi. Mais là, en plus, à travers mes lignes, elle peut te parler à toi qui me lis. Un peu de sa revanche à elle. Celle de la « mère fille » qui devait taire sa colère, son indignation et ses cris à chaque jugement acéré, à chaque humiliation.

— N'exagère pas, murmure-t-elle. Il y a aussi eu des gens bienveillants. Quant aux autres, tu te souviens de ce que j'ai toujours dit ?

— Bien sûr que je me souviens ! Ne te venge jamais. Mais prends ta revanche. La vengeance, c'est faire du mal à celui qui t'a fait du mal. C'est inutile. La revanche, c'est se servir du mal qu'on t'a fait pour te faire du bien. Et c'est bien mieux !

Ce soir de bonheur doux, à Monaco, pas un soupçon de vengeance. Je n'ai pas pensé une seule seconde à celui qui n'avait pas voulu me reconnaître. Pas plus que ne m'est venu à l'esprit le sourire crétin et cruel de tous les garnements de huit ans qui me tabassaient, au seul prétexte que je n'avais pas de père pour me défendre.

À aucun moment, je ne me suis dit pour mon géniteur et les crétins réunis :

— Bien fait pour vos gueules ! Vous avez vu où il est arrivé, le petit bâtard ?

Non. J'ai juste savouré la revanche. Sans gros mot. Sans insulte. Sans rancœur. Au contraire, presque avec reconnaissance. Parce que c'était précisément cet abandon et ces humiliations qui m'avaient fait artiste. Artiste clown pour mettre à toutes mes souffrances un nez rouge. Le plus lumineux des mercurochromes !

Je vais beaucoup te parler de revanche dans ce premier chapitre. Le retour de bâton. Pas celui qui frappe. Celui sur lequel on s'appuie pour avancer. Essentiel au bonheur. La deuxième manche après la première perdue. La vengeance, par définition, c'est un arrêt pour regarder en arrière. La revanche, c'est : « En marche ! » comme dirait l'autre. La comparaison s'arrête là. La politique ne s'embarrasse pas du bonheur. En tout cas pas du nôtre. Mais, on y reviendra.

Nous avons tous une revanche à prendre. Familiale souvent. Sur une enfance malheureuse, écornée seulement, ou brisée. Sur des recompositions obligatoires. Un plus un égale quatre, cinq, six. Sur des solitudes, des punitions injustifiées, des moqueries. Logique. Plus inattendu, sur une enfance trop choyée.

J'en ai croisé une comme ça, un soir, en discothèque. Toute menue. Encore enfant. Déchiquetée. L'alcool et la came l'avaient vautrée dans un coin. Par terre. Paillasson. En pleurs. Je me suis penché :

– Pourquoi tu te mets dans des états pareils ?

Elle a balbutié :

– À cause de ce putain d'amour !... À cause de mes parents.

– Ils ne t'aiment pas assez ?

– Au contraire. Trop. Ils m'ont gavée de câlins, ces cons. Mon trésor ! Mon bijou ! J'en peux plus. Je veux plus être le trésor de personne. Je veux souffrir toute seule !

Premier conseil : « Attention ! Trop de bonheur peut tuer le bonheur. »

Ce n'est pas seulement une formule de style. Le Château d'Yquem est le plus grand vin du monde. Pour un jouisseur, en boire un verre est un instant suspendu. La dégustation de ce que Frédéric Dard appelait « de la lumière bue » est un instant de jouissance absolue. De plénitude. Imagine-le en ration quotidienne. Tu y perdrais le miracle. L'exception. Le bonheur, donc.

– Aucune chance que ça m'arrive, je n'ai pas les moyens, râle l'acrimonieux.

C'était une image. Mais, soit ! Je vais prendre un autre exemple à la portée de ta bourse : la télévision. Je viens d'une époque où il n'y avait qu'une chaîne. Puis trois seulement. Le film ou l'émission du soir était la récompense de nos journées de travail. L'évasion à travers une fenêtre fermée. Notre bonheur du jour. Aujourd'hui, la modernité nous offre des dizaines de canaux, voire plus de cent pour certains.

Et pourtant, tu la connais comme moi, la phrase qu'on a tous lancée au moins une fois avec une moue de dépit :

— Y a rien à la télé !

Il n'y a rien ?

Au jour où j'écris, ce soir, il y a quatorze films, douze magazines, dix séries. Des reportages, des débats, des divertissements. Et même une enquête sur le bonheur. J'espère qu'on y parlera de sa jouissance à outrance qui en déprécie la valeur.

J'en reviens à la revanche. Une autre. La génétique. Le bâton tordu. La canne sur laquelle s'appuient ceux qui sont nés sous la mauvaise étoile. Ceux que le sort a faits disgracieux. Trop moches, trop petits, trop grands, trop lourds, handicapés. Les mal dotés. Les mal notés. Mais les mieux armés, s'ils ont cette revanche chevillée au corps. Même si ce corps est différent, amputé, torsadé, ou juste laid. Les cancres à la distribution de début de vie. Ceux qui sont partis avec un deux sur vingt mais qui finiront avec le tableau d'honneur.

Gainsbourg a séduit les plus belles. Revanche. Philippe Croizon a traversé la manche à la nage sans bras et sans jambes. Revanche. Et puis, Toulouse-Lautrec. Revanche. Mimie Mathy. Revanche. Et tant d'autres.

Des recalés qui se sont recollés. Seuls. Au mental. À l'envie.

Ils ont subi des regards de travers, des mots cruels, des fuites. Ils ont pleuré souvent. Peut-être même ont-ils voulu mourir. Et puis ils ont compris qu'on peut tirer le meilleur du pire. Comme pour le Château d'Yquem que j'évoquais plus haut. Le roi des nectars est fabriqué à partir de grappes pourries. Ce qu'on appelle la moisissure noble. L'image est en accord. Ceux dont je parle ont certainement puisé le plus important de leur force dans des sarcasmes, des mises à l'écart. Par bonheur pour eux.

D'autres se sont abîmés dans la rancune. J'en connais. Tu en connais aussi. Destructeurs, méchants. Ils justifient leur aigreur agressive par la mauvaise donne des cartes au départ. Ça peut se comprendre. Je suis mal placé pour juger. D'ailleurs, je ne juge pas. Je conseille seulement.

Écoute Bruel, spécialiste ès poker. Pour une fois qu'il ne va pas se casser la voix ! Il dit, calme et sûr de lui :

— Tu ne gagnes pas avec les cartes qu'on te distribue, mais avec ce que tu en fais !

Il a raison. Apprends à essayer de tirer le meilleur du pire. Sans colère contre la mauvaise répartition de départ. Et surtout sans jalousie ravageuse contre ceux qui ont eu une meilleure donne que toi.

Un dernier mot sur la revanche des déshérités par le sort. Celle-là ne demande aucun travail sur soi. Elle est innée.

Je veux parler de celle de certains déficients mentaux. Leur légèreté d'esprit leur donne une distance naturelle sur les tourments de l'existence. En terme de bonheur, c'est le must. La panacée.

Ils sourient d'un rien. Ils parlent aux arbres. Et je suis certain que les arbres leur répondent. Ils courent derrière les papillons. Pas pour les attraper. Pour voler avec eux. Chez nous, on les appelait les idiots du village. On leur donnait aussi un autre nom : les bienheureux. Tout est dit. La majorité de l'humanité se triture le cerveau pour trouver les clés du bonheur. La déficience du leur les leur a apportées sur un plateau.

— C'est quand même bien foutu la vie ! me lance mon voisin de comptoir en commandant son pastis.

— C'est le sixième. Tu ne devrais pas boire autant.

— T'as raison… je devrais boire plus. Moi aussi, c'est ma revanche.

— Sur quoi ?

— Je sais pas encore. Je te dirais ça après le septième !

Au-delà de l'éloge de la revanche, ce que je veux surtout, dans ce premier chapitre, c'est tenter de te dissuader de la vengeance. Sous toutes ses formes. Qu'elle soit violente ou sournoise. Immédiate ou mûrie. Pour moi, ce n'est pas un plat qui se mange froid. Ni chaud. Parce qu'elle est indigeste. En plus d'être stérile et nocive.

Juste un exemple personnel. Une trahison ordinaire, comme tu en as certainement été victime au moins une fois dans ta vie. Quand tu donnes ton amitié à quelqu'un qui la bafoue, qui la salit.

C'est un artiste, dont je tairai le nom, que j'appréciais beaucoup pour ses qualités humaines. Un vrai gentil, comme on dit. Hélas, fou amoureux d'une manipulatrice, son comportement a changé soudain du tout au tout. Imbuvable et hautain, il a massacré notre amitié. Il est devenu un autre.

Il est allé même jusqu'à exiger, pour une participation à une aventure artistique entre amis, une somme d'argent conséquente injustifiée. Les amis en question s'insurgèrent :

— Tu ne vas quand même pas lui donner cet argent ?

— Si… Je le passerai par pertes et profits. Perte de notre amitié, et son profit à lui. Grand bien lui fasse !

Quelques mois plus tard, il a repris contact avec moi. En larmes. La belle intrigante l'avait lâché et il était revenu sur terre. Conscient d'avoir fracassé beaucoup de choses. Et pas seulement avec ses proches. Dans tout son métier. Il m'a demandé de l'aide. Un des amis m'a dit :

— Ah, non ! Il s'est conduit comme un enfoiré. C'est bien fait pour sa gueule ! J'espère que tu vas en profiter pour finir de lui mettre la tête sous l'eau. Il ne mérite que ça.

— Non, au contraire.

Je l'ai aidé. Je l'aide encore chaque fois que je le peux. Quand il a voulu me rendre l'argent, j'ai refusé. Mon bonheur doux, ma passerelle, c'est notre amitié retrouvée, sa reconnaissance. C'est une revanche. La vengeance aurait fait de nous deux êtres tristes. Nous rions à nouveau ensemble.

C'était une revanche facile. L'homme est un vrai gentil. Il avait juste fait un écart de conduite. Une embardée. On pardonne plus facilement la sortie de route à un inattentif occasionnel qu'à un chauffard ivre.

Pour les trahisons plus sévères, perpétrées par de vrais pervers, si tu n'as pas la force du pardon, je te conseille l'effacement. La fuite, l'indifférence. Plus tu vas mûrir une vengeance, plus elle te brûlera, toi, sans l'atteindre, lui. C'est le comble de la stupidité : rajouter du mal à celui qu'on t'a déjà fait.

Laisse tomber ! Fuis ! Mets de la distance !

Juste un petit subterfuge de visualisation. Ce que j'appelle une « autoprojection ». Il y en aura beaucoup d'autres tout au long de ce livre. Ferme les yeux. Imagine cette personne qui t'a trahi sur un radeau de fortune. Il est en pleine mer, et ce radeau s'éloigne, s'éloigne, s'éloigne. Remets-le sur ce bateau chaque fois que son image vient te heurter. Et repousse-le le plus loin possible. Toujours plus loin. Je te promets que si tu te concentres, ça marche.

Il finira par n'être plus qu'un point. Un point sur le « i » du verbe « oublier ».

— Ouh là là, c'est quoi ce livre ? hurle l'hyper-sceptique. Il faut laisser les traîtres nous faire du mal sans réagir. On nous conseille même de faire du bien à celui qui nous fait du mal. En prime, il faut s'imaginer un bateau qui dérive. Et, à la fin, cette métaphore de Rostand de bazar ! Il faut que l'auteur arrête les produits hallucinogènes !

— Désolé de te décevoir, mais je n'en prends pas.

Et pas non plus d'alcool ni de tranquillisants. Je n'ai pas de psy, aucun problème de santé, et je dors parfaitement bien. Qui plus est, malgré les mille blessures qui ont écorché ma peau et mon âme, à l'heure où j'écris je me sens absolument serein et équilibré. Mes analyses de sang sont parfaites. Mes analyses de cœur aussi. Je ne te parle pas d'électrocardiogramme. Je te parle d'amour et d'amitié. Ça va ! Pas une extrasystole !

Et je suis intimement persuadé que mes passerelles y sont pour l'essentiel. Alors, je sais, tout ce que je viens de te conseiller n'est pas évident à appliquer. Mais je te le dis et le répéterai jusqu'au bout de ce livre : le bonheur est une bataille. Et tu as les armes pour la gagner. Il suffit juste d'accepter de les sortir de leurs fourreaux et de leurs étuis.

Au-delà d'être stérile, la vengeance est avilissante. Elle rabaisse l'espèce humaine au-dessous de l'espèce animale. Les animaux en attaquent d'autres pour se défendre, pour se protéger, pour se nourrir. Mais, à part de très très rares exceptions, les animaux ne se vengent pas. Les chimpanzés font partie de ces exceptions. Peut-être parce que ce sont les plus proches de l'homme. Même le serpent ne se venge pas. Alors, ne sois pas plus venimeux que lui !

Toutes mes passerelles sont faites en bois de revanche. Jamais de vengeance.

La plus belle, c'est sans doute quand j'ai adopté Lily, ma fille, à Tahiti. Ma femme, Nana, et moi sommes allés la chercher à quinze mille kilomètres de notre maison. Alors que mon géniteur, dans mon village, n'a pas daigné venir me chercher, moi, à quinze mille centimètres de la sienne. (Cent cinquante mètres pour ceux qui ne sauraient pas faire la conversion.)

Et de plus, elle n'est pas de mon sperme. Ça veut dire que je n'ai pas eu un plaisir en échange… Moi ! Dis, papa, elle est pas belle ma revanche ?

Il y en a eu tant d'autres.

Les concerts *sold out*, les disques d'or, les audiences. *Le Grand Bluff*, record absolu à la télévision. Parfaitement raccord avec le conseil estampillé poker de Bruel. Dix-sept millions et demi de téléspectateurs. La revanche de foule pour le petit garçon seul. Et le nom qui claque sur les affiches en pied de nez rouge à celui qui n'a pas voulu me donner le sien. Je le tiens par la main, ce petit garçon, chaque fois que le trac m'envahit au moment d'affronter des milliers de spectateurs sur une place, dans une arène. Il me dit :

– Vas-y ! Tu te rends compte, la chance que tu as ! Entends ! Ils scandent ton nom. Ils t'aiment vraiment, eux.

La revanche en *live*. Littéralement de l'anglais au français. C'est là que je me sens le plus vivant.

Il y a aussi, dans mes revanches préférées, le cœur et la peau des femmes. Caressées en grand nombre, de la plus ordinaire à la plus belle. Une envie inépuisable de conjuguer au passé, au présent et, hélas ! quelquefois à l'imparfait, tous les prénoms féminins. La soif de Laure ! De Karine, de Géraldine, de Juliette. (Ne t'inquiète pas, Nana, ce ne sont pas des vraies, c'est pour illustrer.)

Ce besoin de conquêtes, c'est la revanche de l'ado acnéique complexé par son nez et ses oreilles. Sa gueule de pas bien beau. Alors, la quête insatiable. La course à l'édredon. Bien sûr, je ne suis pas candide, la célébrité a démultiplié le flux. La sincérité est très souvent tombée à l'eau. Mais quelles belles passerelles ! Sans forfanterie. Parce que je n'y suis pas pour grand-chose. C'est toujours elles qui choisissent. L'heure où elles arrivent et la seconde où elles partent.

Une autre des revanches essentielles à mon bonheur, ce sont les rencontres avec les stars, les vraies, les légendes. La revanche de l'ado rêveur aux posters épinglés dans sa chambre. Coincé dans la maison les après-midi d'été pendant que les copains barbotaient à la piscine municipale. Pour cause de garde de mon frère et de ma sœur.

Maman travaillait beaucoup. Alors, je faisais le ménage, la lessive, je passais la paille de fer, je cirais le parquet en les écoutant au transistor, mes idoles. Petit homme au foyer, je feuilletais les magazines. Midinette. Et puis midi moins net. Treize heures. Quatorze. Dieu que les journées étaient longues !

Et quand Maman rentrait :

— T'as vu, Johnny va se marier avec Sylvie, Brassens et Aznavour sortent un nouveau trente-trois tours. Adamo, mon idole, est en couverture de *Salut les copains*. Nougaro passe à l'Olympia. Ils ont interdit la chanson de Gainsbourg *Je t'aime, moi non plus*. Ventura et Delon sont en tournage. Je pourrais aller voir *La Grande Vadrouille* au cinéma, samedi ?

Et aujourd'hui…

Je connais Johnny et Sylvie, bien sûr. Mais surtout, Johnny et Sylvie me connaissent. De Funès est venu m'applaudir un soir à l'Olympia. J'ai pris des cuites avec Gainsbourg et avec Nougaro. J'ai chanté avec Brassens et avec Aznavour. J'ai le costume blanc de Dassin dans un placard. Lino m'a fait des pâtes, chez lui, un soir de fraternité. Salvatore m'appelle de temps en temps la nuit. En ami. Comme ça. Pour savoir si je vais bien. Je vais bien.

Chaque fois, en raccrochant mon téléphone, je vois défiler sur l'écran tactile les numéros privés des « intouchables ». Les stars du show-biz, du cinéma, de la politique. Moi, la « midinette » de Brive aux après-midi solitaires. À l'affût de la moindre décalcomanie à l'effigie d'une idole. Moi, le peintre en bâtiment d'occasion. Quand il fallait gratter, poncer, enduire, dix heures par jour pour quelques centaines de francs. Pas pour repeindre ma vie en plus riche. Non, juste pour la gagner.

Le transistor était posé sur un coin de l'échafaudage pour m'aider à trouver les journées moins longues. Les chansons, les sketchs, les interviews de stars découpaient mon ennui en tranches plus fines. Le patron de l'entreprise de ravalement s'appelait Delon. Michel, je crois. Et aujourd'hui…

— Allo, Patrick, c'est Delon. Je voudrais te remercier pour l'accueil que tu as fait à ma fille, Anouchka, dans *Le Plus Grand Cabaret du monde.*

— C'est normal, elle est adorable et elle a du talent.

— Je voulais te féliciter aussi pour ton audience record.

— Ça me fait plaisir. Mes patrons ont oublié de le faire. Tu sais, ils ne m'aiment pas beaucoup.

— C'est pas grave, ça. C'est le public qui compte. Et puis de toute façon, on s'en fout. Tous les deux, on est des stars !

T'as entendu ça, Maman ? Le bel Alain, la légende vivante qui nous met à égalité de gloire. C'est faux, bien sûr. Lui est une star. Une vraie. Moi, je suis bien loin de ce statut d'icône. Mais ça fait du bien de l'entendre. Bienvenue sur l'Olympe, Patrick !

— Oh, oh ! rugit Maman. On se calme !

— Je plaisante.

— Je sais. Mais je préfère être vigilante. L'humilité aussi est une constante du bonheur. Dans la peau d'un être humain, il n'y a pas assez de place pour celui qu'on est et celui qu'on croit être.

— C'est-à-dire ?

— C'est-à-dire que si tu fais cohabiter ce que tu es avec la trop haute idée que tu t'en fais, la prétendue star aura du dédain pour l'autre, et tu ne t'entendras plus avec toi.

— C'est si grave que ça ?

— C'est essentiel. Si tu ne t'entends plus avec un ami, tu peux mettre de la distance. Ne plus le revoir. Mais si tu ne t'entends plus avec toi, tu ne peux pas sortir de ton corps. Et c'est là que les vrais ennuis commencent.

Elle a raison, Maman. Elle a un peu changé de sujet, mais elle a raison. Pour être bien dans sa peau, il ne faut pas qu'on soit trop nombreux à l'intérieur. Dans un autre chapitre, je te parlerai du temps où j'étais accro à l'alcool.

À cette époque, je n'y étais vraiment pas bien, dans ma peau. Y avait un monde là-dedans ! L'artiste, l'alcoolique, l'amoureux, le mari, l'amant, le timide, le bagarreur. J'ai failli tous les noyer. Et moi avec, bien sûr. J'ai sorti la bouée au dernier moment. Juste avant de couler. Mais on en reparlera.

Allez, je reviens à la belle revanche. Pour t'expliquer encore une fois comment tenter de tirer le meilleur du pire.

Ma solitude de gosse, j'aurais pu en faire une aigreur. En vouloir à vie à tous ceux qui me moquaient, me fuyaient, me niaient. Je l'ai transformée en amour et en générosité.

Je me suis dit :

— Tu vas aller vers eux. Les faire rire, les faire chanter. Leur offrir leur bonheur doux, leur passerelle. C'est comme ça que tu construiras tes passerelles à toi.

Donne et il te sera rendu ! Pas toujours, bien sûr. Mais il faut aller vers les autres pour avoir une chance qu'ils viennent à toi. Tu n'attraperas pas de poisson si tu ne jettes aucune ligne à l'eau.

— Oui, mais quand je tends la main, il y en a qui crachent dedans !

— Et alors ? Crache dans l'autre, et frotte-les ensemble comme les manuels qui veulent se donner du courage avant de se mettre à l'ouvrage. N'oublie pas : c'est un travail, le bonheur. Un travail !

Au fil de mes concerts, je donne sur toutes les scènes de France. Et de la plus petite à la plus grande, je donne de la même façon. Je donne encore et encore. Et ils chantent, et ils rient. Alors, en sortant, je me dis toujours qu'au fond de la salle il y a peut-être un petit enfant seul à qui j'ai apporté son bonheur doux, sa passerelle entre deux souffrances.

Et ça étaye ma passerelle à moi.

Il y a quelques mois, un garçon est venu dans ma loge et il a posé son pantalon. Non, ce n'est pas ce que tu supposes ! Il voulait me montrer ses cuisses. Sur la gauche, il avait fait tatouer mon visage ! En gros. Tu te rends compte ? Le visage complexé de l'ado acnéique sculpté à vie sur la peau d'un fan ! Mais pas fan énamouré ou dingue. Il m'a expliqué :

— Mon beau-frère s'est tué en voiture. Il a laissé deux gamins. La seule chose qui les met vraiment en joie, c'est tes chansons. Alors voilà ! Ce tatouage, c'est pas pour dire « bravo », c'est pour dire « merci ».

— C'est moi qui te remercie.

Je n'en demandais pas tant.

L'ado complexé a travaillé sur lui. J'étais timide. Très timide. Mais oui ! Maman me répétait sans cesse que le bonheur était une bataille, alors je me suis battu. Pour séduire les filles, j'ai substitué à mon peu d'attrait physique la générosité, la bonne humeur et l'attention.

La beauté est un aimant. J'ai analysé le mot et je l'ai débarrassé de son sens ferromagnétique. J'ai été aimant, les yeux luisant de passion et la caresse douce. J'aurais pu leur en vouloir. Les haïr de m'avoir regardé de haut. Les traiter de salopes ou de putains, comme le font tant ceux à qui elles se refusent. Je leur ai inventé des étoiles. En alchimiste de l'amour appliqué, j'ai transformé le fiel en ciel.

Pour résumer, je me suis battu en permanence contre moi-même pour ne jamais glisser dans l'aigreur. Tant mieux pour moi. Et pour ma santé. Je suis persuadé que je dois beaucoup ma vitalité pratiquement inaltérable à cette obstination à positiver toute chose. À fuir le plus possible le ressentiment pour laisser place à la bienveillance. L'âme noire déteint sur le corps. Elle encrasse la machine.

« Fumer tue ! Fulminer bien plus ! »

Et tiens, puisqu'on parle de maladie, c'est l'occasion de m'arrêter sur les métastases d'un cancer moderne qui ronge la société : les vengeurs dans l'ombre. Les « radegs » comme les appellent mes amis. Le diminutif de « rats d'égouts ». Je veux parler de cette sous-espèce humaine qui pollue le Net par ses jugements grossiers, insultants, gratuits, homophobes, sexistes, racistes. En tout anonymat et en toute impunité.

En 1972, à Brive, un « corbeau » inondait le quartier du bar que tenait Maman de courriers assassins. Dans ces lettres anonymes, il nous accusait de tous les maux, de tous les vices. Il menaçait le bar d'incendie et Maman de lui faire la peau si on ne fermait pas ce lieu de débauche.

On n'a pas mis très longtemps à le débusquer, ce « corbeau ». À « la » débusquer plutôt. La femme d'à côté. Une petite chose, pas très jolie. Maigre et noueuse. En attente de prince charmant. Pour ça, elle s'inondait d'un parfum entêtant au chèvrefeuille. Sans succès, bien sûr. Sans surprise. Parce que même avec des ambres délicats, je ne connais pas une seule fragrance qui enjolive un cœur sec.

Elle était jalouse de nos belles en terrasse les soirs d'été. Jalouse de nos éclats de rire. Jalouse de tout. Elle en crevait dans l'ombre, de nos bonheurs ensoleillés. Elle haïssait nos musiques de fête qui arrivaient à s'immiscer dans sa cage malgré les persiennes calfeutrées. Comme sa vie.

Quand on l'a prise sur le fait, elle s'est mise à gémir :

— Je suis tellement malheureuse.

— C'est une raison pour faire du mal aux autres ? a hurlé Maman.

Elle a armé la main pour la gifler, et puis elle a arrêté son geste.

— Oh, puis non ! J'aurais peur de me salir. Demande pardon. Ça suffira.

— Pardon. Je le ferai plus !

Elle l'a refait. À d'autres. Jusqu'à ce qu'un moins bienveillant que nous l'expédie à l'hôpital avec deux côtes cassées. L'histoire est vraie. Au cours de son séjour, elle a sympathisé avec une infirmière pas très jolie non plus. Mais généreuse. Ça lui a déclenché la vocation. Elle est devenue aide-soignante.

Si je te dis qu'elle a trouvé le prince charmant, tu vas me soupçonner d'avoir inventé un conte de fées. Non. Quand même pas ! Il paraît juste qu'elle a eu une relation amoureuse avec l'infirmière. Tu sais, celle qui l'avait initiée à la générosité. En tout cas, c'est ce qu'en ont dit les quelques lettres anonymes qui ont circulé aussitôt sous les blouses dans les couloirs de l'hôpital.

Aujourd'hui, les « corbeaux » ont fait place au « radegs », donc. Les animaux de malheur sont passés du grand air au fond de cave. Et l'époque a transformé la dénonciation de quartier en délation de masse. Le rapport avec le sujet du livre ? C'est l'illustration la plus criante de ce que la vengeance peut créer comme mal-être.

Parce que ces muridés poisseux ne sont mus que par elle. Cette frustration d'être dans les sous-sols les fait vomir sur tout ce qui vit à la lumière. Ils sont porteurs de ragots, de rumeurs et d'insanités comme les rats, les vrais, étaient porteurs des bubons de la peste. Ils se vengent tantôt d'une disgrâce physique, tantôt d'une misère sexuelle, tantôt d'une paresse chronique.

Alors, ils abhorrent les beaux, les vigoureux, les vivants. Les autres, quoi ! Ceux qui se sont donné la peine de dévisser la plaque d'égout pour rejoindre la surface.

— Dévisse, mon gars, dévisse. Il y a du soleil là-haut ! Tu es lâche, méchant, pitoyable. Et surtout malheureux. Abominablement malheureux. Alors, dévisse ! Ta revanche à toi, c'est de te dire qu'il y a des beaux coups de soleil à prendre en pleine lumière. Je ne te hais pas, je te plains. Viens ! Le monde est rempli d'infirmières généreuses !

Comment faire ça d'une vie, quand il y a tant d'amour à partager ?

— Je t'arrête, me dit Maman.

— T'es pas d'accord ?

— Si, mais à ta place, je ne leur aurais même pas fait l'honneur de ces quelques lignes.

— Si tu es d'accord, tu m'arrêtes pourquoi alors ?

— Parce que tu viens de mettre sous le nez de tes lecteurs tes belles revanches. Les filles, le succès, Delon et tout ça. C'est un peu indécent.

— Ah, bon ? Je ne vois pas ce qu'il y a d'indécent. J'ai juste essayé de démontrer que les rancunes ne nous font pas avancer, mais qu'avec des motivations généreuses on peut gravir des sommets.

— J'avais compris. Mais tu dis quoi à ceux qui n'auront pas la chance de grimper aussi haut ? Ceux qui ne regardent les étoiles que de loin. Ceux qui galèrent, ceux qui meurent de solitude à petit feu, ceux qui sont malades, largués, dans l'impossibilité totale de sortir des bas-fonds.

Je leur dis qu'on a tous des passerelles possibles. Et ce à quelque barreau que l'on soit de l'échelle sociale. Je leur dis que le malheur se nourrit exclusivement de la douleur et de l'ennui. C'est pour cela que les pauvres qui se débattent et les riches qui se morfondent peuvent souffrir à égalité d'intensité. Mike Brant et Marilyn Monroe étaient beaux, riches et célèbres. Ils ont quand même trouvé leur vie insupportable.

Je leur dis que le bonheur d'une serviette rêche à Juillac vaut celui d'une serviette qui tourne à Monaco. Je leur dis que ma douleur de « star » quand mon fils s'est tué à moto n'est ni inférieure ni supérieure à la douleur de n'importe quel père qui vient de perdre le sien.

Je leur dis qu'il importe peu que la passerelle soit en or massif ou en bois de chauffage. Il faut traverser le courant, l'épreuve. C'est pour cela que toute vengeance sur son propre sort est nuisible, assassine. Elle noie.

Je leur dis de saisir le moindre bonheur doux qui passe. Un sourire, un petit verre de rosé, une chaise, une épaule. Et de ne pas perdre du temps à jalouser les éclats de rire, les caves aux vins millésimés, les suites royales des hôtels et les ébats torrides.

« Le bonheur, c'est d'abord apprendre à se passer de ce qu'on n'a pas, de ce qu'on n'a plus et ce qu'on n'aura jamais. »

— C'est facile à dire quand on a tout, réplique Maman.

— Je n'ai pas tout, tu le sais bien. Il me manque tant de choses. Et surtout, il me manquera toujours quelqu'un. Toi, c'est normal que tu sois partie avant moi. Mais pas le petit.

— C'est le désordre des choses.

C'est surtout l'occasion de clore ma plaidoirie contre la vengeance et d'affirmer une fois de plus son inutilité.

À la mort de mon fils parce qu'il roulait trop vite, je n'ai pas cherché à rencontrer l'imbécile qui avait débridé sa moto. Ça ne m'aurait rien rendu. J'ai posé cet inconnu sur un radeau de fortune que j'ai vu s'éloigner loin, très loin. Aujourd'hui, il n'est même plus un point sur le « i » du verbe « oublier ». Ç'a été une de mes passerelles de survie. Le bonheur d'avoir éteint pour toujours le désir de vengeance viscéral qui commençait à me brûler.

Et de passerelle en passerelle j'ai réussi à reconstruire quelque chose qui ressemble à de la sérénité. À coups de trucs, d'illusions. Pour calmer la brûlure

— La perte d'un fils est, paraît-il, une des plus fortes douleurs que l'on puisse ressentir ?

— Non, j'aurais pu en perdre deux!

Une réponse pied de nez en guise de pare-feu. Et puis aussi, l'humour noir de sauvegarde:

— L'accident de mon fils à moto? Il a imité Coluche mieux que moi!

On dit de l'irréversible qu'il faut faire avec. En l'occurrence, il faut faire sans. Et s'inventer toutes les passerelles possibles pour survivre. Même les plus illusoires.

C'est un chanteur connu. Un ami de plus de trente ans. Quand sa femme l'a quitté en emmenant ses enfants, il était détruit. Un soir de confidences, il m'a avoué une passerelle bouleversante.

— Mes enfants me manquent tellement. Alors, le soir, avant d'aller me coucher, je mets des miettes de pain sur la table, pour me faire croire à mon réveil qu'ils sont déjà partis à l'école.

Le bonheur n'est que rarement une ligne continue. Le plus souvent, ce sont des pointillés. Des miettes éparpillées. «Ils se marièrent, vécurent heureux et eurent beaucoup d'enfants.» Faux! Ils se marièrent, eurent des enfants, et picorèrent de-ci, de-là des centaines ou seulement quelques miettes de bonheur.

Picore, ma poule, picore!

— Tiens, Coluche. Ça tombe bien, j'ai une question.

— Vas-y, ma poule !

— Tu as tout eu. La gloire, l'argent, les filles. Les Restos du cœur, c'était une passerelle ?

— Bien sûr. Entre la souffrance de mes conneries qui avaient fusillé mon couple et celle des courtisans qui squattaient ma baraque.

— T'as quand même eu de vrais amis ?

— Oui. Je les comptais sur les doigts du pouce !

— Et les « Restos » alors ?

— Des passerelles pour les autres. Les pauvres gens. Les paumés, les largués du système. Putain ! Dans un pays comme le nôtre, c'est quand même pas difficile de filer à bouffer à tout le monde !

— Les politiques y travaillent et les syndicats manifestent en permanence.

— Eh ben, on est mal barrés ! Rien que le prix des drapeaux et des gilets dans une manif de la CGT, t'as de quoi faire bouffer une famille de Syriens pendant six ans ! Quant aux politiques, excuse-moi. Je sais que c'est ton pote, mais avec Hollande, c'est pas gagné. Y a du chat noir dans ce mec ! Qu'est-ce que tu veux attendre d'un type qui attire la pluie. Et puis, ça me fait marrer. Quand je me suis présenté à la présidentielle, ils disaient que je n'étais pas digne de l'image de France. C'est vrai que petit, gros, avec des lunettes, ça se faisait pas à l'époque !

– C'est plus lui, c'est Macron.

– Ma… Quoi ? Excuse-moi, mais là-haut, on n'a pas BFM !

C'était une passerelle. Juste une petite passerelle de bonheur doux dans mon écriture. Comme ça, pour le fun. Il me manque, le gros clown. Comme tous les clowns, d'ailleurs. Même les vivants. Tous les marchands de rire. Une espèce en voie de disparition. Greenpeace devrait faire quelque chose. Il faudra que j'en parle à Nicolas Hulot !

Ce n'est pas parce que c'est ma crémerie, mais il a pris un sérieux coup dans l'aile, le rire. Les deux ailes, même. Justement sous prétexte que ça ne vole pas haut. Le beau paradoxe.

J'appelle mon pote Hanouna :

– Ils te font encore des misères ?

– Ben ouais !

– Tu sais, c'est pas tes vannes qui les énervent, c'est surtout que ça marche.

– T'as tout compris, frérot ! Mais ça va aller, t'inquiète pas !

Si, je m'inquiète. Beaucoup. Pas pour lui seulement, pour nous tous. Pour toute notre société depuis que l'humoristiquement correct a ouvert les placards. Pour y ranger les insolents, les déconneurs, les farceurs, les rigolos, les futiles. L'humoriste d'aujourd'hui a une espérance de vie très limitée. Au mieux, il est fusillé par les journalistes et les réseaux sociaux. Au pire, il se fait désintégrer à la kalachnikov dans les bureaux de *Charlie Hebdo.*

Entre-temps, il aura eu sur le râble de l'association en veux-tu en voilà. Le bouffon se retrouve devant les tribunaux pour un oui ou pour un non. À la moindre allusion déplacée. Au moindre jeu de mots de travers. On peut rire de tout, oui. Mais pas avec n'importe qui, pas avec n'importe quoi, pas avec grossièreté, pas avec cynisme, pas sans avertissement préalable, pas sans s'excuser après. Pas au deuxième degré, ni au troisième. Ou alors, il faut prévenir. Mettre des sous-titres, des guillemets. Ne faire de la vanne qu'en recommandé. Avec accusé de déception. Pas de ne pas être drôle. Juste de ne pas être convenable.

Sortez couverts !

Les comiques ont obligation de mettre des préservatifs avant de faire l'humour. À la télé, on a planqué les amuseurs en fond de grille. En bout de chaîne, tard la nuit. Grille, chaîne, ce sont bien les mots. Parce que de toute façon, l'inconvenant est muselé. L'incorrect possible est surveillé étroitement. Le propos caustique est sous contrôle. Le CSA a un œil sur les fantasques, l'autre sur les insolents. Ça lui évite de regarder ailleurs.

On craint tellement le dérapage honteux. Celui qui pourrait dangereusement mettre en cause l'honneur des femmes, des enfants, des homosexuels, des religieux, des juges, des rapatriés, des tuberculeux, des lentilles de vue, des grenouilles, des canapés, des chiens d'arrêt, des lunettes de soleil, des bouées de sauvetage, des stérilets, des petites cuillères et des prises de courant. Mâles seulement. Pour l'instant, l'intégrité des prises de courant femelles n'est pas menacée. L'association qui s'en occupe a fait les mises en garde nécessaires. Pour plus de renseignements, tape : 220Volts.fr

Mon pauvre Coluche ! Ton « schmilblick » gentillet aujourd'hui se ferait fracasser. Faudrait renvoyer chez eux Guitou le coiffeur, et Ali ben Salem. Sous peine de prendre sur le dos les ligues antihomophobie et antiracisme. Il y aurait sûrement un Belge procédurier pour t'assigner pour propos diffamatoires envers la communauté wallonne. Avec convocation d'un expert à la barre :

— Vous voyez bien, monsieur le président. Si on met des frites dans le biberon, ça ne coule pas ! On n'est quand même pas aussi bêtes que ce monsieur le prétend !

On te reprocherait certainement, pour la solution de l'énigme, d'avoir montré un œuf. On ne joue pas avec la nourriture. Je n'exagère pas. Récemment, ils m'ont accusé de participer à la faim dans le monde pour quelques lancers de tartes à la crème.

On te poursuivrait même pour Papy Mougeot: caricature avilissante de personne âgée atteinte de dyslexie. Et pas sûr que le syndicat d'initiative de Cajarc ne te demanderait pas des dommages et intérêts pour avoir déprécié la qualité intellectuelle de ses supposés habitants !

On pourrait en rire si ce n'était pas aussi triste. Parce que, comme le chante si bien le petit Mahé: « Il est où, le bonheur, il est où ? » Et ils sont où, les sourires, les rires, les marrades déjantées, et toutes les bonnes humeurs qui vont avec ? Ils sont où, les défouloirs ? Parce qu'il s'agit bien de ça. Pile dans le sujet du livre. En cousant les lèvres des amuseurs, on suture aussi l'exutoire. L'extériorisation zygomatique de nos colères rentrées, de nos frustrations, de nos révoltes, de nos soumissions. On enfume notre bonheur, donc.

Ne crois surtout pas que c'est innocent. Les politiques ne nous veulent du bien qu'en période préélectorale. Après, ils veulent la paix. Les humoristes les plus agaçants révèlent, secouent, réveillent. Et ils l'ont bien compris, les hauts stratèges de la société: le peuple ne parle pas en dormant. Alors, lentement, sournoisement, on écarte des pleins feux les perturbateurs potentiels. L'air de rien. En douce. Au profit de la bien pensance narcotique.

On a séquestré les Guignols dans un cagibi. Madénian et son pote Thomas VDB dans le cagibi voisin. Guillon, pas loin. On interdit les spectacles de Dieudonné. Je ne défends pas le fond, je défends la forme.

« On ne peut pas à la fois encenser la liberté d'expression et la délimiter. C'est le plus antidémocratique des contresens ! »

— Il y a quand même Gad, Foresti, Kev !

Je ne te parle pas de ceux qui dérident seulement, je parle de ceux qui dérangent. Bon, d'accord, y a Canteloup. Mais va dire du mal de TF1 sur TF1, toi ! Polac est mort. Paix à son âme !

En 1995, après mon émission à scandale *Osons*, trois hommes m'ont abordé un soir devant mon bureau pour me mettre en garde contre les dégâts que peut causer l'irrévérence. Pour me prévenir d'une audace trop impertinente et sans limite. J'ai déjà raconté l'anecdote. Je n'en reproduirai *ici* qu'une seule phrase. Celle qu'ils m'ont lancée avant de partir :

— Arrêtez de leur dire d'oser, monsieur Sébastien. Sinon, ils vont descendre dans la rue oser demander ce qu'on leur doit !

Dont acte !

Ceci posé, pour clore le sujet, on peut élargir. Le constat n'est même pas discutable. Toutes les études le confirment. On rit de moins en moins. Et notre bonheur y perd donc en termes d'exutoire et surtout d'insouciance. C'est toute la race humaine qui tend vers le sérieux, le sévère. Si, comme le prétendait Rabelais, le rire est le propre de l'homme, cela veut dire qu'on s'animalise dangereusement. Avec toutes les conséquences qui risquent d'en découler.

Pessimiste ? Pas forcément. C'est un cycle. Ça reviendra certainement. Mais je serai toujours étonné de l'incohérence humaine dans ce domaine. La qualité de l'étiquette d'un homme se mesure à sa solennité. Sa prestance grave. Pourtant, il me semble bien que la première chose qu'on attend d'un nouveau-né, c'est qu'il sourie. On y perdrait en route alors ?

Allez, pour finir :

— Tchao Coluche ! Ta salopette me manque. Ta manière de jeter du vitriol à la gueule des intouchables aussi. Sans oublier le gras et le grossier.

— T'as raison. Il vaut mieux avoir un slip sale et des idées propres que le contraire !

— Ça, ça passerait pas aujourd'hui ! Les représentants des pressings, des marchands de caleçons et des lessiviers réunis te colleraient un procès au cul !

— Ça tombe bien, c'est là que je me les mets. C'est pour ça que c'est sale !

On était plus heureux avant ? Dans ce domaine-là, oui, sans hésitation.

Mais bon, ne parlons plus du passé !

Parlons du présent, justement. C'est une autre clé essentielle du bonheur, le présent. Dans ses deux acceptions : l'actualité et le cadeau. Le cadeau essentiel à te faire si tu veux happer les miettes du bonheur que tu mérites. Et l'actualité du moment à ne pas gâcher.

Le sens aigu du présent est une notion qui va te demander un effort de pensée. Il faut arriver à conditionner de temps en temps ton cerveau pour qu'il occulte totalement l'avant et l'après. Pour qu'il s'adapte à un espace-temps sans précédent et sans suite. Le passé est irréversible, et l'avenir incertain. Alors, à quoi bon polluer ton présent avec des pensées qui n'auront aucune influence, ni sur ce qui a été, ni sur ce qui va être ?

Il dit :

— J'aurais pas dû faire ça ! Je m'en veux.

Je réponds :

— C'est fait, c'est fait. T'en vouloir n'y changera rien.

Il dit :

— Et en plus, si ça se trouve, le mois prochain…

Je réponds :

— On n'y est pas encore. Attends d'y arriver.

C'est fou le temps que nous passons à sacrifier notre bonheur du jour à la mémoire triste ou à la prémonition fatale. Pour remédier à ça, je te soumets, là encore, une autoprojection :

Visualise deux gros sacs posés à tes pieds de chaque côté de toi. À gauche, ce qui est passé, à droite, ce qui risque de venir. Range à gauche, tes deuils, tes errements, tes loupés. À droite, tes projets incertains, les éventualités de coups du sort, l'âge qui va t'affaiblir. Pour ne jouir que de l'instant, fût-il furtif.

En ce moment, j'écris. J'ai posé mes deux sacs à mes pieds, de part et d'autre de moi. Mes chagrins d'amis et d'amours à gauche. Les années qui passent et mon avenir professionnel à droite (entre autres, la liste serait trop longue). Je suis bien. Un moment de bonheur doux.

La perspective du deuxième chapitre ? L'angoisse de la page blanche ? Non. Je finis d'abord le premier. Je vis l'instant. L'instant seul. D'ailleurs, avant de poursuivre ta lecture, tout à l'heure, je te suggère de mettre en application ce que je viens de développer.

À la fin de ce chapitre, autorise-toi deux minutes de break, ou plus si tu le souhaites. Tu fermeras le livre. Puis tu poseras tes sacs, et tu caresseras ce que tu veux. Un paysage, des yeux, une femme, un homme, un animal des doigts. Tu allumeras une cigarette ou tu te serviras un verre. Ou pas. À ta guise. Tu feras ce que tu voudras, mais tu seras bien.

Il n'y a aucune raison que tu ne le sois pas. Tes ennuis passés ou à venir seront enfermés dans les sacs. Tu voleras quelques minutes au mal qui te ronge, qu'il soit moral ou physique. Tu fabriqueras ta parenthèse heureuse. Ta revanche. Parce que pendant cette pause-là tu seras plus fort que ce mal. Tu vas pouvoir profiter du présent. Juste le présent.

Un moment de bonheur doux.

Une miette.

Une passerelle.

Mais avant, accorde-moi encore quelques lignes. Le temps de répondre à des questions. Celles qu'il est possible que tu te poses. Je dis que c'est possible parce que lorsque j'ai révélé à mon entourage le sujet de mon projet d'écriture certains me les ont posées, ces questions. Alors autant y répondre dès le début pour mettre les choses au point une bonne fois pour toutes.

Les uns m'ont demandé :

— Quelle légitimité as-tu pour donner des leçons de bonheur ?

Les autres :

— Qu'est-ce qui te fait croire que tu as les mêmes plaisirs que nous ?

D'autres encore :

– Un livre sur le bonheur ? Ça va intéresser qui ? Pourquoi tu n'écris pas plutôt un livre à scandale ? Avec ce que tu sais des nuits de certains et de certaines, tu en vendrais un maximum. Ça peut faire un buzz terrible !

Je vais d'abord répondre à la dernière question. Je déteste le buzz. Cette traînée de poudre improbable dont on ne sait à quel baril elle va mettre le feu. Et puis, les dérives cachées des autres leur appartiennent. Te dévoiler leurs secrets intimes ne serait sûrement pas une passerelle pour moi. Ou alors en bois vermoulu.

Tu serais étonné du nombre de couvertures de magazine qu'on me propose en échange de révélations croustillantes. Ou de l'étalage du plus précieux de ma vie privée.

Conversation téléphonique authentique :

– Allô, Patrick !

– Oui.

– Je peux t'avoir une couverture et six pages si tu poses avec ta fille.

– C'est hors de question.

– Ce serait bon pour toi.

– Certainement, mais ce ne serait pas bon pour elle.

— C'est dommage. On aurait aussi parlé de tes émissions.

— Vous ne pouvez pas en parler sans ça ?

— Ben, non ! Tu sais bien. Il faut que ça buzze, si on veut vendre. C'est toujours non ?

— Toujours.

— Bon, salut ! À plus… À propos, t'as pas une photo de toi avec Charden ? Il vient de mourir. On fait un encart, et on glisse un mot sur le fait qu'il a fait une de ses dernières émissions chez toi. C'est bon, ça ! C'est moins fort que ta fille, mais ça rattrape un peu.

Magnifique, non ?

Allez, on poursuit ! Pour ce qui est d'envisager de vendre un maximum de livres, ce n'est pas mon but premier. Sinon, je me serais laissé pousser l'humiliation, et j'aurais écrit *Merci pour ce moment de bonheur qui n'est pas interdit.* Ou j'aurais publié *Cinquante Nuances de gras.* De bien gras. De porno épais pour épouses solitaires en mal de sex-toys de bibliothèque.

Non, franchement, j'aime bien Laurent Romejko, mais je ne tape pas des lettres pour faire du chiffre. Ceci dit, si cela se produisait, j'en serais ravi. Et mon éditeur aussi, certainement. Même s'il sait très bien que mon espoir est juste de vendre suffisamment un livre pour pouvoir en écrire un autre. Et il comprend cela d'autant mieux que c'est lui qui m'a encouragé à écrire celui-ci sur ce sujet pas vraiment propice au buzz, justement. Merci Bernard !

C'est l'occasion de t'encourager à faire passer tes envies et tes passions avant les perspectives de profit. Cette priorité m'a toujours guidé. Que ce soit pour mes spectacles, mes chansons, mes livres ou mes émissions. Parce que ça aussi, c'est une garantie de bonheur.

— Même quand tu as débuté ?

— Oui, oui, même quand j'étais pauvre ! C'est peut-être bien pour ça que je ne le suis plus, d'ailleurs. Va savoir ?

Alors, essaie ! Quand tu peux te le permettre, évidemment. Certains n'ont pas le choix. Il faut manger. Mais si tu es jeune et que tu cherches ta voie, va plutôt vers ce qui te passionne que ce qui te paraît pouvoir rapporter plus gros. Cela semble simpliste, mais ils sont tant à ramer à contre-courant pour quelques euros de plus. À avoir mis leurs rêves en banque. Je te reparlerai dans un autre chapitre de ceux qui ont suicidé leur bonheur en sautant d'un pont d'or.

La deuxième question est légitime.

— Qu'est-ce qui te fait croire que tes plaisirs sont les mêmes que les nôtres ?

C'est effectivement légitime, mais c'est mal formulé. Il ne faut pas confondre les plaisirs et le bonheur. J'ai eu du plaisir à boire, à faire l'amour ou à regarder un film dans des périodes où j'étais très loin de nager dans le bonheur. Et ces plaisirs n'ont rien changé à ma détresse.

Tu peux mettre quelques gouttes de Ketchup sur de la viande avariée, l'arrière-goût restera le même ! Un mariage joyeux ne fait pas un couple inséparable. Un armistice ne fait pas une paix durable. Une révolution ne libère que le temps des barricades. Le plus souvent, hélas, elle ne casse les prisons que pour en reconstruire d'autres.

« Le bonheur peut s'agrémenter de plaisirs. Mais une somme de plaisirs ne fait pas forcément le bonheur. »

Je me souviens d'un acteur connu, affalé sur la banquette d'une boîte de nuit. Il paradait, entouré de quatre filles dociles. Bien trop belles et bien trop jeunes pour lui, elles le couvraient de fausses caresses en échange de quelques coupes de champagne. Pierre Palmade contemplait la mascarade à côté de moi. Son humour piquant lui a inspiré le mot qu'il fallait. Il m'a dit :

– Regarde-le ! Il est malheureux et il ne le sait pas. Je vais aller le lui dire.

Tout cela pour t'inciter à ne jamais confondre plaisirs et bonheur. Les uns sont superficiels, l'autre bien plus profond. Donc, évite de prendre les uns pour l'autre. Mais je t'encourage à les additionner.

La question posée me demandait donc ce qui me faisait croire que mes plaisirs étaient les mêmes que les tiens. Si je remplace le mot «plaisir» par le mot «bonheur», ma réponse est simple : oui, je crois que nos ressentis sont les mêmes à peu de nuances près.

Parce que le bonheur est un sourire universel. Qu'il découvre des dents cariées ou des incisives étincelantes. Parce que la même chair de poule parcourt des milliers de peaux de couleurs différentes en écoutant un chanteur hors norme. Parce qu'il n'y a pas une race au monde où une mère aime plus son enfant que dans une autre race. Parce que mon humanisme chronique fait que je suis intimement persuadé que nous avons, au fond, bien plus de ressemblances que de différences.

Je vais finir en répondant à la première question.

– Quelle légitimité as-tu pour donner des leçons de bonheur ?

Je ne suis pas moins légitime pour parler du bonheur que Barbara Cartland ne l'était pour parler d'amour. Ses frous-frous et ses chapeaux roses valent bien la guitare gitane autour de mon cou. C'était son sentimentalisme qui guidait sa plume, moi, c'est mon humanisme. Elle aurait été certainement incapable de parler de science-fiction. Moi pareil. Je préfère l'humain d'aujourd'hui aux androïdes de demain. J'ignore si ça me donne une légitimité à tes yeux, mais au moins, dans le domaine affectif, je sais de quoi je parle.

Pour répondre à la deuxième partie de ton interrogation, il est hors de question que je te donne des cours. Je ne suis professeur de rien. Tu imagines la prétention ? La carte de visite :

Maître Sébastien

Diplômé de la faculté de Martel (Lot)

Grand commandeur de l'ordre des Sardines entassées

Spécialiste en bonheur, réussite, gloire et beauté

Consultations sur rendez-vous

Tarif : très cher pour les garçons,

gratuit pour les filles.

Non ! Je veux juste te faire part de mon idée du bonheur. En espérant qu'elle te soit utile. Je ne suis pas dans la leçon, je suis dans le partage. Ce livre ne fera sûrement pas du bien à tous, mais s'il peut aider à la félicité de quelques-uns, ce sera pour moi, en retour, une passerelle de plus. Ça m'est déjà arrivé.

Chaque fois que quelqu'un est venu m'accoster en me disant :

— Votre livre m'a fait un bien fou.

Ça ne veut pas dire qu'il était bon. Ça veut dire qu'il avait été utile. Et dans ce cas-là, ma passerelle est en bois luisant de fierté. Cela paraît antinomique, mais c'est comme ça : de la générosité avec espoir de retour. On peut appeler ça le « partage égoïste ». Tiens, ça ferait un bon sujet de philosophie au bac !

Voilà, ça y est ! J'ai répondu aux questions. Elles n'étaient pas innocentes. C'était surtout l'occasion d'étayer au moins deux assertions de mon propos général :

« C'est toi qui choisis ton bonheur, même si c'est au détriment du profit. Et ne confonds jamais plaisirs et bonheur, contente-toi de les additionner. »

Ce premier chapitre est fini. Avant d'entamer le deuxième, tu vas pouvoir t'offrir, si tu le souhaites, la pause promise. Le moment doux au présent entre toi et toi, les sacs posés de part et d'autre. Ta parenthèse heureuse.

Pour vivre l'instant.

Juste l'instant.

Je te souhaite une bonne passerelle !

LE PONT-LEVIS

La première fois où, en roulant vers l'Espagne, j'ai croisé le panneau « Saint-Sébastien », je me suis dit, en souriant :

— C'est très exagéré !

Une boutade. Un clin d'œil. Il n'y a pas ma taille en auréole ! Petit rappel pour ceux qui ne seraient pas férus d'hagiographie : saint Sébastien a vécu au IIIe siècle. Attaché à un poteau, il a été transpercé de flèches. Miraculeusement guéri, il a été fini à coups de verges. Ça, c'est du martyr « deux points zéro » !

Bien loin des présumées « martyres » de la Fashion Week, torturées par les talons aiguilles qui détruisent les chevilles. Des « martyres » de la chirurgie esthétique, condamnées aux travaux percés à perpétuité. Des « martyrs » du volant, automobilistes vaches à lait persécutés par les stationnements illicites et les limitations de vitesse. Des « martyrs » du travail qui réclament un pont supplémentaire au mois de mai. Et des vacances de Noël jusqu'à Pâques.

La France n'est pas leader dans beaucoup de domaines, mais sur l'échelle mondiale du gémissement, elle est plutôt bien placée. Plaintes, jérémiades, doléances. Nous aussi, on a notre mur...mure des lamentations. Avoir mal ici ou là, être en galère d'argent, d'amour, de travail est le socle de nos conversations quotidiennes.

— Ça va ?

— Ça peut aller, oui. Mais...

Ah, le « oui mais » ! Presque homonyme du jour férié. Le « oui mais » qui fête la libération de nos pleurnicheries. Nous nous plaignons de tout. De presque rien. Notre angine du matin devient le thème principal de nos entretiens du jour. Les mauvaises notes du petit dernier, la jupe qui serre, l'imprimante sans encre, un cor au pied, un mal de tête, le prix du kilo de courgettes. Il nous arrive même de nous plaindre de ceux qui n'arrêtent pas de se plaindre !

Je vais t'écrire une phrase que n'aurait pas reniée monsieur de La Palice :

« Si on arrêtait de dire qu'on est malheureux, on serait sûrement plus heureux ! »

Le rapport avec l'intitulé du chapitre : « Le pont-levis » ? Étroit, quand tu auras considéré les lignes qui vont suivre. J'ai placé saint Sébastien en exergue pour me donner l'occasion de préciser que je ne suis pas un martyr. Le deuil de mon fils que je vais évoquer dans quelques lignes ne me donne surtout pas droit à ce statut. Il y a des souffrances bien pires et je ne me plains de rien. Je vais t'en parler juste pour étayer mon propos. Et t'aider peut-être à relativiser tes petites misères.

La graduation de l'échelle de l'insupportable est sans fin. Il y a toujours plus grave. Ça ne console de rien, mais ça rassure. Savoir qu'au-dessus du panaris, il y a la gangrène. Au-dessus de l'attelle, le fauteuil roulant. Au-dessus d'une cuisse de poulet immangeable, la famine. Au-dessus du tiers provisionnel, le tiers de la planète qui vit sous le seuil de pauvreté. Au-dessus d'un enfant qui meurt de rouler trop vite à moto, des milliers d'enfants qui meurent lentement de faim, de froid, de maladies ou de guerres.

Le pont-levis, donc ! C'est le chemin amovible pour protéger l'entrée du château fort. Plus les herses. Et si l'ennemi a réussi à se faufiler quand même, il reste un dernier rempart personnel : « l'armure ».

C'est de cette armure-là que je vais te parler d'abord dans ce chapitre « moyenâgeux ». Une autoprojection que je m'empresse d'enfiler dans tous les cas d'agression caractérisée. L'armure lourde, celle des preux chevaliers. Son imperméabilité m'a permis de faire ricocher sur elle mes agresseurs et la pointe de leurs armes acérées. Et sa rigidité m'a interdit de bondir.

— C'est vrai que, sans elle, tu aurais pu être transpercé de mille flèches, confirme Maman.

Et être canonisé premier martyr corrézien ! Juste avant François Hollande. J'y reviendrai plus loin.

Elle n'est en vente nulle part, cette armure. Il suffit de te la fabriquer mentalement. De la visualiser vraiment. De l'enfiler quand l'attaque est trop violente. Nos malheurs sont souvent alimentés par les conséquences de pulsions, de sursauts irréfléchis : le calme qu'on n'a pas su garder, le mot qu'on a hurlé sans en mesurer la portée, le geste violent qu'on regrette. Tout ça en réponse à une attaque que l'on juge infamante, avec raison ou pas.

Il ne s'agit pas d'avoir raison ou d'avoir tort. Il s'agit de protéger son bien-être coûte que coûte. De mettre entre les traits lancés et nous une protection rapprochée. De résister. D'être intouchable.

L'armure va t'aider à ça.

Je l'ai créée en 1990. Le 16 juillet exactement. Le lendemain de l'accident de mon fils. Les circonstances de ce que je vais te raconter sont ignobles, inacceptables. Elles sont authentiques, hélas ! Même si ça pourra te paraître incroyable, je n'ai aucune rancune. Et bien entendu, je ne suis animé d'aucun désir de vengeance.

Pour bien comprendre, il faut remonter quelques mois avant ce 16 juillet 1990. Dans l'émission *Sébastien, c'est fou !*, j'avais fait un sketch à l'acide sur les abus de la presse. Je ne vais pas détailler la scène, ce serait trop long. Je précise juste que je tenais à la main, pour illustrer le scénario, un exemplaire d'un grand quotidien.

Les propos étant dirigés contre la presse en général, on avait occulté le titre avec un bandeau noir pour qu'on ne l'identifie pas. Pour qu'on ne croie pas que la charge ne visait que ce journal, ce qui n'était pas le cas. Malgré ça, le rédacteur en chef de ce quotidien en avait reconnu le format devant son petit écran.

Le lendemain, mon téléphone sonnait.

— Ce sketch minable était infamant pour notre journal, me dit-il froidement.

— Il ne vous était pas destiné en particulier.

— Quoi qu'il en soit, c'est honteux que votre chaîne ait laissé diffuser ça.

— C'est notre liberté d'expression.

— Elle a des limites.

— Ah bon, et pas la vôtre ?

— Ce n'est pas le problème. À partir d'aujourd'hui, monsieur Sébastien, on boycottera vos émissions en général, et vous en particulier.

— Pas de soucis. C'est votre droit.

Et c'est ce qui arriva. Plus un seul article. Et des hommages appuyés à la concurrence. Normal. Rien de bien grave. La loi médiatique.

« La presse, c'est le "chifoumi" paradoxal. La feuille de papier plus forte que la pierre, les ciseaux, et même que la vérité qui sort du puits ! »

Quelques mois plus tard, mon fils, Sébastien, s'est tué à moto dans la nuit du 14 au 15 juillet. Un accident comme il en arrive tant. Presque banal. Presque… Parce que le lendemain, en ouvrant le grand quotidien dont je te parlais précédemment, j'ai pu lire, entre autre :

« L'accident n'en était peut-être pas un… Il n'y a pas de trace de freinage… Il est étrange qu'il n'y ait pas eu d'autopsie… Notre reporter a enquêté à la gendarmerie du Grau-du-Roi qui confirme ces informations. »

Et le doute est venu s'ajouter à la douleur déjà insupportable. Quelqu'un aurait fait dévier la moto de sa route ? Aurait-il reçu un projectile qui l'aurait tué avant le choc ? Des questions abominables. J'ai sauté sur mon téléphone pour appeler le rédacteur en chef.

— J'ai lu votre article. J'aimerais entrer en contact avec votre journaliste pour en savoir plus.

— C'est hors de question. Le secret professionnel.

J'ai commencé à m'énerver.

— Mais putain, c'est la mort de mon fils ! Vous prétendez que ce n'est pas un accident, c'est quand même mon droit de savoir ce qui s'est passé vraiment. Si votre journaliste a des éléments, c'est la moindre des choses de m'aider à les connaître aussi.

Comme toute réponse je n'ai eu que le bruit du téléphone qu'on raccroche. Alors, j'ai appelé la gendarmerie du Grau-du-Roi. Le gendarme, tout en sollicitude, a calmé mon inquiétude :

— C'est un accident. Un simple accident. Et puis qu'est-ce que c'est que ces bêtises ? Il n'y a pas d'autopsie pour un accident. On a fait notre travail comme trop souvent, hélas. Je suis de tout cœur avec vous, monsieur Sébastien. N'allez pas imaginer des choses. Ça vous rajouterait de la douleur, et vous n'avez pas besoin de ça.

— Mais pourtant le journaliste a dit que vous lui aviez confirmé que…

Il m'a coupé :

— Quel journaliste ? On n'a vu aucun journaliste.

J'ai raccroché et rappelé immédiatement le rédacteur en chef, la voix parfaitement calme, cette fois.

— J'ai appelé la gendarmerie du Grau-du-Roi. Ils n'ont vu aucun journaliste.

Silence lourd. J'ai poursuivi :

— Pourquoi vous avez écrit ça ?

La réponse est tombée. D'une voix froide et posée. Nette. Sordide.

— Tu nous as cherchés, tu nous as trouvés !

Après quelques secondes pour encaisser le choc, j'ai bondi et j'ai fracassé dans ma chambre d'hôtel tout ce qui me passait sous la main à coups de pied et à coups de poing. Les chaises, le petit bureau, le téléphone. Une rage incontrôlable. Et j'ai fini par m'écrouler, à bout de souffle et à bout de larmes.

Je n'avais qu'une envie : sauter dans ma voiture, faire la route vers Paris et aller démolir ce type. Comment avait-il pu assouvir sa petite vengeance dans des circonstances pareilles ? Mon môme était mort quelques heures avant, et il avait sauté sur l'occasion pour me faire payer l'insolence d'un sketch. Mais quel salopard !

La brûlure était atroce. Je me suis levé d'un coup et j'ai foncé vers la porte. Je l'ai ouverte violemment, et j'ai couru au bout du couloir pour prendre l'ascenseur. Il arrivait. Un couple en est sorti. L'homme a eu un sourire compassé.

— On a appris pour l'accident de votre fils. On est de tout cœur avec vous, monsieur Sébastien.

La dame a mis sa main sur mon épaule et m'a embrassé. Et puis elle m'a dit :

— C'est arrivé à ma sœur aussi. Elle a perdu sa fille, elle. Soyez fort. Je sais ce que vous ressentez. On n'oublie jamais, mais on finit par s'habituer.

— Merci madame, mais ça, ça m'étonnerait.

— Je sais que, maintenant, vous ne pouvez pas l'entendre. Mais vous verrez. Ayez confiance. Et puis vous êtes quelqu'un de bien, de généreux. Ça aide.

— Ça aide en quoi ?

— Dans un drame pareil, les méchants souffrent plus que les autres. Ils s'emportent contre tout et n'importe quoi. Et c'est à eux qu'ils font le plus de mal… Allez, bon courage !

Je les ai regardés s'éloigner. Leur sollicitude avait atténué ma colère. J'ai laissé repartir l'ascenseur, perdu dans mes pensées. Il y résonnait l'écho de ce que cette gentille dame venait de me dire. Alors, je suis retourné vers ma chambre. La brûlure était insupportable. J'ai pleuré encore un long moment, assis par terre, les poings serrés. Puis, peu à peu, j'ai senti la raison prendre le pas sur la rage. Je me suis dit que si je sautais dans ma voiture pour filer vers Paris, ma douleur allait encore augmenter tout le long de la route.

Et puis que même si je cassais la gueule au rédacteur en chef, ça ne soulagerait pas grand-chose. Et que, surtout, ça ne me rendrait pas mon fils. Que les conséquences seraient encore plus dramatiques. Que ça deviendrait une polémique malsaine. Qu'ils étaient capables même de me voler mon deuil. Parce que les autres journaux seraient solidaires. Pas de l'ignominie bien sûr, mais de la profession.

Alors, j'ai fermé les yeux, et c'est là que j'ai inventé « l'armure ». Pour la première fois, je me suis entouré de ce corset imaginaire. Je me suis verrouillé mentalement. Par la force de l'autosuggestion. Encastré volontaire. Au bout de quelques minutes de concentration, j'ai senti réellement l'étau m'entourer. Physiquement. Il m'interdisait tout mouvement brusque.

Ma voix intérieure m'a dit :

— Ne pas bondir. Surtout ne pas bondir, Patrick ! Calme. Posé. Et puis visualise ce type qui vient de t'attaquer avec une violence inouïe. Il prend de l'élan, fonce sur toi tête baissée, sa lance à la main. Il croit qu'il va te transpercer. Il ne sait pas que tu as l'armure. Toi seul la vois. Alors sa lance et lui s'éclatent contre la ferraille. Il se relève, essaie encore. Et il s'éclate une fois de plus… et il recommence, dix fois, vingt fois. Et chaque fois il rebondit.

À la fin de ma visualisation, c'était lui qui gisait au sol, la lance en miettes, et le visage en sang d'avoir donné des coups de tête de colère dans ce qu'il croyait être moi, sans défense. À chaque attaque, il avait buté sur l'armure. Il était au sol, exsangue, détruit. Et moi debout, fort. Intouchable.

Vivant.

La brûlure était beaucoup moins forte. Il ne subsistait pratiquement que celle du deuil. Et, au milieu de ce ciel lourd, est apparu un rayon de lumière. J'ai senti s'insinuer en moi la douce chaleur de la victoire sur soi. Presque un moment de bonheur doux. Presque. Une pause. Une passerelle d'une rive de la détresse à l'autre.

Après l'accident, tu te doutes que pour retrouver un moment de bonheur doux, il m'a fallu du temps. En fait, il m'a fallu... quelques heures seulement. Un moment de bonheur doux-amer, pour être honnête, mais une passerelle quand même. Comme toutes celles que je me construirais par la suite. À la bagarre. À l'arrache.

Mon ami a posé le verre de whisky devant moi et m'a dit :

— Vas-y ! Là, tu peux.

J'avais arrêté l'alcool cinq ans auparavant, après des années d'addiction dont je te reparlerai plus loin. L'occasion était incontournable. Tellement justifiée. Alors, j'ai pris le verre... et je l'ai renversé sur la table. Ma victoire sur la plus évidente des tentations. Le moment de bonheur doux-amer.

Il y en aura un autre, quelques heures plus tard. Bien plus intense. Sans doute le plus grand triomphe de moi sur moi. Je suis monté sur scène pour les faire rire et les faire chanter. Au salut, j'étais dans une autre dimension. J'avais réussi à fracasser tous les codes du désespoir. Certainement la passerelle la plus difficile que j'ai eue à construire de toute mon existence.

Je m'en fabriquerai des tas d'autres dans les mois qui suivront. Toujours des moments doux-amers. Toujours motivés par la volonté de victoire sur moi-même.

Dès le soir, j'ai choisi de dormir dans la chambre où j'avais appris la nouvelle de l'accident par téléphone.

– On change d'hôtel, si tu veux, Patrick. Il vaut mieux que tu t'éloignes. Ou alors, prends une autre chambre. Ça va te remuer trop de choses.

– Non. Au contraire. Si je fuis, je perds. Si je reste, je gagne.

Et puis, il y a eu les larmes que je n'ai pas versées à l'enterrement, parce que si je craquais, toute la famille s'écroulait avec moi. Les entrées sur scène explosives de fausse gaieté chaque soir de la tournée qui continuait. Et les chansons d'après en bord de plage avec les copains. À contrecœur. À contre-voix.

Mais si j'étais resté cloîtré dans ma douleur, chaque solitude aurait été une défaite. Et il y eut encore des dizaines de petits défis quotidiens que j'ai tous gagnés. Je n'ai laissé passer aucune occasion de victoire sur moi-même. Aucune. Et ç'a été ma survie.

Message personnel :

Si, au moment où tu me lis, tu es dans le même chagrin, j'espère que les lignes que je viens d'écrire t'aideront à aller au-delà de lui. Au-delà de toi. Comme m'a dit la gentille dame de l'hôtel, même si tu n'es pas prêt à l'entendre, on n'oublie jamais, mais on s'habitue. Tes bonheurs sont en jachère, mais ils refleuriront.

Sache que le pire ennemi de tes bonheurs à venir ne sera pas le sort. Ce sera toi. Ce sera à toi seul de vaincre le sentiment d'injustice, les renoncements, et les colères contre le destin. Ce sera difficile, mais si tu suis mon exemple, tu gagneras. Je te le promets.

« Résister, c'est subir quand même, mais en mieux. »

Il faut que tu sois aussi conscient de l'incommensurable force qui sommeille en toi. On m'aurait prédit le drame quelques jours avant, je n'aurais jamais envisagé qu'il soit possible que je m'en remette.

Et pourtant !

Tous les survivants le savent. C'est l'infiniment grave qui crée l'infiniment fort. De la même manière que nous n'utilisons que très peu des capacités de notre cerveau, nous ignorons les réserves de notre résistance. Et ça, c'est un vrai message d'espoir. Même si le pire nous attend, nous sommes tous armés pour le vaincre. Tous.

« La puissance des forces qui nous redressent aura toujours une rage d'avance sur celles qui ont tenté de nous abattre. »

Reste à choisir nos béquilles, nos prothèses. Et hélas ! à subir les jugements qui vont avec. C'est incroyable, le nombre de regards cruels qu'on peut poser sur un handicapé de la vie. Un abandonné, un trahi, un endeuillé. Avec le manque de la plus élémentaire indulgence, juste parce qu'il se déplace dans un fauteuil qui ne se voit pas. On devrait faire des parkings pour les blessés de l'âme. Des emplacements réservés avec un cœur brisé dessiné sur le bitume. Ça éviterait de rajouter la douleur de la condamnation à celle du désespoir.

Combien de veuves a-t-on étiquetées «joyeuses» pour un retour à l'amour trop précoce ? Où est le crime ? Où est l'offense ? Et tous ces rescapés de maladies prétendues incurables qui brûlent la chandelle par les bouts. Accusés de débauche, de dégénérescence par la vindicte populaire. J'en ai croisé des dizaines dans les casinos, dans les boîtes libertines, aux dernières tables des bistrots de nuit. Amarrés à des jetons, des culs, des verres, des joints. Juste pour ne pas couler.

«Les douleurs extrêmes, on ne les soigne pas comme on veut. On les soigne comme on peut.»

Moi aussi, je me suis amarré à des tapis verts et à des peaux de secours. Des nuits entières de black-jack et de roulette rousse, blonde, brune. Sans verres, sans joint. Mais pas sans risques. Je me suis aussi ressuscité dans des provocs de fin de soirée en face de vrais méchants. Le pistolet sur le front :

— Vas-y ! tire, connard ! De toute façon, je suis déjà mort.

Des bonheurs doux-amers, encore et encore... Comme on peut.

J'ai attendu janvier 1991 pour savourer pour la première fois un véritable bonheur doux. Sans amertume. Plein. Une fleur à nouveau éclose. Le jour où Marie, la fille post mortem de mon fils, est née. En attrapant sa petite main, à la maternité, j'ai ressenti de nouveau la chaleur des bonheurs d'avant. Et aujourd'hui qu'elle est presque tous les jours près de moi, chacune de ses apparitions est un bonheur véritable. Une passerelle ornée de diamants.

Pendant toute cette période, je n'ai pas eu besoin de ressortir l'armure. La décence entourait chacun de mes interlocuteurs de précaution. Un armistice de prévenance et de compassion.

— On ne te parlera pas de ton fils.

— Si, au contraire.

— Mais je ne veux pas te remuer de mauvais souvenirs.

— Il vaut mieux remuer. Ça délaye. Sinon, ça s'agglomère et ça fait un caillot. T'imagines : infarctus du chagrin. T'es gentil, mais je veux pas mourir de ça. Je veux vivre. Vivre avec ce manque, puisque je ne pourrai jamais vivre sans. Mais le mieux possible.

Il y eut bien quelques indélicats, plus motivés par une bêtise chronique que par une réelle cruauté. Un ou deux me reprochant d'être quand même monté sur scène le soir du drame. Comme si je l'avais fait par plaisir ou par intérêt. C'était de la survie. Juste de la survie.

Quelques journalistes ou prétendus tels qui se sont aussi vengés des interviews que je n'avais pas le cœur à leur donner. Le boomerang des sans-grade. Facile à décrypter. Ce genre d'individu a le pouvoir absolu de la plume. Mais sans l'argent, ni la reconnaissance qui va avec. Alors, ça frustre, ça taraude et on assouvit sa petite jalousie à la moindre occasion.

Je me souviens de l'un d'eux qui avait écrit dans son article à la suite de mon refus d'entretien :

« Son fils est mort. Mais ce n'est pas une raison pour nous empêcher de faire notre travail ! »

Indécent. Mais bon, c'est ainsi. La crasse de l'âme humaine. Sans réelle surprise. Il y a en eu un, plus stupide que méchant, qui m'a demandé de dédicacer la couverture de *Paris Match* qui évoquait le drame. J'ai même croisé des familiers qui sont allés au-delà. Le jour de l'enterrement, un parent éloigné a osé :

— Je sais que c'est pas le moment, mais si tu peux penser aux vingt mille que je t'ai demandé de me prêter. Là, je suis vraiment pendu !

Quelle justesse de vocabulaire à deux pas d'un cercueil !

De la fourberie de basse-fosse qui ne nécessitait même pas que je me pare de l'armure. La cuirasse naturelle dont m'avait entouré le chagrin suffisait. Et puis, ce n'était pas de la haine, juste de la stupidité.

Ce n'est que six mois après l'accident que j'ai été obligé de la revêtir à nouveau, l'armure. Le premier soir de Noël sans le petit. Une nuit bien particulière, tu t'en doutes. Tous ceux qui ont perdu un proche dans l'année la connaissent bien, cette étrange sensation soyeuse et acide. Cette réunion à la fois chaleureuse et froide. Où chaque silence résonne bien plus que les paroles de vœux. Cette nativité qu'on fête en famille autour d'une table dont les sièges sont plus espacés. Et ces cadeaux auxquels il manque une étiquette.

Ce soir-là, le téléphone a sonné. Une très ancienne de mes ex-compagnes. Exilée loin de moi avec son nouveau partenaire. Par bonheur. À force de coups bas et turpitudes, je l'avais embarquée depuis longtemps sur un de mes radeaux de fortune.

Ma revanche était d'avoir reconstruit ma vie sans plus aucun sentiment pour elle. Ni d'estime, ni de haine. Et c'est bien ça qui l'ennuyait le plus. Que je ne la déteste même pas. Totalement indifférent aux insultes et menaces dont elle abreuvait régulièrement mon répondeur téléphonique.

Après m'avoir lancé un « joyeux Noël » rigolard qui sentait l'alcool et le shit réunis, elle a passé le téléphone à son compagnon, qui était près d'elle. Aussi défoncé qu'elle. Avec l'arrogance des fiers-à-bras de petite envergure protégés par la distance de la communication téléphonique, il a lâché :

— Allô, connard !

— Enchanté ! Moi, c'est Patrick !

Un classique. Une réplique de boulevard qui amuse toujours. En tout cas celui qui la lance. La suite a été bien moins drôle. Il a hurlé en riant :

— Ton fils est mort. C'est bien fait pour ta gueule !

Et j'ai entendu la demoiselle reprendre en écho :

— Il a raison, c'est bien fait pour ta gueule !

Vite, l'armure ! La carapace. Ne pas répondre. Raccrocher. Voilà, c'est fait. Les yeux fermés, je visualise. Ils ont pris de l'élan et ils se sont fracassés tous les deux contre la cotte de mailles.

— Ça va ? a demandé Maman en posant sur la table le plateau d'huîtres.

— Oui, oui.

Puis elle a questionné, dédaigneuse :

— Qu'est-ce qu'elle a dit, « l'autre » ?

— Qu'elle souhaitait un « joyeux Noël » à tous.

— Eh ben, dis donc ! Pour une fois qu'elle ne traite pas toute la famille de pourris.

— Enfin, Maman. Pas un soir comme aujourd'hui. Avec ce qui nous est arrivé.

— Oh, ça ne m'aurait pas étonnée !

« L'autre » aura peut-être vent des lignes que je viens d'écrire. Alors, elle enfourchera certainement son cheval de bataille préféré, la lance à la main. Et elle déversera ses insultes et ses menaces de mort habituelles à mon encontre. Éternellement haineuse de mon indifférence. Je doute que dans sa chevauchée, elle traverse un pont. Elle a toujours accusé les autres d'être responsables de ses malheurs. Pourvu qu'elle s'aperçoive un jour que c'est sa haine, et sa haine seule qui la prive de la moindre passerelle. Je le lui souhaite. Sincèrement.

Et combien sont-ils, comme elle, à vociférer au quart de tour ? À ne trouver comme solution à leur mal-être qu'un déferlement d'insanités, de jugements péremptoires, voire de violences sur les autres ? Bien sûr, on leur a fait du mal. Bien sûr, ils ont certainement été blessés, trahis, humiliés parfois. Mais l'armure leur fait cruellement défaut.

Leurs contre-attaques immédiates les font reculer chaque fois d'un pas, d'un parent, d'un ami. Et, de fait, leur solitude les enterre un peu plus. Et c'est cette solitude qu'ils prennent comme excuse pour s'enfoncer encore plus dans la délation et la calomnie.

Pousser les autres à vous fuir, et leur reprocher ensuite de vous avoir laissé seul, c'est le serpent qui se mord la queue ! Mais comme me dit souvent un ami taquin :

— Je m'en fous, du moment qu'il ne mord pas la mienne !

Un petit clin d'œil parfumé, même trivial, ne peut pas faire de mal après l'exposition de ces rancunes nauséabondes. Et puis, tant qu'on y est, allez ! Un petit rayon de soleil en plus.

À la fin d'un spectacle, elle est entrée dans ma loge en tornade joyeuse. Sa tenue très légère avait eu raison de l'intransigeance du personnel de sécurité.

Elle s'est jetée sur moi, presque hystérique :

— Ah, que je suis contente !... Qu'est-ce que je suis contente !

J'ai calmé son ardeur.

— Je vois ça !

— Excuse-moi, mais j't'adore !

— T'excuse pas, ça me fait très plaisir.

— Dommage que mon mec ne soit pas là ! Il serait collé au plafond. Lui aussi, il t'adore.

— Il n'a pas pu venir ?

— C'est pas ça. En fait, il nous a largués, moi et mes deux gosses, il y a un mois.

Elle avait dit ça avec un tel sourire que j'ai supposé que la rupture ne pouvait être que passagère. Je l'ai joué bienveillant.

— Ça va s'arranger.

— J'crois pas. Il m'a dit qu'il en avait plus rien à foutre de moi. Et qu'en plus, il fallait pas compter sur lui pour payer la pension.

Et sans me laisser le temps de placer un mot, elle a lancé, dans un grand éclat de rire :

— T'inquiète pas, j'suis pas venue pour te demander de la payer à sa place !

J'ai éclaté de rire, moi aussi. Elle a enchaîné :

— De toute façon, ça va me faire des vacances, y m'cognait !

J'ai ouvert des grands yeux et j'ai dit :

— C'est dingue, ça ! Ton mec te largue avec deux gosses, il ne veut pas payer et en plus il te cogne. Et tu me racontes tout ça avec un sourire jusqu'aux oreilles.

Olivier, mon secrétaire qui assistait à la scène, lui a lancé :

— Moi, à ta place, j'aurais la haine.

— À quoi ça sert ? C'est fait, c'est fait. C'est comme ça, c'est la vie. Si j'me bagarre avec lui, ça va détraquer les enfants. Et moi, c'que j'veux, c'est qu'ils aillent bien. On les a quand même pas faits pour qu'ils payent nos conneries ? Non ?

— T'as raison.

Elle a continué :

— En même temps, ça n'a pas que des inconvénients. Il était jaloux comme un tigre. Il m'aurait jamais laissée sortir avec cette tenue. Et j't'aurais jamais vu de si près… On fait une photo ?

Si c'est pas de l'armure, ça ! En dentelle blanche, l'armure. Ce soir-là, chacun de nous deux a été la passerelle de l'autre. Un moment de bonheur doux partagé.

C'était il y a plus de trente ans. À l'époque, j'en croisais pas mal, des comme ça. Des gars et des filles qui prenaient les choses comme elles venaient. Parce que, comme l'a dit la fille de la loge : « C'est comme ça ! c'est la vie ! » Ceux-là n'avaient pas besoin de se fabriquer l'armure. Elle était héréditaire. Sculptée par des parents qui n'avaient pas la vie facile, mais qui s'en contentaient. Des gens de province, surtout. De la campagne, souvent. Des enfants de la terre ou des usines. La dureté de la tâche ne leur laissait guère d'autres échappatoires que le fatalisme et la bonne humeur.

Je n'en rencontre pratiquement plus, de ces insouciants. La faute à beaucoup de choses. La précarité galopante, bien sûr. L'inquiétude de l'avenir. Le chômage évidemment. L'insécurité guère plus présente qu'avant mais démultipliée dans l'esprit de beaucoup par la surinformation. Celle qui déverse à chaque journal télé des litres de sang dans notre assiette. Le chabrot morbide !

Et puis, le prix de tout. L'avalanche de publicités qui nous a rendu indispensables des choses dont on pourrait très bien se passer. Une frustration de plus. À laquelle on peut ajouter la surenchère du nombre d'ustensiles sans lesquels nous nous sentons en retrait de la société nouvelle. L'ordinateur, la télé, le lecteur DVD, le portable, entre autres. Et on s'enferre dans des dettes non remboursables juste pour se sentir exister comme le voisin. Les sociétés de crédit doivent tant à des différences de portail !

On peut évoquer aussi l'étalage des salaires mirobolants des stars du sport ou du show-biz. Les transferts à cent millions d'euros. Le classement des plus grandes fortunes du monde. Même les entrées dans les cinémas ne se comptent plus en fauteuils, mais en millions de dollars.

Et le Français très moyen voit défiler tous ces « zéros » des temps modernes sur les magazines de la salle d'attente de son ophtalmo. Il a mis six mois pour avoir un rendez-vous, et il n'est pas certain que ses soins seront remboursés.

— Il vaut combien, le yacht sur la photo ?

— Cinquante millions d'euros.

— Dommage que je voie flou, il doit être magnifique pour ce prix-là !

Ce sont ces mille frustrations ajoutées qui finissent par fabriquer un malaise latent général. Un « casse-bonheur » récurrent qu'on pourrait résumer en une seule question bien légitime. Tu te l'es forcément posée un jour :

— Et moi, alors ?

— Alors, voilà !

C'est tout ! Il n'y a pas de réponse à la question. C'est comme ça ! C'est la nouvelle vie. Anxiogène, segmentante et injuste. C'est le XXIe siècle. Malraux disait qu'il serait spirituel ou qu'il ne serait pas. Pour l'instant, il n'est pas. Pas très emballant, pas très gai, pas très rassurant. Dans le monde entier.

Et pour ce qui est de la France, notre coq aiguise plus ses ergots qu'il ne chante. Perché sur son édifice de revendications quotidiennes. Râleur et virulent, il lance au moindre regard de travers des : « cocoriquoi ? qu'est-ce t'as, toi ? ». Les trottoirs des grandes villes dégoulinent de défilés de tristes mines. Sans raison particulière. Comme si être seulement vivant et marcher librement dans la rue était une punition.

Comme me disait récemment un ami musicien :

— Le seul aimable que j'ai croisé en deux jours, c'est sur la pochette d'un vieux disque d'accordéon chez un brocanteur. (Pour les plus jeunes, Aimable était le nom d'un accordéoniste célèbre.)

Et mon ami a renchéri :

— En même temps, c'est l'air du temps. Les Daft Punk ont des casques. Comment tu veux qu'on voie leur sourire ?

Grincheux, ennemis de toute réforme pour peu qu'elle écorne notre intérêt personnel, nous nous complaisons dans une morosité défaitiste. Et on persiste à préférer sur les podiums le second au premier. Parce que celui qui est premier nous renvoie à la question récurrente :

— Et moi, alors ?

Malgré ça, je dois reconnaître qu'il y a quand même un domaine où nous sommes au top, en Europe. Mais j'ai peut-être une solution pour que ça ne dure pas : il faudrait fabriquer soixante-six millions d'armures pour déchoir enfin notre pays de son titre de champion toutes catégories de la consommation d'anxiolytiques.

Pour être complet sur nos défaites quotidiennes, je ne peux évidemment pas passer sous silence le tribunal permanent qu'est devenue notre société depuis quelques années. La télé et les réseaux sociaux ont donné le ton à nos échanges et les moyens à nos chasses à courre. Le jugement de l'autre est devenu sport national. Il existait depuis toujours à moyenne échelle. Mais là, il a pris un essor incontrôlable.

Tout le monde juge tout le monde !

La télé déborde de jurys pour le chant, la danse, la cuisine, la beauté, le sport, les stylistes, les coiffeurs, les campings, les politiques. Les réseaux sociaux sont en délibéré permanent. L'accusation et la défense se défient entre deux clics, et on suggère même des sanctions, des plus douces aux plus barbares. Cette publicité subliminale rejaillit sur chacun de nous. Et comme chaque juge finit par se retrouver jugé, chacun cogne et encaisse à tour de rôle. Les coups pleuvent. Et nos bonheurs se noient.

– Le constat est assez juste, me glisse Maman. Si ce n'est qu'il participe, lui aussi, à l'angoisse. Je croyais que tu écrivais pour leur donner du bonheur.

– Attends, Maman. J'y viens. Je ne suis pas un politique. Je ne fais pas un diagnostic sans ordonnance, moi !

Sans armure, on ne peut pas vivre dans un monde où chacun est l'ennemi de chacun. Alors, comme c'est la marche des choses, et qu'il me paraît utopique d'envisager une société nouvelle pour l'instant, autant se la fabriquer au plus vite, cette armure. Je te la prescris. En autoprojection à la demande. Et tant que les symptômes persistent, tu continues le traitement.

Je ne sais pas si mon ami Hollande lira ça un jour, mais je doute que je lui apprenne quelque chose. Ils ont dû la lui livrer en kit, l'armure. Avec les lunettes et la cravate de travers !

D'accord, il s'est un peu loupé, mais je suis fasciné par la faculté qu'il a eue à passer entre les gouttes. Et quand je dis les gouttes, je devrais dire les grêlons. Les averses pendant les discours et même la foudre sur son avion au premier voyage présidentiel, c'était un signe. Quel karma météo !

Qu'est-ce qu'il a pris !

Un ouragan de critiques, d'insultes, de trahisons, de malveillances. Et malgré ça, il a tenu jusqu'au bout. Je sais que beaucoup diront : hélas ! Je ne suis pas là pour en rajouter, ce n'est pas le sujet. Mais j'ai été et suis toujours fasciné par sa capacité hors norme à encaisser les coups. Même si, comme dit la sagesse de bistrot :

— Si t'as pas fait punching-ball en première langue, faut pas faire président !

Je ne sais pas en quel métal est son armure, mais je veux la même ! Je l'ai eu au téléphone un soir de « bonne année ! ». Le vœu était délicat à formuler, au vu de celle qui venait de s'écrouler. Il n'y a pas de faute, j'ai bien écrit « s'écrouler ». « S'écouler » aurait été incorrect. On ne parle pas de ruisseau, on parle de torrent.

C'était juste après la vengeance de Valérie. Le *Merci pour ce moment* qui enchante tant les chansonniers. Resté célèbre au point qu'on le décline toujours : Brigitte a aidé Macron à monter autant que Valérie a aidé Hollande à tomber : « Merci pour ça, maman ! »

J'avais donc composé son numéro de téléphone en cherchant mes mots. Pas facile de souhaiter l'équilibre à une statue en cours de déboulonnement. Alors, l'optimisme béat quand même. Ça sert à ça, les amis.

— Tu verras, tout va s'arranger. Ils finiront par s'apercevoir que ce n'est pas aussi noir qu'ils le disent… Mais dis donc, qu'est-ce qu'ils t'ont mis !

Il m'a répondu d'une voix calme et apaisée :

— C'est pas grave. Je m'y étais préparé.

Alors, je ne lui ai pas souhaité une année heureuse. Ça aurait été utopique. Meilleure seulement. De tout mon cœur. De tout mon loyal. Comme je l'ai toujours été avec mes amis, qu'ils soient de droite ou de gauche. Je n'ai pas l'option politique dans le véhicule de mes préférences amicales. Et si forte que soit la tourmente, je ne saute pas en marche par la portière.

Ça aussi, c'est une composante du bonheur : la loyauté. On dit qu'il faut pouvoir se regarder dans sa glace. L'expression est tronquée. C'est la glace qui nous regarde. C'est le reflet qui juge l'homme qui est devant. N'oublie jamais que même si tu baisses les yeux ce reflet continue à te regarder. Il n'y a que des gens droits dans les salles de bains heureuses.

A-t-il été heureux, lui président ?

Je ne pense pas. Grappilleur de petits bonheurs, çà et là, plutôt. De quelques passerelles entre deux manifestations, deux mises au pilori, deux trahisons. Deux attentats.

Il faut qu'elle soit solide, la passerelle, entre la vision de la salle de rédaction de *Charlie Hebdo* et celle du Bataclan après le massacre. Parce qu'il les a vus de ses yeux, les cadavres entassés. Les enfants de « sa » république. Obligé de prendre à son compte sa part de la barbarie. Ni coupable, ni responsable bien sûr, mais capitaine du bateau attaqué par les pirates.

Ça, c'est pour le président. Mais le regard de l'homme ? Nul doute que le film de ces boucheries le hantera jusqu'à la fin de ses jours. Nul doute qu'il faudra la sortir souvent du placard, l'armure. À chaque cauchemar, à chaque regret, à chaque ressac de culpabilité.

Alors, d'accord, ce n'était certainement pas la politique qui convenait. Et encore faudra-t-il attendre la suite pour être bien sûr que ce prétendu « pire » ne l'était pas moins que celui à venir. Le peuple a rendu son jugement et les médias l'ont exécuté. Pas le jugement, lui.

Qu'en restera-t-il ? Les pronostics vont bon train sur les plateaux télé des spécialistes. La loi des contraires. Des débats vides entre deux écrans publicitaires pleins. Était-il vraiment pire que tous les autres ? Pas pour moi. Quoi qu'il en soit, ce n'est pas aux médias d'en décider, c'est à l'Histoire. L'Histoire a toujours du recul. Les médias n'ont que de l'avance sur recettes.

Maman, qui préférait Sarkozy, me relance :

— Mais alors, pourquoi se battent-ils autant pour avoir la place ?

– Tu le sais bien. Pour la gloire et le pouvoir. Pour la vanité.

– Et leur bonheur ?

Quelques passerelles de-ci, de-là. Les soirs de victoire. Les jours d'investiture. Les nuits de trône à en caresser les accoudoirs en se disant : « J'y suis. » D'autres nuits encore où la toute-puissance a basculé dans leurs draps des belles ou des beaux qu'ils n'imaginaient qu'en rêve. Mais avec guère plus d'intensité que celle des petits bonheurs du tout-venant à égalité de conquête.

Guère plus de joie que chez Bébert, le footeux gersois, le soir de la victoire de son équipe contre les meilleurs du Lot-et-Garonne. Guère plus de félicité que dans le cœur de Gisèle le jour de son investiture à la tête des majorettes d'un petit village alsacien. Guère plus de satisfaction que pour le nouveau président du club de pétanque, caressant les accoudoirs de son pliant en se disant : « J'y suis. » Guère plus de fierté que pour Gérard, le chef de rayon qui a fini par mettre dans son lit la plus belle caissière de la grande surface.

– Justement, renchérit Maman. Et le tout-venant, dans tout ça ? Ce sont les politiques qui vont faire son bonheur ?

– Certainement pas. Ils ne sont pas là pour ça.

– Tous pourris ?

— Ah, non ! Pour être pourri, il faut d'abord être mûr. Et aux débats pour les présidentielles, j'ai plutôt vu des gamins immatures.

C'est vrai qu'on a eu droit à un beau festival de chamailleries de cours d'école. Des bagarres de préau. Une pitoyable récréation où on se balançait les cartables fictifs à la tête en criant : « C'est celui qui dit qui est ! »

Non, les politiques ne sont pas là pour nous rendre heureux. Il serait d'ailleurs temps de l'accepter une bonne fois pour toutes. Ça éviterait de perdre notre temps à les accuser de ne pas remplir une mission à laquelle ils ne sont pas dévolus. Hollande m'avait très bien résumé la chose :

— Quand un client de restaurant n'est pas content du menu, il dit : « Appelez-moi le patron ! » Moi, j'ai soixante-six millions de personnes qui tous les matins disent : « Appelez-moi le patron ! »

La métaphore culinaire est parlante. La métaphore artistique peut l'être tout autant. Les politiques ne sont pas des peintres impressionnistes. Ce sont des droguistes. Ils fournissent la toile, les pinceaux et la palette de couleurs. À toi de faire ton tableau de vie avec ça.

Alors c'est sûr qu'avec un pinceau qui perd ses poils, des couleurs délavées et une toile percée, tu as peu de chance que ton œuvre soit exposée au Louvre. Mais l'essentiel est de peindre ton bonheur à ton goût et qu'il te plaise. Encore une fois, ton regard sur toi importe plus que le regard des autres.

Là, c'est le tout-venant qui intervient :

— Métaphore, métaphore, est-ce que j'ai une gueule de métaphore ? Moi, je m'en bats les rouleaux, du patron du resto et de la Joconde ! Ce que je vois, c'est mon compte à la fin du mois, et ma femme qui trouve pas de boulot. Mon gosse handicapé qui est obligé d'aller se faire soigner à l'étranger parce qu'il n'y a pas de place chez nous. Ce que je vois, c'est cet enfoiré qui touche en aides sociales plus que moi en bossant dix heures par jour. Et ça, c'est la faute aux politiques ! Ces mecs-là passent la moitié de leur temps à aller à la télé dire ce qu'ils vont faire, et l'autre moitié, une fois qu'on les a élus, à aller à la télé dire pourquoi ils l'ont pas fait !

C'est faux. Il n'y a pas que des mecs. Il y a des filles aussi ! Ça, c'est pour sourire. Mais bien sûr qu'il a raison, le tout-venant. Bien sûr, n'en déplaise à ta gueule de métaphore, qu'on te refile à toi des toiles de plus en plus percées et des pinceaux de plus en plus pourris. Alors que dans les salles d'expos d'en haut ils s'échangent leurs croûtes pour des millions et des millions d'euros.

Le fossé se creuse de plus en plus entre ceux qui ont tout et ceux qui ont moins. Mais ce diagnostic primaire ne sert à rien puisque pour l'instant, il n'y a pas de remède. Alors, il faut faire avec. Souviens-toi de ce que disait le « pilote de formule 1 » en tout début de ce livre, tu sais, Schopenhauer :

« Le bonheur dépend plus de ce qu'on est que de ce qu'on a. »

Les politiques peuvent décider de ce que tu as ou de ce que tu n'as pas. Mais, c'est toi seul qui vas choisir ce que tu es ou ce que tu n'es pas. Donc ton bonheur dépend essentiellement de toi.

L'Assemblée nationale vote, hélas, chaque jour des lois pleines d'interdits de toute nature. Elle jette régulièrement sur nous un filet pour emprisonner nos actes et nos pensées. Fabriquer nous-mêmes nos moments de bonheur doux est la seule façon de passer à travers les mailles de ce filet. Si on ne respecte pas la loi, il y a la contrainte par corps. On ne peut pas contraindre l'âme.

« Aux âmes, citoyens ! »

Tu as remarqué que j'ai donné dès le début à ce chapitre un ton médiéval. J'ai choisi cette référence lointaine pour en faire résonner l'écho dans notre actualité. Mais je n'ai pas décidé de cette époque au hasard. Elle est très à la mode. Le Puy du Fou est le premier spectacle d'Europe aujourd'hui. Une correspondance festive.

Moins festives, les croisades inverses. Le djihad en terre impie. Moins festive aussi, la correspondance sociale. En ce qui concerne la répartition des richesses, nous ne sommes pas si loin que ça de la féodalité. Le seigneur au château et les serfs au boulot ! On peut même constater des reculs. Le Moyen Âge nous a donné l'imprimerie pour offrir le maximum de caractères à nos écrits.

Le texto les a réduits pour en offrir un minimum à nos messages.

Pour clore ce parallèle rapide sur une note chansonnière : on a quand même fait de nets progrès dans le domaine de la cruauté. Même si elle a raté son débat du deuxième tour de la présidentielle, on n'a pas brûlé Jeanne d'Arc pour ça !

Donc, dans la droite ligne de ces correspondances, je vais poursuivre ce petit jeu de références moyenâgeuses pour étayer mon discours. Après l'armure, je voudrais m'appuyer sur un fait marquant de cette période pour mieux décrypter le bonheur de nos jours.

Cent ans ! La guerre a duré cent ans. En fait, bien plus. Elle a duré exactement cent seize ans, de 1337 à 1453. Et, enfants, nous avons tous annoné cette « péripétie » de l'Histoire sans vraiment être conscients de ce que cela représentait. Un siècle de bagarre nationale pour une couronne. France, Angleterre, le tournoi des deux nations ! Cela veut dire que beaucoup, de ce temps, n'ont jamais eu la chance de connaître leur pays en paix de toute leur vie. À l'envers de la plupart d'entre nous aujourd'hui.

Nous vivons, en France, depuis plus de soixante-dix ans sans occupants, sans couvre-feu, sans bombardements, sans rafles. Bien sûr, la nouvelle guerre terroriste peut frapper à n'importe quel moment, à n'importe quel endroit. Loin de moi l'idée d'en minimiser l'horreur. Mais la guerre totale nous a épargnés depuis plus d'un demi-siècle, par bonheur. C'est ce « par bonheur » que je veux analyser.

J'ai eu le privilège de dîner un soir avec Marcel Carné. Fabricant ès chefs-d'œuvre du septième art : *Quai des brumes*, *Les Visiteurs du soir*, *Hôtel du Nord*, *Les Enfants du paradis*. Quand je lui ai demandé quelle avait été la période la plus heureuse de sa vie, il m'a répondu sans hésiter :

— La guerre.

Et il a ajouté :

— La chape de plomb de la menace permanente gonflait l'intensité du moindre moment d'évasion, du moindre petit bonheur. L'esprit était à la fête. Chaque instant de plaisir volé était un cadeau. Comme dans toute période de restrictions, le minimum devenait un extra.

— Profitons-en tant qu'on est vivant, c'est ça ?

— C'est ça.

Alors, j'en reviens au défilé des tristes mines sur nos trottoirs d'aujourd'hui que j'évoquais plus haut. Faudrait-il une bonne guerre pour nous redonner le sourire ? Bien sûr que non. Surtout pas cette guerre-là. Mais une lutte contre notre conscience anémiée, oui. Contre notre manque d'émerveillement. Contre notre entêtement à assombrir ce qui brille encore de mille feux.

Faut-il attendre que nos monuments soient en ruine pour les trouver beaux ? Faut-il attendre le hurlement des sirènes d'alarme pour se réjouir de la quiétude ? Faut-il attendre d'être incarcéré vraiment pour juste se satisfaire de la liberté ? Faut-il attendre les pénuries pour se réjouir du suffisant ? Sans se plomber le moral parce qu'on aimerait avoir plus, toujours plus et encore plus.

C'est un complice de Carné, Prévert, qui disait :

« On reconnaît le bonheur au bruit qu'il fait quand il s'en va. »

Et si on l'invitait à la maison avant qu'il parte ?

Pour boire un verre de vin frais, croquer dans un fruit, border nos enfants, rire, chanter, aimer. La guerre rationne la nourriture, jette des exilés sur la route ou dans les flots. Elle oblige à pleurer, à se taire, à haïr. Et si on se posait un instant juste pour prendre vraiment conscience des chances que l'on a ? Au lieu de ruminer et ruminer encore les malchances que l'on suppose.

Un des avantages du bonheur est d'être relatif. C'est d'Einstein : E = MC 2. C'est de moi : E spoir = M a C hance multipliée par 2 !

Ma chance de vivre dans un pays libre et en paix où les feux d'artifice ne sont pas des éclats de missiles. Où les wagons des trains ne sont pas plombés. Où on attribue des étoiles aux restaurants, pas aux enfants. Où les bruits de bottes ne résonnent que sur des chemins de pêcheurs ou sur les podiums des défilés de mode. Où nos exodes nous entassent pour cause de RTT, pas de RAF. Où nos tickets ne sont pas des tickets de pain, juste quelques

Rapido à gratter. Où nos famines ne sont que des régimes amincissants. Où on ne pleure pas sur nos ruines. On les photographie pour garder un souvenir du site. Où les envahisseurs de Paris sont des touristes japonais, avec pour toute arme un Nikon en bandoulière. Où dans cette France libérée, nous ne sommes pas aussi outragés, brisés et martyrisés que nous avons tendance à le croire.

Des avions de chasse passent souvent en vol bas au-dessus de mon antre de Martel. En course d'essai. Je peste contre le bruit assourdissant qui pollue mon silence pendant quelques secondes. Et puis, lorsqu'ils ne sont plus que des points lointains, je souris. Et je lance à mes amis :

— C'est bon, vous pouvez sortir des abris !

Une petite plaisanterie pour les rappeler à l'ordre. L'ordre des choses. La priorité qu'il faut accorder en permanence à la relativité. Rien n'est aussi grave que le pire. Et encore ! Si ça se trouve, le pire a de la réserve.

« Le bonheur est dans le pré, cours-y vite, cours-y vite. Le bonheur est dans le pré, cours-y vite, il va filer. » (Paul Fort).

Je suis plus « Fort » que toi. Pas besoin d'y courir, j'habite dans le pré !

Pour poursuivre ce chapitre, je vais revenir en quelques lignes sur son intitulé : « Le pont-levis ». Cette barrière que l'on peut refermer à l'entrée du château fort pour se protéger des assaillants. Son utilisation régulière peut, elle aussi, te faire découvrir des recoins de bonheur à portée d'âme. Elle est simple, sans frais et sans effort.

Le château fort, c'est toi. Il te suffit d'en barricader l'accès de temps en temps. Pour te couper des plus anxiogènes des « casse-bonheur » modernes : les nouvelles du jour. Tu sais, les guerres du bout du monde, les faits divers angoissants, les menaces sanitaires, le mauvais temps qu'il va faire demain, les sondages apocalyptiques qui te prédisent la fin de la planète. Les infos courantes, quoi !

Dresser le pont-levis de temps en temps, c'est éteindre la télé, ne pas allumer la radio, ne pas lire les journaux, débrancher son téléphone. S'isoler quelques heures ou bien plus pour ne parler qu'à soi-même.

C'est un ami à l'œil bienveillant qui m'a initié à cette parenthèse heureuse. Un jour où je lui proposais :

— Tu veux qu'on déjeune ensemble lundi ?

Il a répondu :

— Non, lundi et mardi, j'ai « château fort » toute la journée.

— Quoi ?

— « Château fort. » Je ferme le pont-levis.

— Tu participes à un spectacle médiéval ?

— Non. C'est une image. Je m'isole. Je me calfeutre. Pendant deux jours, je coupe tous les médias et je ferme mon téléphone.

— Et ta famille, tes amis ?

— Je m'en isole aussi.

— Totalement injoignable, donc ?

— Injoignable et intouchable. Une sorte de jeûne du dehors. Tu devrais essayer, ça fait un bien fou !

Ce « château fort » m'offre l'occasion de te faire l'éloge de la solitude. La solitude choisie, bien entendu. Mais je dois m'arrêter avant sur la solitude forcée. Parce qu'à l'autre bout de mes pages, ils sont certainement beaucoup à avoir ouvert ce livre dans l'espoir d'y trouver peut-être un remède à leur mal de vivre seuls. Je ne serai pas exhaustif. La tâche est trop grande. Dix tomes n'y suffiraient pas. Je vais juste tenter d'être un peu réconfortant.

Mais, au préalable, un état des lieux.

La solitude forcée, c'est un deuil, une rupture, un abandon. C'est un divorce avec le monde pour cause de rejet physique, intellectuel, social. C'est un manque de moyens. Un manque d'audace pour aller vers les autres. C'est un téléphone qui ne sonne pas. Une télé, un chien, un chat. Un Scrabble seul. Un Monopoly où on achète dix fois la rue de la Paix sans que personne en paye le loyer. C'est un bocal où on regarde tourner un poisson rouge. C'est surtout un bocal où on « est » le poisson rouge.

La solitude forcée, c'est souvent l'âge. Avec ses rides geôlières qui enferment les bancals, les tremblants et les improductifs. Au mieux, on s'effiloche dans des salons de survie. Avec la même télé, le même chien, le même chat. Et la photo au mur des enfants qui viennent trop rarement. Au pire, on se rabougrit dans des « maisons de retrait ». Sans télé, sans chien, sans chat. Et la photo au mur des enfants qui ne viennent jamais. Qui ne viendront plus.

C'est vrai que le bonheur a bien du mal à s'insinuer sous des portes closes ou par le trou de leurs serrures fermées à double tour. Et même ! Serait-il le bienvenu ? On n'y croit pas. On n'y croit plus.

— Une solution, Patrick ?

— Toujours la même. Se battre.

— Encore faut-il en avoir la force !

Il ne faut pas beaucoup de force pour voyager dans sa tête à défaut de partir en croisière. Il suffit de feuilleter un livre. Ou mieux, de tenir un stylo. Écrire. Et écrire encore. Même mal. S'inventer sur papier des pays, des aventures, des amis, des amours. Sans limites. Jeter l'encre du bateau fantôme.

Il faut un peu plus de force pour tenter une sortie. Aller marcher dans la rue, même à pas lents. Essayer les autres.

N'importe lesquels. Même si l'on s'est donné l'illusion à travers quelques sites Internet que l'on existe encore pour le reste du monde. Le reste du monde a des yeux, des bras, des mots. Des vrais. Les écrans évitent des coups de soleil. Il faut prendre le risque de s'exposer sans protection. En surmontant ses peurs, ses défiances, ses rancœurs. Se réconcilier avec l'océan. En se persuadant que cet exil n'est pas Sainte-Hélène, juste une île d'Elbe.

Enfin, et c'est le plus difficile, il faut beaucoup plus de force pour accepter cette solitude comme un privilège. Celui de la liberté de n'appartenir qu'à soi. De transformer cet isolement forcé en isolement choisi. Se dire que ce à quoi les événements nous ont contraints n'est pas une punition mais un cadeau. Et tenter la plus belle victoire sur soi-même : devenir maître de ce qui nous a été imposé.

Ne pas se précipiter sur le téléphone quand il sonne. Sourire chaque matin dans la glace à son meilleur ami : soi. Prendre le temps, sans planning précis. Savourer le silence. Avec une foule d'autoprojections consolatrices : les gens dehors qui courent stressés, pressés. Les tristes mines. Le vacarme des voitures et des travaux. La rumeur incessante des conversations insipides. Le jugement des autres, leur incivilité, leur égoïsme.

Et surtout, comme autoprojection majeure : toi, assis sur un rocher, qui observes à tes pieds en souriant une nuée de fourmis qui s'agitent. Agglutinées et mécaniques. Robotisées. Déshumanisées. Nombreuses certes, mais, va savoir ? Peut-être bien plus seules que toi.

Voilà !

Après ces petites suggestions pour améliorer ta solitude forcée, je m'aperçois que ce n'est plus la peine d'énumérer les avantages de la solitude choisie. Je viens de le faire. Ce sont les mêmes.

Je vais juste ajouter qu'il est essentiel à ton bonheur de te retrouver le plus fréquemment possible seul avec toi-même. Dans la foule, tu finis toujours par te perdre de vue. Son brouhaha fait que tu en arrives à ne même plus t'entendre penser.

Si tu veux protéger ton bonheur, apprends à te protéger des autres. Ne les fuis surtout pas. Va vers eux. Donne-leur et apprends d'eux. Mais accorde-toi le plus possible de rencontres avec toi seul. Même au milieu des embouteillages de contrariétés et de toute autre sorte de contrainte, c'est le seul rendez-vous où tu es certain de ne jamais arriver en retard.

Alors, je résume :

Je t'ai déjà proposé quelques autoprojections : le radeau de fortune, l'armure, les sacs. Ajoutes-y le pont-levis et les fourmis de la solitude forcée ou choisie. Ce n'est qu'un début. Mais en respectant cette première prescription, tu pourras d'ores et déjà multiplier les petits moments de bonheur doux. Simples. Sucrés. Et profiter pleinement de ce que la vie a de merveilleux. Le pont suspendu d'où tombent mille étoiles.

Les étoiles ne peuvent briller que sur fond noir. C'est l'obscurité qui les découpe. La vie est une souffrance. On la débute en pleurant et on la finit en râlant. Les tourments, les maladies, les contrariétés, les échecs et les haines nous font avancer sur un chemin sombre. Au jugé. Avec, à chaque pas, un risque d'embûche ou d'embuscade.

Les petits bonheurs, ce sont ces centaines de petites lumières qui clignotent au ciel des optimistes. Tes repères. Tes guides. Ne les perds jamais de vue.

Quelques étoiles de bonheur :

La pomme est tombée sur la tête de Julien. Aïe ! Ça va, c'est rien, c'était une petite pomme. Elle a rebondi à un mètre de lui. Il la prend et il la frotte contre sa chemise d'été. Et il croque en souriant. La chanson des abeilles. Un coucou au loin. Le pommier commence à glisser sur lui, millimètre par millimètre, son drap d'ombre fraîche. C'est juillet. Quel jour ? Il ne sait même plus. Il est bien. Véronique a prévu pour ce soir du melon et des fraises. Elle vient de se pencher sur lui en robe légère. Un frisson de vent a soulevé le tissu. Il a entrevu le bas de son ventre. Elle lui tend un verre que les glaçons ont embué. Il boit. Et puis ils échangent un long baiser qui sent le rosé frais, la menthe et l'amour. C'est presque rien… mais c'est déjà beaucoup ! Une étoile.

La main de l'enfant s'écarte à peine du pied de la table. Puis s'y rattrape. Une nouvelle fois, elle s'écarte. Un seul doigt la relie encore. Le doigt lâche. L'enfant titube. La tête part en arrière, puis se rééquilibre vers l'avant.

Julien s'inquiète. Et s'il allait se fracasser le crâne sur le meuble du coin ? Il veut intervenir mais Véronique le retient. L'enfant se cabre. Le genou tente d'entraîner le pied, mais le pied résiste. Et d'un coup il se décolle du sol. Il avance de quelques centimètres. L'autre pied va suivre. L'enfant rit. Il a l'air heureux. Ils le sont bien plus que lui, Julien et Véronique… Thomas vient de faire ses premiers pas ! Une étoile.

La pluie a cessé de tomber. Par la fenêtre de son petit appartement, Julien regarde les gouttières lâcher leurs dernières larmes. Les siennes ne sont pas encore sèches de la veille. Trois jours sans mettre un pied dehors. Ni un œil. C'est la première fois qu'il ouvre les rideaux. Il n'a pas quitté la chambre. Replié, fripé et sale, dans l'obscurité. Comme son cœur. Il se répète en boucle :

– Mais pourquoi m'a-t-elle quitté ? Pourquoi ? Mais pourquoi ?

Mais pourquoi… klaxonnent-ils si fort dans la rue ? Un taxi qui bloque la circulation, comme d'habitude. La portière arrière s'ouvre. Une jambe. Une main. Une valise. Une chevelure. Des yeux qui se lèvent vers lui. Un sourire. Véronique est revenue… enfin ! Une étoile.

La vie est faite de tout un tas de petits malheurs… Par bonheur !

LE PONT SUSPENDU

« Dans une petite étincelle accrochée au ciel, j'ai vu un… »

Maman me stoppe dans mon élan.

— Avant que tu développes ta citation, je voudrais que tu éclaircisses quelque chose.

— Quoi ?

— Depuis le début de ce livre, tu parles de bonheur, mais tu n'en as toujours pas donné ta définition exacte.

— C'est vrai.

— Je voudrais surtout que tu m'expliques la différence que tu fais entre le bonheur et la joie, par exemple.

— C'est simple. Tu te souviens de ton gâteau préféré ?

— Je ne vois pas ce que la pâtisserie vient faire là-dedans.

— Réponds-moi, et après je développe.

— Le mille-feuille.

C'est exactement ça. Un mille-feuille. Un délice à la fois doux et craquant. La joie n'est, pour moi, qu'une expression du bonheur. Une strate parmi d'autres de ce dessert sucré. On retrouve, dans ce mille-feuille, des couches qui individuellement ne suffisent pas à faire le bonheur. Mais si on les additionne, ça donne un gâteau de rêve.

Ces couches, pour moi, sont : la sérénité, la sagesse, l'optimisme, la joie, l'amour, la force, l'invulnérabilité, l'espoir, la légèreté, le recul, l'estime de soi, le sens de l'humour, l'équilibre, l'insouciance et la confiance.

Plus des dizaines de nuances infimes, des sensations, des ressentis qu'on ne peut qualifier par des mots. Soit que ces mots ne sont pas assez précis, soit qu'ils n'existent pas. C'est la superposition de toutes ces couches qui fait un bonheur plein. Et plus elles sont nombreuses, plus le bonheur tend vers l'absolu et a des chances de durer.

Lorsqu'on m'a confirmé par téléphone que j'avais un cancer de la peau, j'ai dit à la première personne que j'ai croisée :

— On vient de m'annoncer un truc. C'est un signe astrologique, mais je ne me souviens pas lequel. Attends… Poissons, Sagittaire, Scorpion… euh… non… Ah, Cancer… c'est ça, cancer… c'est un cancer que j'ai !

L'homme en face de moi a ouvert de grands yeux ahuris et j'ai souri. C'est ainsi que, sans attendre, j'ai commencé à construire ma passerelle. Je pense sincèrement que ce pied de nez à la maladie a été une des clés de ma guérison. Un moment de bonheur doux que je me suis imposé. Dans ma réaction, il y avait la force, la légèreté, l'optimisme, le sens de l'humour. Quelques couches seulement. Pas assez pour faire un bonheur plein, mais suffisamment pour affronter le coup du sort. Une bouchée de mille-feuille !

J'ajoute que l'appellation « mille-feuille », pour ce qui est de la pâtisserie, surévalue le nombre de ces couches. En réalité, il n'y en a que quelques-unes. Mais le nom qui a été donné à cette gourmandise en multiplie la richesse dans l'inconscient. C'est aussi ma vision du bonheur. Nos bonheurs sont souvent bien moins fournis que l'idée qu'on s'en fait. Mais l'essentiel est de les déguster comme tels.

Ce mille-feuille est donc ma définition imagée du bonheur. Elle est totalement subjective. Donc, elle est discutable. C'est aussi pour cela que j'écris ces lignes. Pour susciter un dialogue entre toi et d'autres ou même entre toi et toi.

« Disserter du bonheur est la façon la plus élégante de s'en approcher. »

Depuis que je parle de l'écriture de ce livre autour de moi, j'ai passé des heures formidables à partager des impressions, des doutes, des certitudes. Et chacun de mes interlocuteurs est rentré chez lui avec des questions ou des réponses. Et surtout, ils m'ont avoué que ces échanges avaient réveillé en eux une part de spiritualité endormie… Vous voyez, monsieur Malraux, on n'y est pas encore, mais, on avance. À petits pas, mais on avance !

— Ça te convient comme réponse, Maman ?

— Oui. Tu peux reprendre ta citation. C'est encore du Schopenhauer ?

— Non, du Dassin.

— Jules, le cinéaste ?

— Non. Joe, son fils, le saltimbanque.

— C'est un peu léger comme référence philosophique !

Justement, c'est pour la légèreté que j'ai choisi ces paroles d'une de ses chansons. Et aussi pour son titre : *Ma Bonne Étoile*. Ça résume parfaitement tout ce que je vais aborder dans ce chapitre. D'abord les vertus de l'insouciance, et l'influence majeure que peut avoir la superficialité sur nos bonheurs. Et, ensuite, la part de l'imprévu dans tout événement heureux. Ce qu'on appelle communément : « les cadeaux du ciel ». Ce que chacun attribue selon ses croyances au destin, au hasard, ou à Dieu.

La bonne étoile, donc !

Refrain de *Ma Bonne Étoile*, chanson de Joe Dassin des années 1970 :

«Dans une petite étincelle accrochée au ciel

J'ai vu un feu d'artifice grand comme un soleil,

Et depuis ce temps-là, si j'ai l'air heureux,

C'est que tu brilles nuit et jour dans le fond de mes yeux.»

Pas de quoi recevoir une victoire de la musique, voire un prix Nobel de littérature ! Mais la légèreté de ces paroles, c'est tout le symbole de ces années insouciantes, aériennes, volatiles. En tout cas, celles que j'ai vécues bien au chaud dans ma province heureuse.

Je ne vais pas te réécrire mon dernier livre *Le Vrai Goût des tomates mûres* sur le thème du: «Je ne sais pas si c'était mieux avant, en tout cas, c'était moins pire !» Je veux juste mettre le doigt sur les bienfaits du futile, du léger, qui ont ensoleillé cette époque. Et de l'écho qu'ils pourraient avoir de nos jours, si le «tout sérieux» et le «comme il faut» ne cadenassaient pas chaque jour un peu plus nos velléités d'évasion.

Les années 1970, 1980, c'est ma nostalgie bien sûr. Logique à mon âge.

«La nostalgie, c'est la béquille des vieux pour éviter de boiter du cœur.»

Mais pas seulement. Je connais beaucoup de mômes d'aujourd'hui qui ont cette même nostalgie. L'anachronisme rêvé: regretter un temps qu'ils n'ont pas connu.

Juste à partir du regard brillant de leurs aînés quand ils leur en parlent. Ou de la rediffusion de vieilles images télévisées qui respirent la joie de vivre. Ou même encore du tempo des chansons de l'époque. Ces paroles légères sur des rythmiques faciles, de Cloclo aux vieux tubes disco, qu'ils écoutent en boucle dans leurs soirées d'aujourd'hui.

Et tout le reste. Les drames du monde étaient cantonnés à un coin de télé, de transistor ou de journal. À l'envers de l'actuel flot ininterrompu des cataclysmes en tout genre décortiqués par les chaînes spécialisées. Les sourires fleurissaient bien plus au coin des rues. La convivialité des commerçants de proximité était quotidienne. Amazon ne te proposera jamais :

— Y en a un peu plus, je vous mets tout ?

Les angoisses existentielles étaient réduites à quelques brèves de comptoir :

— Quand t'es mort, t'es mort ! Tu t'en fous que tes copains viennent à l'enterrement, tu pourras pas boire un coup avec eux !

— T'es le seul à pas avoir remis ta tournée. Il a raison, Sartre, l'enfer c'est les autres. Surtout toi !

— Dieu, c'est un homme comme les autres. Quand il rentre tard, sa femme l'engueule pareil. Ça doit être ça, les orages !

Et puis, les bals, les fêtes, le tabac, l'alcool, la vitesse, la culture des rues. L'humeur à la farce, à la trivialité. L'anti-mode. La contestation libertaire. L'anarchie festive. Plus le sexe sans retenue. Ni dans les actes, ni dans les mots. Bref, tout ce qui aujourd'hui est mis au pilori, montré du doigt, dénoncé comme vice asocial et dégradant. Tout ce qui est de plus en plus fréquemment traîné au tribunal par mille associations bien-pensantes. Entre nous, souvent plus pour des raisons lucratives que morales.

Eh oui ! J'ai ri de blagues lourdes. J'ai bu, fumé, roulé vite, fait l'amour à des jouisseuses d'occasion et passé plus de temps dans les discothèques que dans les musées. Mes frasques étaient des ballons gonflés à l'hélium. Je volais. L'insouciance m'a fait toucher les nuages. J'ai passé des années à voir la réalité d'en haut. Sans me soucier de mon « paraître ». Je me suis contenté d'être. Sans me vanter, je crois bien que j'ai été heureux. Pas en continuité, bien sûr, mais je me suis efforcé de ne laisser passer aucune miette, aucun moment de bonheur doux.

Et alors ?

— Alors, vous êtes un beauf, monsieur, lance le sentencieux ! Un irresponsable sexiste et dégénéré. Un réac englué dans des souvenirs gras sans une once d'élégance. Qui plus est, un exemple détestable pour la société en général et vos enfants en particulier. Mais ça ne m'étonne pas. Vos chansonnettes sont bien à l'image du personnage. Insipides, vulgaires, nuisibles.

— Nuisibles ?

— Oui. Ce que vous véhiculez est assassin. Notre société a besoin de s'élever. D'aller vers plus de conscience, de responsabilité pour un monde productif, sain et équilibré. Vous êtes à l'image, hélas !, de cette populace qui n'a d'autre ambition que de jouir avec vulgarité du moindre plaisir sans en mesurer les conséquences.

— Lesquelles ?

— Fumer, boire et conduire vite tuent. Le sexe à tout-va animalise l'être humain. L'humour de salle de garde est un défouloir d'une indignité à vomir. Et surtout, le manque de bienséance et de conscience intellectuelle vous déclasse d'une manière rédhibitoire. Je ne condamne pas votre nostalgie. Vous y avez droit…

— Encore heureux !

— Mais l'époque n'est plus à une insouciance délétère. Que vous le vouliez ou non. C'est comme ça. Ce qui vous a ravi, je n'en doute pas, est dépassé. Votre présumée légèreté est ringarde. Il faut vous y faire. Le monde a changé. La culture de l'homme ou de la femme moderne ne se limite pas à quatre bandes dessinées, deux chansons d'amour, ni même aux auteurs classiques si tant est que vous les ayez lus.

— Ça m'est arrivé.

— C'est insuffisant. L'heure est à la prise de conscience écologique, sanitaire, politique et au numérique. Votre déni de la réalité est une faute citoyenne. Même si c'est contraignant, il faut absolument s'instruire, s'informer, s'impliquer dans chaque décision grave qui peut tirer la civilisation vers le haut. Se divertir est superflu. Et abêtissant. C'est le comble de la stupidité d'avoir les outils de son amélioration intellectuelle à portée de main et de ne pas s'en servir.

— Et si je préfère garder mes mains pour jouer aux cartes, lever un verre, caresser une fille, serrer celles d'un ami ? Et surtout, si je fais le choix de mettre ces mains devant mes yeux pour ne pas voir la laideur du monde ? Et de les mettre aussi sur mes oreilles pour ne pas entendre ce qu'on m'ordonne que je sois ? Juste parce que j'ai envie de rester ce que je suis : insouciant et profondément optimiste.

— Alors, vous êtes irrécupérable !

— Irrécupérable, mais heureux comme un gosse à Noël. Avec le bonheur de me faire chaque jour des cadeaux à moi-même.

— Vous avez dit le mot. Vous êtes un sale gosse. Votre drame est de n'avoir jamais grandi. La vie n'est pas un préau d'école. Il y a des règles, une tenue et des codes d'intelligence et de bonne conduite à respecter. Je ne veux pas faire offense à votre âge avancé, mais à soixante-quatre ans, il serait temps que vous deveniez adulte !

Ah, non ! Surtout pas ! La conscience de l'âge adulte est un des principaux freins au bonheur. La force de la jeunesse est d'être insouciante ; celle de la vieillesse, de plus en plus indifférente. C'est entre les deux que ça coince. Quand on décide de jouer les grandes personnes. Quand on range sa blouse d'écolier en attendant sa canne de retraité. Toutes ces années pendant lesquelles on rogne sur sa légèreté pour installer sa situation professionnelle et affective.

Je dis souvent sur scène :

« Quand j'étais jeune, dans mon village, si ça se trouve on était malheureux et on ne le savait pas. Parce qu'il n'y avait pas un connard pour nous dire au journal de vingt heures qu'il y avait la guerre partout, des inondations en Inde, et que la planète allait bientôt crever. »

Un aparté de chansonnier. Mais pas si innocent qu'il n'y paraît. La jeunesse heureuse doit beaucoup à sa vision périphérique étroite. Son petit monde à elle. Sans raisonnement inutile. Les enfants quittent la table quand les parents commencent à entamer leurs conversations de grands. Par insouciance. Un sixième sens qui les écarte de ces échanges stériles dont il ne sort la plupart du temps que la vanité d'avoir donné un avis que l'on juge essentiel à des interlocuteurs qui s'en fichent royalement. Persuadés, bien entendu, que leur avis à eux est le seul qui compte.

L'insouciance des enfants, c'est le pouce qu'on suce sans la conscience de la déviation dentaire. Les écorchures sans la projection du tétanos. Les parents qu'on embrasse sur la bouche, sans le jugement de certains pédopsychiatres qui y voient une grave atteinte à leur identité, voire des arrière-pensées incestueuses.

Et puis les farces gratuites et incorrectes. Les bombes d'eau lâchées de la fenêtre sur le voisin. Les concours de pets sous les draps. Les gros mots. Les chapardages de bonbons. Sans qu'un quelconque juge de moralité prononce des condamnations pour agression caractérisée, scatologie, grossièreté, ou vol qualifié.

L'insouciance de la jeunesse, c'est échanger des billes sans demander de reçu. Effacer le cœur percé d'une flèche sur le bois d'un arbre sans exiger une pension alimentaire. Tomber de vélo sans porter plainte contre Décathlon. Avoir une maîtresse qui ne se plaint pas d'avoir passé le dimanche sans nouvelles de vous. C'est ne maquiller ni son visage, ni ses colères. C'est trépigner. C'est faire des caprices sans que la voisine de bureau fasse tomber la sentence :

— Mais pour qui il se prend, celui-là ?

C'est justement ne se prendre que pour ce qu'on est. Avec ses failles, ses fiertés mal placées, ses indécences et ses complexes sans pour autant se précipiter sur un divan de psy. L'insouciance de la jeunesse, pour les déjà grands, c'est toujours un peu des bonheurs perdus.

— Et l'enfance battue, martyrisée, m'oppose Maman. Tu crois vraiment qu'elle est insouciante ?

— Certainement pas. C'est une horreur, un cauchemar. Mais qui appuie d'autant plus mon argumentation.

« Les jeunesses malheureuses fabriquent des enfants au regard d'adulte. Les jeunesses heureuses, des adultes au regard d'enfant. »

Le problème, ce n'est pas l'enfant, c'est l'adulte. Celui qui se sert de sa force pour cogner, humilier. Et le drame pour l'enfant, c'est de devenir grand avant l'heure. En terme de bonheur, l'âge adulte est le pire de notre vie. Mais si on a survécu à cet âge-là sans trop de séquelles, on peut avoir la chance, à la vieillesse, de retrouver des pointes de bonheur à travers non pas de l'insouciance, mais de l'indifférence.

L'expérience lézarde les murs de nos châteaux en Espagne, et noie nos illusions au fond du lac. Et c'est ainsi que le temps passé nous apporte le recul et la sagesse. Deux couches de mille-feuille que seul le vécu peut bonifier.

L'indifférence de la vieillesse nous écarte des médias qui ne nous apprennent rien qu'on ne sache déjà. Elle nous éloigne aussi définitivement des amours tapageuses dont on sait bien que le tintamarre qu'elles font n'est qu'un bruit de casseroles. On se contente du fond sonore du tic-tac de la pendule. Comme le compte à rebours du lancement d'Ariane. On le sait bien, que le décollage est imminent. Alors, on profite mieux. Parce que lassé d'avoir passé sa vie à se poser des questions qui n'avaient pas de réponses, on ne se les pose plus.

On retrouve le plaisir de juste respirer l'air ambiant sans y ajouter un parfum artificiel. Le plaisir de faire ses avant-derniers pas comme on goûtait le plaisir de faire les premiers. On savoure chaque instant de sursis. Comme il est rare que la maladie ne nous impose pas son théâtre de médecins et d'infirmiers, on se délecte des entractes. Et on revit de mourir bientôt ! Comme si on recommençait. On est même capable de relancer des bombes à eau et de refaire des concours de pets sous les draps. Sale gosse, va !

Un vieil ami, chef d'une grosse entreprise à la retraite, m'a dit un jour :

— Quand j'étais jeune, je me foutais de tout. Avec l'âge, je m'en fous tout autant. Mais, qu'est-ce que j'ai pu perdre comme temps entre les deux à me gâcher la vie pour des choses qui n'en valait vraiment pas la peine !

— Tu l'as quand même réussie, ta vie.

— Honnêtement, aux deux tiers, le premier et le dernier. À partir de vingt ans, j'ai bâti une famille et un petit empire. En termes de bonheur, je pense sincèrement que ce que j'ai fait de mieux, c'est ce que j'ai fait de pire.

— Tu n'exagères pas un peu ?

— Non. J'adore ma femme et mes gosses. Je suis fier d'être parti de rien, et d'avoir construit une réussite exemplaire. Ça m'a donné des plaisirs fous. Mais à quel prix ? Comme tu dis, il ne faut pas confondre les plaisirs et le bonheur. Pour le reste, tout était sérieux, grave. Je n'avais pas droit à l'erreur.

— Tu ne t'es pas trompé beaucoup.

— Si. Quand je me suis dit que pour réussir, il fallait que je me foute moins de tout. Le jour où j'ai grandi. J'aurais dû passer directement de l'insouciance à l'indifférence. J'aurais été plus heureux. Un peu comme toi, d'après ce que je crois voir dans ton regard toujours plus gai que le mien.

J'ai confirmé à mon ami que je devais mon regard amusé au fait que je m'appliquais chaque jour à prolonger au maximum l'insouciance de l'enfance. En attendant l'indifférence de la vieillesse qui ne devrait pas tarder.

C'est cette insouciance d'enfant qui me fait sautiller sur *Les Sardines* sur toutes les scènes de France, à l'âge où je devrais me contenter de les étaler, la main tremblante, sur une tartine de pain grillée. C'est cette insouciance qui me fait persister dans l'émerveillement à chaque numéro du *Plus Grand Cabaret du monde*. En hommage au petit garçon qui regardait *La Piste aux étoiles* plus souvent que *Cinq Colonnes à la une*.

C'est cette insouciance qui m'a fait tenter récemment à la télé un *Grand Burlesque* à scandale. Pensez donc ! Des blagues de potache inégales et triviales à l'heure où la télévision déborde de débats d'idées d'un sérieux abyssal et de séries toutes plus macabres les unes que les autres.

Ma tentative de futile a avorté. Elle était inconséquente, osée, délirante, inconvenante et imparfaite. Une gaminerie. Et malgré le mitraillage à l'arme lourde des critiques de tout bord, je n'ai qu'un regret : ne pas avoir pu renouveler l'expérience. Je suis certain qu'avec quelques ajustements, j'aurais pu faire pire !

Et na !

La légèreté est donc une des couches du mille-feuille. Elle seule ne fait pas le bonheur, mais elle y participe. Je ne vais pas égrener les autres pour l'instant. On aura le temps d'en parler plus loin. Je vais revenir à *La Bonne Étoile*, la chanson prétexte à aborder les composantes hasardeuses de notre bonheur. Selon l'expression populaire, ce que le ciel nous envoie. Le ciel, le hasard, le destin, ou Dieu comme je l'ai écrit en préambule.

Maman me relance :

— Tu dis que le bonheur est un travail. En l'occurrence, on aura beau s'échiner, nous ne sommes pas maîtres de ce qui nous tombe sur la tête.

— Nous ne sommes pas maîtres de ce que le sort nous envoie, mais c'est nous qui décidons de ce que nous en faisons.

— Même le pire ?

— Même le pire.

Je vais prendre un exemple concret. Sans doute un des plus parlants pour t'expliquer comment le bonheur peut prendre le pas d'une façon lumineuse sur un malheur annoncé.

Elle est anglaise et elle s'appelle Ruth. C'est ma chorégraphe. Une ancienne danseuse d'une profonde gentillesse et d'un professionnalisme à toute épreuve. C'est le mot. Parce que l'épreuve que le «ciel» lui a envoyée est d'une extrême âpreté.

Je l'ai vue arriver un jour, les yeux luisant d'un bonheur infini.

— Je suis enceinte !

Cet enfant, c'était son rêve absolu. Pour elle, le seul véritable aboutissement de sa vie de femme. Bien au-delà de sa carrière de danseuse et de chorégraphe. En mémoire aussi de son petit frère adoré disparu quelques années auparavant d'une leucémie. Elle a continué à travailler pendant toute sa grossesse. Rayonnante, épanouie. Même lorsque les médecins lui ont dit qu'il y avait une possibilité que l'enfant naisse avec une maladie génétique, mais que rien n'était sûr.

Lilou, sa fille, est née avec le syndrome de Prader-Willi. Une maladie génétique grave qui entraîne une hypotonie de l'enfant et un risque d'obésité sévère par la suite. Des anomalies dues à un déficit d'hormones de croissance entraînant des retards dans le déplacement et l'expression orale. Un handicap marqué qui demande une présence quasi continuelle et des visites très fréquentes dans les hôpitaux.

Elle aurait pu cacher cet enfant. Ne pas l'imposer aux yeux des autres comme quelques-uns le font. Non pas pour protéger l'enfant des regards sur lui, mais pour s'éviter les regards sur eux. Pour un orgueil imbécile. La honte de s'exposer, eux, les normaux, aux côtés d'un enfant qui ne l'est pas.

Des gens comme ça, j'en connais. Et je ne leur trouve que peu d'excuses. Celle de la stupidité chronique entre autres. Car au-delà d'être déshumanisés, ils sont sots au point de se complaire dans un malheur dont ils se plaignent sans cesse, alors que le bonheur est à portée de leurs mains.

Ruth a emmené dès le début Lilou sur le plateau des *Années bonheur*, qui, en l'occurrence, n'ont jamais aussi bien porté leur nom. Elle est devenue notre mascotte. Différente bien sûr, mais tellement pareille pour nous.

Quel bonheur de partager ses premiers sourires, ses premiers balancements maladroits sur la musique ! Quel bonheur surtout de voir l'abnégation, la ténacité et l'amour de Ruth pour elle envers et contre tout ! Chaque fois que la petite et sa maman ont fait leur apparition sur le plateau, c'était un moment de bonheur doux en plus. Ne serait-ce que pour l'exemplarité qui reléguait bien loin nos petits soucis techniques et nos états d'âme.

La proximité d'une souffrance réelle éteint toute velléité de plainte pour des raisons anodines. Encore une fois, c'est la conscience de la relativité qui décide d'une grande part de nos bonheurs. Sans compter son influence bénéfique sur le psychosomatisme. Il m'est arrivé de voir disparaître instantanément un mal de tête après avoir serré un trisomique dans mes bras. Qu'on s'entende bien ! Il ne s'agit pas de pister systématiquement les maux des autres pour soulager les siens. Je parle de bienveillance, pas d'automédication pour soulager substantiellement le trou de la Sécu. Je plaisante, bien sûr !

Quand j'ai décidé d'écrire ce livre, j'ai tout de suite pensé à Ruth. Parce qu'elle est l'illustration parfaite de ce qu'une mauvaise distribution des cartes peut se transformer en main pleine d'atouts majeurs.

Je résume. Ruth accouche de Lilou, son rêve absolu. La petite fille est atteinte d'une maladie génétique qui, au-delà d'être une lourdeur au quotidien, lui présage une espérance de vie aléatoire. De plus, dès la naissance, Ruth se retrouve mère célibataire. Seule à être obligée de tout assumer : les soins, la bagarre contre les dysfonctionnements administratifs, et son travail qu'elle ne veut lâcher en aucun cas.

Alors, je lui demande :

– En toute honnêteté, cette naissance, c'est plutôt un malheur ou un bonheur ?

Elle éclate de rire, et me lance avec son délicieux accent anglais :

— Tu plaisantes ? C'est un bonheur absolu ! J'en avais tellement envie.

— Alors, je reformule ma question. Est-ce que tu penses que les bonheurs que ça t'a apportés ont la même intensité que si ça avait été une enfant comme les autres ?

— Ah, non ! Pas la même intensité. Bien plus forts ! Tu sais, quand elle avait un an et que j'allais dans les salles d'attente, elle était couchée, amorphe, sur mes genoux. Je voyais les enfants de son âge gambader dans le couloir. Ça coinçait fort. Mais le jour où elle a fait ses premiers pas, à dix-huit mois, tu ne peux même pas imaginer ce que j'ai ressenti. Ça n'aurait pas été aussi puissant si ces premiers pas n'étaient pas venus au bout de tous ces mois de combat et de larmes.

C'est une larme justement qui commence à couler sur la joue de ma Ruth. Pas une larme de peine. Une larme de bonheur. Et elle m'affirme, la voix nouée par une émotion heureuse :

— Lilou, c'est le plus beau cadeau que le ciel m'ait fait !

À toi d'adapter ce que je viens de te raconter à ta propre peine, à tes propres défis. À toi d'en tirer les enseignements qu'il faut pour une vie meilleure. Pour Ruth, ç'a été une naissance cauchemardesque, un mec qui fuit, la solitude face au handicap, et les mille incohérences d'un système de santé loin d'être à la hauteur. De quoi rager, hurler, maudire, démissionner. Eh bien, non ! Elle s'est appliquée à lutter, aimer encore plus, sourire et être heureuse.

J'ai pour cette femme bien plus que de l'amitié. J'ai de l'admiration et un respect profond. L'autoprojection que je te conseille dans ce chapitre n'aura pas de visage pour toi. Donne-lui celui que tu veux. Mais chaque fois que tu as la tentation de te plaindre de ton sort pour des péripéties sans grande importance, visualise une Ruth tenant une Lilou dans ses bras. Une petite fille pas tout à fait comme les autres portée par une femme pas tout à fait comme les autres non plus. Et les deux sourient. Comme dans un tableau de la Vierge à l'Enfant.

« Chacun son chemin de croix. Quelle que soit notre couronne d'épines, c'est à nous de planter des fleurs sur le bord de la route. »

Le lien est parfait pour la question qui découle logiquement de ce qui précède :

— Et Dieu, dans tout ça ? C'est de sa faute, non ?

Dieu ! Le coupable idéal. Le prévenu perpétuel à la barre de notre *Faites entrer l'accusé* intime. Le « mis en examen » obligatoire quand le destin s'acharne. Tu les as entendues mille fois, ces plaintes, ces inculpations sans preuve :

— Comment Dieu peut-il laisser faire ça ?

— Et on voudrait que je croie en lui avec tous les drames qu'il m'a envoyés !

— Notre père qui êtes aux cieux ? Qui êtes odieux plutôt !

Je ne vais pas me lancer dans une analyse mystique pour décréter que Dieu existe ou pas. Je ne vais pas verser non plus dans la peinture primaire qui consiste à le matérialiser en vieux barbu, impérial et inconséquent, qui distribue sentences ou absolutions à son gré. Parce que là on n'est plus dans le divin, on est dans la religion. Ce n'est pas du tout la même chose.

Mais on peut s'y attarder, tant, pour la plupart, les différentes religions font du sujet qui nous intéresse, le bonheur, une de leurs garanties de marché principales. Elles promettent le paradis, la béatitude, des vierges pour certains dans l'au-delà, le nirvana sur terre pour d'autres. Bref, tous ces accès préfabriqués au bonheur qui remplissent les églises, les mosquées, les synagogues, les temples et tous les autres lieux de culte.

Tout cela bien entendu sous couvert de générosité et de compassion pour la race humaine. Même si cette promesse passe par des massacres de masse, des statuts de martyrs, et une rentabilité parfois plus en phase avec le CAC 40 qu'avec les Dix Commandements.

Comme me disait un habitant de Lourdes, rigolard :

— Si on apprenait que la Vierge est apparue à Tarbes, ça gueulerait vilain au syndicat d'initiative !

Pour moi, les religions ne sont que les émoticônes de Dieu. Une barbe, un calice, une soutane, un kesa, une djellaba, une menora, une icône. Un signe de reconnaissance pour ceux qui veulent croire en quelque chose pour se consoler de ne peut-être pas assez croire en eux.

Un ami de comptoir me disait récemment :

« Dieu, c'est les alcooliques anonymes. Chacun vient avec son histoire personnelle pour tenter de se désintoxiquer du réel. »

Mon analyse doit te paraître un peu sévère, voire simpliste. Surtout si tu baignes dans ta religion au point de n'en accepter aucune remise en question. Et on sait, par les temps qui courent, ce que cette remise en question peut avoir de dangereux. Sans que cela soit un événement nouveau, d'ailleurs. L'histoire de l'humanité pullule d'inquisitions et de djihads. Et qu'importe que les tueries qui en ont découlé se soient faites au sabre béni ou à la kalachnikov sacrée.

Il ne s'agit pas ici de remettre en question la pratique de ta foi, à quelque Dieu qu'elle se voue. Quels que soient ses corollaires tragiques. Il s'agit d'en déterminer les contours et les répercussions sur ton bonheur hypothétique. Et surtout ne crois pas, si tu es pratiquant, que je déshabille la religion de tout effet bénéfique. Au contraire. Même si je ne pratique pas moi-même, j'ai une estime sincère pour ceux qui se soumettent aux rites, aux dogmes et au décorum. Et ce quelle que soit la religion à laquelle ils appartiennent.

Je vais d'ailleurs apporter de l'eau bénite à leur moulin.

C'est un fait divers qui a défrayé la chronique en 1998. Un prêtre avait entraîné des enfants sur une embarcation qui avait coulé au large de Perros-Guirec. La faute, entre autres, à un encadrement nautique imparfait et à une prise de risques inconsidérée. Le drame avait coûté la vie à quatre scouts et à un plaisancier. Je ne suis pas là pour refaire le procès de l'abbé Cottard. Je ne me souviens même plus du verdict. Il importe peu dans mon discours.

Ce que j'ai retenu des images furtives que j'ai aperçues à la télévision, c'est le visage des parents des victimes. Apaisés, presque sereins. D'habitude, ce genre de procès montre des proches laminés de douleur. Ils manifestent souvent leur colère par des cris bien légitimes, des menaces, des insultes. Là, en tout cas, sur le peu que j'en ai vu, j'ai été frappé par la distance des proches sur la tragédie. Comme si le pardon se lisait déjà dans leurs yeux malgré une souffrance que l'on sentait à fleur de peau. Leur foi et leur religion les avaient nimbés d'une sorte d'auréole bienveillante et protectrice.

Alors, je reconnais à la religion cet apport à certaines couches du mille-feuille. En particulier la sérénité, l'optimisme et l'invulnérabilité. Mais pour moi, ces parts de bonheur ne sont pas d'expression divine. Ce ne sont pas des cadeaux ou des récompenses que le tout-puissant nous envoie. Encore une fois, je pense que nous, et nous seuls, forgeons notre bonheur.

C'est pourquoi, je pense qu'il est illusoire d'imputer nos drames autant que nos soulagements à la décision de Dieu. D'ailleurs, considérant qu'il est amour, sur quels critères pourrait-il se baser pour envoyer la famine à certains et l'opulence à d'autres ? La maladie aux plus désarmés et les remèdes aux privilégiés ? Et au nom de quelle justice aurait-il réparti l'intelligence entre les hommes de manière aussi disproportionnée ?

Voilà ma conclusion :

« Dieu n'est pas responsable de nos malheurs. Ni de nos bonheurs. Si ce n'est celui de croire en lui. Et moi, j'y crois... par bonheur ! »

Encore une fois, cette affirmation est subjective et sujette à discussion. Je te souhaite un bon débat !

Alors, si ce n'est pas Dieu, c'est quoi ?

Une mathématique qui nous échappe ? Une puissance, une organisation, qui n'ont rien de divin, mais dont il faudrait chercher l'origine dans la science seule ? En clair, nos bonheurs et nos malheurs seraient-ils régis par un système extérieur bien réel que les chercheurs n'ont pas encore matérialisé ?

On pourrait le croire si l'on se réfère à l'aide quotidienne que réclament des millions d'individus à l'astrologie. La course des planètes serait donc distributrice, indifféremment ou pas, d'heureux événements ou de désagréments ? Combien sont-ils à ne calculer leur bonheur qu'en fonction de la disposition céleste ?

Les sceptiques intégristes prétendent que c'est une addiction primaire. Réservée aux pauvres d'esprits, aux influençables. Or, il se trouve que beaucoup des grands de ce monde y ont recours. Des présidents de la République, des stars, même des savants ont étalonné leurs décisions à ce mécanisme scientifiquement approuvé par certains, même s'il est encore nié par beaucoup.

Alors, ma question est tout à fait justifiée :

— Est-ce que le bonheur est inscrit dans le ciel astral ?

Ainsi, nos possibilités de réussite ou d'échec seraient programmées dans le système solaire ? Il suffirait donc de compulser le ciel comme un agenda pour connaître le calendrier des bonnes nouvelles, et nos jours heureux dépendraient d'un alignement de planètes ? Imaginons-le, mais...

— Et qui vous dit que ce n'est pas Dieu qui organise aussi la course de ces planètes ? intervient brutalement le croyant inaltérable.

— Pourquoi pas ? C'est lui aussi qui décide de l'heure des marées, de la repousse des arbres, du prix du kilo de cerises, et du programme de ce soir sur Canal+ ?

— Vous blasphémez !

— Non, je plaisante. Et ça va dans votre sens. Parce que si Dieu est maître de tout, c'est aussi lui qui m'a doté du sens de l'humour. Alors, il faut s'en prendre à lui, pas à moi !

L'astrologie est pour certains le baromètre indispensable pour vivre pleinement leurs jours de beau temps. Et rester à l'abri en cas de risque de tempête. Désolé, mais j'ai un peu de mal avec ça. Ne s'autoriser le bonheur que lorsque Mercure est dans de bonnes dispositions me paraît un peu réducteur. À moins que ce soit pour un rendez-vous galant dans un hôtel du même nom ! Je sais que je dois faire hurler les fans du zodiaque, mais j'ai de gros doutes sur l'inscription de notre futur dans les constellations.

L'astrologue intervient :

— Il ne s'agit pas de fabriquer du bonheur. L'astrologie propose juste de signaler les périodes fastes ou néfastes. Et ainsi d'éviter de prendre de mauvaises décisions au mauvais moment.

— C'est bien ce que je dis. Il s'agit bien d'étalonner ses possibilités de bonheur à des prédictions aléatoires. J'en ai d'ailleurs un exemple concret, hélas !

Après son décès, j'ai consulté par curiosité l'horoscope de mon fils le jour de son accident de moto. Il était écrit : « Voyages favorisés. » Tu comprendras mieux mon scepticisme.

Donc, pour résumer mon opinion sur le sujet, de la même façon que pour Dieu, je pense que l'astrologie n'a aucune influence sur nos possibilités de bonheur. Si ce n'est, là aussi, de se satisfaire du bonheur d'y croire. Encore une fois, ce n'est que mon avis, et il est contestable.

L'allusion précédente à l'accident de mon fils me donne aussi l'occasion d'évoquer le phénomène des « synchronicités ». La synchronicité est une correspondance de lieux et de dates pour le moins mystérieuse. Je m'y étais attardé longuement dans un ouvrage précédent *(Dehors, il fait beau, hélas !)*. Je vais juste te citer un exemple significatif.

Les deux « idoles » de Maman étaient de Gaulle et Kennedy. De Gaulle était né le 22 novembre 1890. Kennedy est mort le 22 novembre 1963. Soixante-treize ans d'écart entre les deux dates. Maman est décédée un 22 novembre à l'âge de soixante-treize ans ! Une correspondance inexplicable qu'on ne peut que constater. Nos vies en sont remplies.

Pour l'arrivée de Lily, j'étais en attente d'une génitrice. À Tahiti, c'est le principe d'adoption de ce qu'on appelle les enfants « fa'a'mu ». Une infirmière métropolitaine en a cherché une sans savoir que c'était pour moi. Je tenais à n'être ni favorisé, ni désavantagé. C'est elle qui a choisi. Elle n'a connu mon identité que dans les derniers jours. Elle en a été bouleversée. Mon fils a eu son accident de moto le 15 juillet 1990 à La Grande-Motte. Elle en avait un qui était né à la Grande-Motte… le 15 juillet 1990.

En l'occurrence, il est tentant de penser qu'une puissance mystérieuse décide de compenser un malheur par un bonheur. Ou l'inverse. Qu'il existe une sorte de « destin balance » qui équilibre à sa guise nos sales coups du sort et nos bonnes surprises. Certains en sont convaincus. Moi, pas vraiment. Je m'en tiens, jusqu'à preuve réelle du contraire, à la constatation et à l'inexplicable. Je laisse chacun interpréter à sa mesure ces coïncidences étonnantes.

Sur « le pont suspendu » qui est l'intitulé de ce chapitre, il y a toutes ces prétendues influences du surnaturel. Ces forces invérifiables qui participeraient à nos bonheurs selon les mystiques et les pythonisses. On peut même y ajouter la présence des esprits de l'au-delà, qui font le régal des spirites. Je ne suis pas non plus convaincu de leur existence et donc d'une possible interactivité sur nos satisfactions ou nos contrariétés.

Là, Maman me tape sur l'épaule :

— Et moi alors ?

— Toi, c'est pas pareil.

— Pourtant, je te parle.

— Oui, mais tu ne viens pas de l'au-delà, tu viens de « l'en-dedans ». C'est la force d'amour qui nous liait qui t'a faite éternelle. Tu n'es là que pour mon bonheur quotidien : celui de te prolonger.

— Alors, je suis ton invention ?

— Non. Tu es mon évidence !

Il est temps de résumer : pour moi, nos malheurs et nos bonheurs ne nous sont pas envoyés par Dieu. Ils ne sont pas écrits dans les astres. L'existence avérée des synchronicités n'en décide pas non plus. Aucun esprit vengeur ou bienfaisant ne peut en tisser la trame. Seul notre libre arbitre peut atténuer les uns et sublimer les autres. Le malheur est de plomb. Le bonheur est d'or. Nous sommes les seuls alchimistes. Les seuls décideurs.

Les centaines de spectacles par an que j'ai donnés pendant toute ma carrière m'ont fait sillonner la France de long en large. J'y ai croisé une foule de personnages hauts en couleur. J'ai toujours été attiré par les décalés, les originaux. Les « tracassés », comme on dit chez moi. Des juste lunaires aux carrément dingues. Parmi eux, beaucoup m'ont donné leur version du pourquoi de nos destinées. De quoi écrire un livre ésotérique de haute tenue. Quand je dis « haute », je veux dire perchée. Voire satellisée !

Certains croient au complot d'extraterrestres en mission. D'autres à un grand livre sur lequel tout est pré-écrit. Un garagiste breton m'a affirmé, le plus sérieusement du monde, que nous sommes programmés par un grand ordinateur sous-marin caché dans le triangle des Bermudes.

Le plus farfelu a été un ancien légionnaire devenu travesti dans un bar sur les quais de Bordeaux. Pour lui, nous sommes le fruit d'un champ magnétique, matérialisé par une puce indétectable incrustée dans les ovaires de nos mères et télécommandée par un manipulateur caché dans le désert de Mauritanie !

Elle est pas belle, la vie ?

Une ex-soixante-huitarde, retirée au fin fond des Hautes-Alpes, a même essayé de me convaincre pendant une nuit entière que nous étions tous une réincarnation animale. Insecte, fauve, oiseau ou batracien dans une vie antérieure.

À deux heures du matin, après m'avoir supposé successivement lapin, bouc, mésange bleue et coquille Saint-Jacques, elle m'a enfin dévoilé officiellement ma provenance :

— Toi, tu as été caméléon.

— Tu es sûre, cette fois ?

— Absolument ! C'est ce qui explique tes facultés d'imitateur, à te fondre à ce point dans la peau des autres.

À six heures, j'en étais convaincu. Une certitude que, dans un sursaut de lucidité, j'ai moins attribué à son don de persuasion qu'aux cadavres des bouteilles de génépi sur la table du salon. Une soif pareille, c'est pas caméléon. C'est chameau plutôt ! Quant à mes collègues de show-biz, son affirmation finale a été d'une logique incontestable. En sortant de son lit (parce que, quand même, il faut bien que le corps exulte), j'ai demandé :

— Et mon pote Serge Lama, alors, il était quoi ?

— Pareil que lui !

De ces délires pittoresques, il me reste quand même une théorie tout à fait acceptable. Je vais te l'exposer parce qu'elle a un lien direct avec le sujet de ce livre. Si elle était vraie, elle te soulagerait de bien des questions inutiles. Moi, je n'y crois pas vraiment, mais de temps en temps je fais semblant. Et ça aide à mes bonheurs passagers. Pourquoi pas toi ?

Cette théorie, elle est d'un ancien professeur de philosophie que j'avais rencontré dans une arrière-salle d'un bistrot de la place Pigalle. À l'époque où mes nuits étaient fauves et parfumées. Quand mes frangines du trottoir me servaient de passerelles de nuit. À l'amitié. Au béguin.

Parce que, tout compte fait, nos activités étaient jumelles. Elles vendaient leurs charmes au turf, comme je vendais mon talent sur scène. Si le client était content, il revenait. Racolage, expression corporelle, et plaisir assuré. À quelques nuances près. Pour moi, les applaudissements. Pour elles, la mélancolie obligatoire.

La conversation philosophique que nous eûmes un soir fut certainement la plus surréaliste de ma vie. Vois le décor : quelques traînards au bar, un chien fatigué, la patronne grasse et édentée. Au fond, cernés de cendriers pleins à ras bord et de tasses à café empilées, nous. Moi, et Louis, le professeur. Et autour de la table usée, quatre tapins bariolés en pause détente qui buvaient des gin-fizz et ses paroles.

Il a attaqué :

– Tu vois, pour moi, nos destins c'est le domino cascade.

– C'est un nouveau bar ? a demandé la belle Cynthia.

– Tais-toi ! Laisse-le causer, a lancé Gigi.

Louis a repris.

– T'as déjà vu ça, Patrick. Ces dominos qu'on place à la verticale l'un derrière l'autre sur un grand espace pour faire un parcours.

– Oui. On fait tomber le premier qui entraîne l'autre et ainsi de suite.

– C'est ça. Et sur le trajet, il y a des déviations, des trous, des bosses, des obstacles. Il y a un type qui installe tout avec précision pour que ça s'enchaîne jusqu'au bout. Eh bien, je crois que nos vies c'est ça !

– C'est-à-dire ?

– Tout est pré-écrit comme les pièces du domino cascade sont prédisposées. Tu ne peux pas échapper à ce qui a été programmé. Chacun notre parcours. Chaotique ou rectiligne. Avec plus ou moins de contrariétés, de satisfactions, d'accidents, de réussites, de galères. C'est pas toi qui décides. C'est « le maître des dominos ».

— Et c'est qui le « maître des dominos » ? Le bon Dieu ? a questionné Cynthia.

Gigi l'a engueulée une deuxième fois :

— Mais tais-toi !

— Non, Gigi ! l'a reprise Louis. Elle a raison, c'est une bonne question.

Puis, en s'adressant à Cynthia :

— Dieu, certainement pas. Dieu, c'est d'abord une entité d'amour et de bienveillance. Si c'était lui, il n'aurait pas donné le trop-plein à certains et la précarité à d'autres. Ça ne serait pas aussi déséquilibré. Aussi injuste.

— C'est qui alors ? a demandé Lucy.

— Je ne sais pas. Mais j'y crois. Sans preuve. Juste mon intime conviction. On peut très bien faire confiance à un remède sans en connaître l'inventeur.

Là, Gigi a un peu décroché :

— Ça veut dire que le mec qu'a inventé ça, c'était un toubib ?

Je l'ai recadrée :

— Non, c'était une image.

Et Louis a continué à philosopher sur sa théorie du « domino cascade ». Notre parcours indétournable. Toutes nos décisions soufflées à l'oreille par « le maître des dominos » pour nous orienter dans la direction prévue. Donc la négation totale du libre arbitre. D'après lui, le nombre de pièces de jeu serait proportionnel à notre espérance de vie. Logique. Il y voyait même l'explication de la réincarnation. Une fois toutes les pièces abattues, « le maître des dominos » les ramasse, les mélange et fabrique un autre destin.

C'est là que Lucy nous a tous scotchés :

— Et c'est pour ça qu'on a souvent l'impression d'avoir déjà vécu une situation. C'est les dominos de ce qu'on était avant, dans un autre parcours. Quand on était nous, mais dans la peau de quelqu'un d'autre, quoi !

Louis lui a lancé un regard à la fois surpris et admiratif, et a confirmé :

— C'est ça. Bravo Lucy !

Gigi a enchaîné :

— D'accord, ça se peut. Mais c'est dégueulasse au départ ! Ton « maître des dominos », il refile des tas de galères à certains comme moi. Et puis d'autres, ils ont la vie tranquille. C'est pas bien réglo !

— Oui, mais c'est comme ça, a répondu Louis. L'avantage c'est l'espoir. Celui que dans la prochaine répartition, tes dominos seront peut-être prédisposés pour une vie bien plus agréable.

Lucy nous a scotchés une deuxième fois :

— Et puis il y a un autre avantage.

— Lequel ? ai-je demandé.

— Ben, si on peut rien changer à ce qui va arriver, c'est pas la peine de se miner. De se foutre en boule en se disant « j'aurais dû faire ça », « mais pourquoi ça m'est tombé dessus ? » C'était prévu, point ! C'est cool, finalement, ton truc, Louis ! Tu vois, ça a l'air de rien, mais je vais l'essayer dans ma tête, ton « domino cascade ». Ça n'empêchera pas les emmerdements, mais je vais peut-être les vivre mieux !

Tu comprends pourquoi je me suis attardé sur la théorie du domino cascade de Louis ?

Si on y croit, elle est plutôt réconfortante. À titre personnel, je n'y adhère qu'en partie. Je pense qu'effectivement beaucoup de nos orientations sont pré-écrites. Ce qu'on appelle la fatalité. Mais pas toutes. J'ai du mal à éliminer le libre arbitre. Parce que c'est quand même lui qui m'a fait prendre la décision de partir tenter ma chance à Paris en septembre 1974. Sans argent. Sans connaissances.

J'ai beaucoup hésité, à l'époque. La peur de l'inconnu. Maman ne m'encourageait pas franchement. Ni ne me décourageait.

— Si tu en as envie, fais-le. De toute façon, tu peux au moins essayer. Si ça ne marche pas, dans trois mois tu redescends. Vois ce que tu peux y gagner, mais vois quand même ce que tu perds. On n'a pas beaucoup d'argent, mais on est plutôt heureux.

Je t'ai déjà parlé du bar que tenait Maman à Brive, le Turenne. Chaleureux, animé. On n'était pas heureux « plutôt », on était heureux « beaucoup ». L'insouciance des années bonheur dont je t'ai parlé plus haut. Les rires, les amis, les amours, les farces.

Ce n'est pas l'espoir d'être encore plus heureux qui m'a fait partir. C'est la peur du remords. Je la dois à un vieil ivrogne épinglé tous les jours au bar. On l'appelait « Béjart ». Parce qu'au bout de trois bières, il voulait toujours nous danser *Le Lac des cygnes*. La plupart du temps, il s'affalait à la deuxième tentative de grand écart.

Un soir, entre deux vapes, appuyé sur le juke-box où il venait de mettre *Capri c'est fini* pour la cinquième fois, il m'a pris à part. Il a bredouillé, la voix pâteuse :

— Il paraît que tu veux monter à Paris faire l'artiste ?

— Oui.

— Alors, hésite pas, mon grand ! Moi, je voulais être danseur. J'aurais dû partir. Putain, ce que je regrette d'avoir pas essayé au moins ! Je suis resté pour une gonzesse. Une hyène. Belle, mais hyène ! Résultat, dix piges d'engueulades. Finalement c'est elle qui est partie. Alors, déjà que je picolais pour la supporter, il a fallu que je picole encore plus pour l'oublier. Et ça, c'est pas bon pour les entrechats ! De toute façon, c'était trop tard.

C'est mon autoprojection la plus régulière, « Béjart ». Un pochtron émouvant et bancal, la clope au bec et un regard de chien battu. À chaque revers, chaque fois que le moral me lâche, je visualise ce que j'aurais pu devenir.

Je me souviens d'avoir dit à Maman, le jour où j'ai pris la décision ferme de tenter ma chance à Paris :

— Je ne veux pas être ça. Je ne veux pas me retrouver à soixante piges pilier de bistrot à me dire entre deux cuites : « J'aurais dû essayer ! »

« Béjart » est mort. Et même pas d'une cirrhose. Suicide. Il s'est foutu à l'eau. « Le maître des dominos » est farceur. Mais mes bonheurs d'après lui doivent beaucoup. Tu as sûrement un « Béjart » quelque part, dans un recoin de ta mémoire. La photo de ce que tu ne voulais pas devenir. Une mère usée, un père triste, un raté, une paumée, un vieillard avant l'âge. Visualise-les chaque fois que tu souffriras de ce que tu es. Se servir de la peau fripée des autres pour nous sentir mieux dans la nôtre, c'est un peu cruel. Mais c'est aussi ça, le bonheur. Des astuces. Des illusions.

Pour conclure ce chapitre aérien, suspendu, je vais te parler du vertige. Du bonheur du sommet atteint gâché par la peur du vide. Cela nous ramène à la faculté de jouir de l'instant présent que j'ai développée dans le premier chapitre. La chute fait partie d'un futur improbable. Attends de commencer à tomber avant de t'en inquiéter !

Ça, c'est l'instant présent gâché par la peur du futur. Mais il arrive aussi qu'on perde toute la saveur de cet instant en le vivant mal au présent. C'est ce vertige-là que je veux évoquer. Et comme mes métaphores montagnardes peuvent finir par te donner un autre vertige, littéraire, cette fois, je vais être plus concret.

Exemple type de vertige qui déprécie l'instant présent :

— Elle est trop belle pour moi ! ou : il est trop beau pour moi !

Autre exemple :

— Ce repas est sublime ! Mais je ne peux pas m'empêcher de penser qu'il y en a qui meurent de faim.

Et, bien entendu, l'inévitable :

— Pourquoi on s'aime autant, nous deux ?

Pour éluder cette dernière question, je t'en pose une autre : tu ne crois pas que ce serait plus simple d'accepter cette offrande mutuelle sans perdre de temps à savoir pourquoi ? C'est fou le nombre d'heures de bonheur gâchées à décortiquer l'amour au lieu de le faire. Mais, on en reparlera plus loin, dans le chapitre « Pont des soupirs », exclusivement réservé aux relations amoureuses.

En ce qui concerne la « trop belle pour moi » ou le « trop beau pour moi », ton inquiétude n'a aucune raison d'être. Tu aurais peut-être à te faire du souci si tu avais dit « elle est trop belle pour elle » ou « il est trop beau pour lui ». Ça voudrait dire que tu t'inquiètes du mal-être que peut lui causer sa beauté : le fait qu'on ne puisse l'aimer que pour son apparence, une sincérité de ses courtisans ou courtisanes réduite à la perspective du drap de lit. Mais « trop belle pour moi » ou « trop beau pour moi », non ! Tu as la chance qu'elle ou il soit dans tes bras, alors profite ! Profite seulement !

Pour ce qui est du repas sublime, contente-toi de l'apprécier. Je ne vois pas ce que ta prise de conscience peut changer à la faim dans le monde à l'instant « T ». Il sera bien temps d'atténuer ta culpabilité plus tard. Par un don aux Restos du cœur par exemple.

Tiens, une petite parenthèse totalement hors sujet. Mais j'ai vu la séquence, il y a à peine une heure, à la télé, et elle m'a frappé. C'est un artiste que je ne nommerai pas. Il expliquait qu'il ne participerait pas à la nouvelle saison des Restos du cœur. Quand le journaliste lui a demandé pourquoi, il a répondu :

– Parce qu'on ne s'amuse plus dans les loges !

C'est donc pour ça qu'on participe à ce spectacle humanitaire ? Pour s'amuser dans les loges ? Moi, je croyais que c'était pour donner à manger à des gens qui ont faim. Ce que je peux être naïf, parfois !

Finalement, ma parenthèse n'était pas si « hors sujet » que ça. Je connais bien cet artiste. Il promène souvent un mal de vivre qu'il a avoué à maintes reprises. Il y a même trouvé l'explication à certaines de ses addictions. En résumé, il n'est pas très heureux… Ça t'étonne ?

Allez, je reviens au sujet que j'ai interrompu par ma parenthèse. Mais je ne me suis pas égaré trop loin. La nausée et le vertige sont de la même famille.

Il ne suffit pas d'avoir d'intenses moments de bonheur. Encore faut-il les apprécier dans leur plénitude. Je vais te citer deux exemples personnels pour illustrer mon propos. Un bonheur complet et un autre tronqué. Et pourtant, les deux étaient sans nuages.

C'était l'été 1985.

Une nuit chaude. Fanny, ma petite amie de l'époque, était superbe. Je l'avais happée au Crazy Horse pour quelques jours de plaisir à Monaco. J'avais trente-deux ans. Le succès, l'argent. Tous ceux de ma famille que j'aimais étaient encore vivants. Le bar au fenouil dans mon assiette était délicieux et les valses de Vienne en fond sonore, envoûtantes.

J'ai dit à Fanny:

— Y a tout!

C'est vrai qu'il y avait tout. Mon bonheur a été de pressentir que sans doute, après, il manquerait toujours quelque chose. Ce qui ne tarda pas, hélas! Le destin me tendit quelques mois plus tard ses premières grosses embuscades. Mais, cet instant-là, j'ai eu la lucidité de l'identifier. J'en ai même laissé le témoignage sur le livre d'or du restaurant, en écrivant:

— Je passe le plus beau moment de ma vie!

Ce n'était pas un effet de style. La suite me prouvera que c'était vrai. Et je suis heureux encore aujourd'hui d'en avoir profité pleinement.

Quelques années plus tard, en juin 1990, pendant quelques semaines, le soleil était encore au beau fixe. Professionnellement et amoureusement. D'autres succès, une autre compagne. Et pourtant je me souviens encore d'avoir passé des jours abominablement gris. Tenaillé par je ne sais quelle morosité. La moindre contrariété me plongeait dans un blues infini. J'ai même eu des envies de suicide. Sans raison. Comme ça. Même pas pour cause de surmenage. Tu sais, ces moments ternes où tout devient fade, sans saveur.

Le bonheur était là, tout chaud, évident, et je ne l'ai même pas vu. C'est l'accident du petit et ses nuages lourds, quelques semaines plus tard, qui me feront prendre conscience que le soleil brillait. Le souvenir de ce bonheur que je n'avais pas identifié me poursuit encore. Alors je m'applique, quand passe le moindre rayon de soleil, à en savourer toute la douceur.

J'ai posé ces deux exemples en fin de chapitre pour t'encourager à reconnaître le bonheur quand il passe. Quand on le regarde dans le rétroviseur, il n'en reste qu'une découpe. En rectangle. Comme le format des faire-part de décès.

Profite de ton bonheur tant qu'il est bien vivant ! Respire l'instant à pleins poumons. Crois en Dieu pour l'amour. Aux astres pour l'effet bénéfique sur ta libido les soirs de pleine lune. Va dans les bistrots. On y rencontre des tas de Béjart. De Louis aussi. Au cas où sa théorie des « dominos » soit la bonne, ne perds pas ton temps à lutter contre l'irréversible.

Ne te bats que contre toi.

Et espère !

« Un bonheur est si vite arrivé ! »

LE PONT DE LUMIÈRE

C'est une rampe de projecteurs.

Pour éclairer une scène, un podium, un studio, un ring, un stade, une estrade. C'est un aimant à insectes et à vanités. Ce sont des flashes qui immortalisent le succès des uns sous le regard avide ou condescendant des autres. Ce sont des soleils artificiels qui parent les humains de pacotille d'une panoplie provisoire de demi-dieux. Pour une célébrité éternelle ou une gloire de quelques instants. L'illusion d'exister mieux. Mieux que les autres. Mieux que soi-même. Un rêve d'enfant et une fierté de mère.

Elle intervient :

— C'est toi qui dois être fier, mon petit. Moi, je n'y suis pour rien.

— Ne sois pas faussement humble, Maman. Je sais bien que ma réussite t'a offert de belles bouffées d'orgueil. Ne serait-ce que pour la revanche.

— C'est vrai. Mais fierté n'est pas le mot juste. C'est plus complexe que ça. Il y a une foule d'autres nuances dans ce que j'ai ressenti. Et pas toujours heureuses à vivre.

— Par exemple ?

— La peur continuelle de te perdre. Que tu te perdes, aussi.

— Ce n'était pas possible. On s'est toujours appelés trois fois par jour.

— C'est bien pour ça. Je me suis inquiétée sans cesse du ton de ta voix.

— Comme n'importe quelle mère.

— Pas tout à fait.

— Je n'étais quand même pas parti à la guerre !

— Presque. Le succès en a tué tellement.

— Je suis vivant.

— Par bonheur. Mais même si tu as passé ton temps à me rassurer, tu peux me l'avouer, maintenant, au bout du compte, tu penses avoir été heureux ?

Ça, c'est tout ce que vais développer dans ce chapitre. Tout ce que les étoiles artificielles éclairent et tout ce qu'elles cachent. Les parts d'éclat et les parts d'ombre. Des deux côtés du pont de lumière. Le bonheur de ceux qui vivent pleins feux, et celui de ceux qu'on illumine. Avec, bien entendu, en fond d'écran, la vieille image du papillon qui peut se brûler les ailes à la chaleur des projecteurs. Un classique. Qui peut même prêter à sourire tant la formule est éculée. Il n'y a pas de quoi. Le sol de toutes les scènes du monde est jonché de papillons morts.

Comme tant d'autres, j'ai failli cramer. Il s'en est fallu d'un souffle. Ou d'un domino, pour Louis. Donc, en admettant que je n'étais peut-être pas maître du trajet, tu comprendras que je ne répondrai pas à la question :

— Si c'était à refaire ?

Je l'ai fait.

C'était écrit. Voilà !

Il faut cependant ramener les choses à leurs justes proportions. Je ne suis qu'un artiste d'envergure honorable mais pas exceptionnelle. Exclusivement française, sauf quelques relais sur TV5Monde, ma popularité « *intra muros* » m'assure une célébrité sympathique. Bien minime au regard de tout ce que j'ai croisé de légendes internationales et autres inoubliables. Et, surtout, elle est volatile cette gloriole. Si fragile !

La star absolue du petit écran dans les années 1960 s'appelait Léon Zitrone. Les sondages de l'époque le plaçaient juste après le général de Gaulle à l'indice de popularité des Français. D'*Intervilles* aux champs de courses, en passant par le commentaire des cérémonies royales, il était « The » star. La référence. Un monument, une légende.

C'était Big Léon, l'incontournable. Énorme, caricatural, d'un professionnalisme sans faille. Un gros bonhomme un peu pataud qui n'était pas entré dans le cœur des Français par effraction. Sur un coup de buzz ou de marketing. Il avait juste ouvert la porte en disant, poli et généreux :

— Mesdames et messieurs, bonsoir !

En 1970, il s'était arrêté prendre de l'essence à Brive, dans la station-service de mes beaux-parents du moment. L'événement de l'année ! On en parlait encore deux ans plus tard. La télé de l'époque aux chaînes rares adoubait ses chevaliers en quelques passages seulement. Une vraie gloire. Pas la mini-reconnaissance des dizaines de pseudo « stars du petit écran » d'aujourd'hui. Poupées barbantes et autres Ken de carton qu'on range à la vitesse où on les sort.

En 1988, j'avais rejoint TF1 et je surfais sur les succès d'audience et d'estime. Big Léon était devenu un « collègue de travail ». On faisait souvent *Les Grosses Têtes* ensemble et il participait de temps en temps à mes shows télé. Sa popularité était intacte, mais les propositions de travail plus rares. L'âge. Le cours des choses. Au détour d'un couloir, il m'a pris à part.

— Dis-moi, Patrick, tu es en bons termes avec la direction ?

— Oui, Léon. Autant qu'on peut l'être quand on fait des audiences records.

— Tu ne peux pas leur glisser un mot pour moi ? J'ai besoin de travailler et je crois qu'ils veulent m'écarter.

J'ai failli en pleurer. Lui, l'indétrônable. Le socle. Il était venu me demander une main secourable pour qu'on y glisse quelques miettes de survie. C'est ce jour-là que j'ai tout compris de la futilité de la gloire. Je me dessine souvent, en autoprojection régulière, sa silhouette lourde qui s'éloigne au bout du couloir. Hésitante, pesante. C'est émouvant, une statue qui marche. De dos. En clair obscur. Sous des néons tristes.

La postérité l'a presque oublié. J'ai cité son nom récemment à un môme de vingt ans, au hasard d'une conversation sur les courses hippiques, il m'a dit :

— Les onze quoi ?

— Zitrone... Léon Zitrone. C'était un monument, une légende !

Je ne me suis jamais fait d'illusion sur la pérennité, pas plus que sur la postérité. J'existe, c'est déjà ça. Je déteste les hommages. Présents ou posthumes. D'ailleurs, j'ai déjà choisi mon épitaphe. C'est une phrase de Jacques Brel, qu'il rêvait de mettre sur sa tombe : « Si vous m'aimez, fermez vos gueules ! »

Je sais très bien qu'à part peut-être quelques lignes, un ou deux souvenirs de cirque dans une mémoire d'enfant grandi et une écaille de sardine, il ne restera rien de moi. Et puis, va savoir ? Le déclin vient si vite dans nos métiers. À mon enterrement, il n'y aura peut-être personne. Ou seulement un petit bonhomme en mousse. J'ai vu tellement de cercueils de prétendus inoubliables filer au trou en toute intimité comme on dit. Faute de spectateurs, faute de mémoire.

J'ai chassé depuis bien longtemps la gloire *post mortem* de mes ambitions. Je n'ai jamais fait mon chemin pour l'après. Je l'ai fait pour le « pendant ». J'y suis encore, par chance, et je m'efforce chaque jour de ne laisser filer aucune miette du possible. Aucune miette de bonheur. En étant parfaitement conscient que les inévitables « revers de la médaille » et autres « rançons de la gloire » font partie du deal. On ne s'inscrit pas au départ du trois mille mètres steeple en s'indignant de devoir franchir des haies !

Heureux ? a demandé Maman. Il y a beaucoup à dire. Et autant à médire. Le statut de célébrité déprécie par son essence beaucoup des strates du mille-feuille. La sérénité, l'optimisme, la tranquillité, l'estime de soi et surtout la confiance se dévaluent en sourdine. Parce que la perspective que tout s'arrête est une arrière-pensée inhérente à tout papillon. Ce que Michel Sardou appelle si justement « la peur du déclin qui rend fou ». Aucun des « célèbres » ne l'avoue vraiment, mais je sais qu'elle est à l'affût en permanence, cette crainte que les projecteurs s'éteignent avant l'heure.

Reste le recul, la couche qui, si on la sauvegarde, peut réévaluer notre bonheur. Encore faut-il l'avoir. Je me souviens d'une interview de mon ami vrai, Jean-Louis

Foulquier, en 1990. En plein soleil, en plein succès, je lui faisais part de mon envie d'orienter ma carrière autrement :

— Je pense que dans un ou deux ans, je vais me diriger vers moins de télévision, arrêter pour un temps les spectacles. Quitter provisoirement le public pour me ressourcer et…

Il m'a coupé :

— Et tu n'as jamais envisagé que le public te quitte avant ?

Je suis resté muet. Non, à ce moment-là, aveuglé par les lumières trop vives, je ne l'envisageais pas. Je ne voyais pas plus loin que le bout de moi. Péché d'orgueil ? Même pas. Péché d'emballage dans les deux acceptions du mot. L'enveloppe et la vitesse. Le papier du cadeau que me faisait la vie était d'or et d'argent, et tout allait trop vite.

Depuis, j'ai beaucoup travaillé sur ce recul. Et je vis chaque instant de mon rêve éveillé comme si c'était le dernier. Ça a renforcé les autres couches de mon mille-feuille : la sagesse, la joie et, surtout, le sens de l'humour essentiel à la survie au nom du vieil adage :

« Efforçons-nous d'en rire avant que d'en pleurer ! »

Je m'aperçois que je te parle depuis le début de ce chapitre de mes projecteurs à moi. Mais je précise que tout ce que je prétends qu'ils éclairent ou éteignent est étalonnable aux tiens. Des faisceaux tout aussi aveuglants. Simples. Ordinaires. Ceux qui découpent les gloires de « lampe de poche » : petit chef de, petit président de, mannequin d'un jour à la fête aux escargots, ou gagnant du concours de pêche. Des tentations de célébrités éphémères qui ont accouché de tant de bonheurs. Et de tant de drames de la jalousie ou de la possession aussi. Mon *Faites entrer l'accusé* chéri en est rempli.

Alors, à chaque ligne, adapte mes pleins phares à tes codes. Les lapins ne font pas la différence. Quelle que soit la force de la lumière qui nous éclaire, elle dessine toujours une part d'ombre. Et, quoi qu'il en soit, je te poserai une question à la fin de ce chapitre.

Ce seront mes derniers mots, Jean-Pierre :

— Alors ? Papillon ou pas ?

La référence au célèbre jeu *Qui veut gagner des millions ?* n'est pas innocente. C'est l'une des deux raisons majeures qui poussent le papillon à chercher la lumière : gagner beaucoup d'argent. L'autre étant la célébrité en elle-même pour ce qu'elle apporte à l'ego, et tous les pouvoirs et les passe-droits qu'elle confère.

— Et le bonheur, alors ?

Ceux qui tentent l'aventure l'évoquent rarement. Ils estiment qu'il en découlera logiquement. C'est certainement l'illusion d'optique la plus trompeuse que fabriquent les halos d'un projecteur.

Ma réputation de pygmalion attire vers moi beaucoup d'artistes en devenir. La première question que je leur pose est de savoir quelles sont leurs motivations en toute sincérité. Être connu et gagner de l'argent sont de loin les plus souvent citées. Viennent ensuite l'accomplissement d'un rêve d'enfant, et juste après, le désir d'être applaudi.

Alors, je pose la question :

— Et l'envie d'être heureux ?

— Bien sûr. Mais ça viendra forcément. Si j'ai la gloire, l'argent et le public, c'est évident.

Ben voyons !

C'est là que je les mets en garde. Sans les décourager. Juste pour les informer. Bien sûr qu'avec le talent, et surtout beaucoup de travail, ils auront peut-être tout ça. Mais, pour ce qui est du bonheur, il faudra qu'ils s'appliquent à ne pas trop s'éloigner de leurs bases. Leurs proches, leur famille. Et surtout à ne jamais laisser trop de distance entre ce qu'ils sont et ce qu'ils montreront. On finit toujours par devenir plus ou moins son pseudonyme. Mais ce n'est pas vraiment nous. C'est un autre. S'il est mal géré, ce dédoublement est la schizophrénie la plus destructrice des métiers publics.

Je passais au Casino de Paris le 3 mai 1987. Pleins feux. Dans une maison de Montmartre, à quelques centaines de mètres de là, à vol d'oiseau blessé, une étoile s'éteignait… C'est Yolanda Gigliotti qui a suicidé Dalida. Ou le contraire. Mais c'est certain que l'une a éliminé l'autre. Yolanda souffrait à cause de Dalida. Elle le lui a fait payer : c'est un crime. Ou bien Dalida ne supportait plus de voir souffrir Yolanda : c'est une euthanasie. Dans les deux cas, le papillon s'est brûlé les ailes. Mais quel beau papillon ! Ce n'est même pas une image. Dans ses robes à volants, elle ressemblait à ça. Alors des malheurs, bien sûr, mais aussi tant de bonheurs vécus et tant de bonheurs donnés. Plus intenses que ceux des autres, devait-elle penser.

Tout le paradoxe est là. Je te parlais dans l'introduction de ce que la célébrité exacerbe. J'ai connu quelques personnes « ordinaires » qui se sont suicidées pour des raisons semblables. À bout de souffle. À bout de souffrances. À bout de vie. L'intensité de la douleur devait être la même. Celles des bonheurs aussi à peu de chose près.

Pour Dalida, la joie de remonter jusqu'au Panthéon au côté de Mitterrand fraîchement élu avait été certainement unique. Mais guère plus que celle d'un militant socialiste de la première heure qui attendait cette élection depuis si longtemps.

Alors, les applaudissements, les fans, les shows télé, bien sûr qu'on était dans l'exceptionnel. Dans l'ordinaire, ce sont des applaudissements plus dispersés pour une nomination, une petite victoire sportive, la réussite d'un examen. Les fans sont juste des amis un peu plus sincères. Les shows, des carnavals d'occasion pour des anniversaires, des soirées de nouvel an, ou des fêtes d'enfants.

Mais, comme je l'ai déjà souligné plus haut, il y a-t-il une si grande différence entre la star et l'anonyme en terme d'intensité de sérénité, d'estime de soi, d'insouciance et toutes les autres couches du mille-feuille ?

« Ce que la célébrité exacerbe, c'est d'abord le regard des autres. Et c'est quand il prend le pas sur le regard sur soi que le piège se referme. »

C'est ce regard des autres qui nous donne l'illusion, à nous, papillons, d'être plus heureux ou plus malheureux que le commun des mortels. Parce que nos succès, nos records, nos ruptures et nos deuils s'étalent à la une. Et que par stupidité et vanité, on les étalonne au tirage des exemplaires. Ou au nombre de témoignages sur Facebook.

Je me souviens d'une conversation avec une amie célèbre qui avait découvert son infortune conjugale dans un magazine people.

— Tu te rends compte, Patrick, c'est abominable !

— Oui. Mais quand même pas autant que ce qui est arrivé à l'infirmier de mon village. Le matin, il est venu me faire une prise de sang, souriant, détendu. Une heure après, il abattait sa femme, son amant et il se suicidait.

— C'est terrible. Mais bon, ce n'est que dans le journal local. Moi, c'est pire, c'est dans la France entière !

Le regard des autres.

Un simple coup d'œil sur nous-mêmes, les soi-disant « stars », en toute humilité, peut suffire à nous convaincre du finalement « très ordinaire » de notre présumé « exceptionnel ». Et puis même si l'étalage public de nos petites misères en démultiplie l'impact, c'est le moindre des prix à payer. L'exposition aux feux de la rampe satisfait l'ego et sa rentabilité remplit les poches, c'est déjà merveilleux. On ne va pas demander en plus à la vie une ristourne sur le bonheur ! Non mais !

— Donc, me relance Maman, si j'ai bien suivi ton raisonnement, vous, les papillons, devez accepter les revers de médaille sans vous en plaindre ?

— Tout à fait.

— Et juste vous contenter d'être riches et célèbres ? C'est ça ?

— C'est ça.

— Je ne te savais pas cynique et indécent à ce point-là. C'est nouveau. Se « contenter » d'être riches et célèbres ! On se satisfait du maximum, quoi ! Ben voyons ! Ça doit faire bondir ceux qui en crèvent, de vivre avec trois sous, et à qui personne n'adresse la parole dans la rue.

— Mais non, Maman, c'est un raccourci. Une boutade. On parle de bonheur, non ? Alors, je veux juste démontrer que la célébrité n'est pas plus garante d'une vie heureuse que l'anonymat.

— D'accord. Et dans quel but ?

— Juste pour décourager certains de croire à des chimères.

— Tu sais, il y a beaucoup de gens que cette célébrité n'attire vraiment pas. Moi, je n'en aurais voulu pour rien au monde.

— Je sais. Mais pour un tas d'autres, c'est une obsession.

Je ne vais pas te dresser une liste détaillée de ces ambitieux-là, elle serait trop longue. Juste citer en vrac : la petite fille poussée par un père qui y voit une belle opportunité de rentabilité. Une autre à travers laquelle la mère rêve d'accomplir par procuration ce qu'elle n'a pas pu atteindre. Tous ceux, en mal de séduction, qui voient dans cet aboutissement le seul moyen de coucher dans leur lit fille ou garçon. Et tant d'autres… Je ne m'arrêterai, pour l'exemple, que sur deux catégories aux aspirations totalement opposées. L'une idéaliste, l'autre bassement primaire. Condamnées forcément à la désillusion.

Les naïfs, d'abord. Les fragiles. Les vrais artistes, passionnés, enthousiastes. Mais trop friables pour supporter les coups de boutoir que la célébrité assène à tout bout de chant, de danse, ou de jeu d'acteur. Pour faire simple, ceux qui croient que c'est évident. Que la sincérité suffira. Que le talent est garant de succès obligatoire. Hélas, ce n'est pas le cas. Il ne suffit pas d'être pour devenir. Le succès a des exigences de nabab et des cruautés de bourreau. Trop pur, trop vrai, tu ne le supporteras pas. Il vaut mieux t'épanouir dans l'ombre.

Et puis les contraires de ces idéalistes. Sans talent, ni profond désir. Sauf celui de lire leur nom à la une. Ceux qui veulent réussir absolument. À n'importe quel prix. Prêts à trahir leurs amis, leurs amours, leur famille. À se trahir eux-mêmes. En fermant parfois les yeux sur leur honneur et en ouvrant les cuisses sur un canapé. Juste pour avoir accès à la moindre porte qui peut mener au succès. Prêts à sauter sur la moindre occasion que leur offre un producteur habile de se montrer enfin. Même pas papillons. À peine chrysalides.

Ce sont, par exemple, ces pseudo-stars de la télé-réalité qui donnent leur cul et leur inculture en pâture sur écran plat à des ados décérébrés ! Ils éructent ou se pâment en exhibant leurs blessures de guère : un ongle cassé, une vexation d'ego, une carence de shampoing.

— Allô, coâ, fait la grenouille, la cuisse tendue et le regard vide !

Miroirs fêlés de nos médiocrités, ils nous renvoient à la figure nos fissures les plus suintantes. Et tout ça pour quoi ? Une once de célébrité. Un grain de poussière sur le meuble de la télé. Une twittosphère bourrée de fautes d'orthographe, de fautes de goût et de fautes d'honneur. Une gloire en trompe l'œil. En trompe-la-mort, hélas ! parfois. Certains se sont suicidés. Paix à leur âme ! En espérant qu'après l'avoir vendue, ils ont pu la racheter.

Félicien est un garçon attachant. Très attachant. Un bon mec, comme on dit chez nous. Intelligent et sensible. La télé-réalité l'avait fait briller, il y a quelques années, le temps de quelques coups d'éclat et d'une chanson de discothèque éphémère. Et puis la descente. Brutale. Un soir d'amitié sincère, il s'est lâché. Une confession intime sans caméra indécente. Une plainte.

— Il faut que je trouve une solution pour que ça dure encore !

— Tu savais pourtant que ça risquait de s'éteindre très vite.

— Oui, mais tu comprends, maintenant que j'y ai goûté, je ne peux pas m'en passer. Et puis je ne peux pas revenir comme ça chez moi. J'aurais honte. J'en ai toujours rêvé. Quand je te regardais à la télé, je me voyais à côté de toi.

— Je suis à côté de toi et je te comprends. Mais il va falloir t'y faire. Peut-être que ça reviendra. Mais peut-être pas.

Et son mille-feuille a continué de s'effriter. Le recul, l'estime de soi, l'invulnérabilité, la sagesse, l'espoir sont partis en miettes. Même la joie. Il pleurait sur mon épaule. Je sais que depuis, il a retrouvé le sourire. Peut-être en repassant par ses Landes natales. Même s'il m'a toujours dit que, quel qu'en ait été le prix à payer, il ne regrettait pas une seule seconde de les avoir quittées pour tenter l'aventure « là-haut ».

Alors, je suis obligé de citer Audiard. Une réplique culte des *Tontons flingueurs.* Le résumé parfait pour tous ceux qui, au contraire de Félicien, pressentant les brûlures des projecteurs, sont restés chez eux. Papillons sans envergure peut-être, mais tellement plus heureux.

C'est Ventura, alias Fernand Naudin, qui parle :

— On devrait jamais quitter Montauban !

Je n'aime pas la télé-réalité. J'exècre surtout les producteurs sans âme qui volent les illusions de fanfarons de bazar pour en faire des porte-clés de leur coffre-fort. Ces négriers des temps modernes. Découvreurs de pépites en plaqué or. Fabricants d'éphémère pour une cagnotte bien durable, elle. Sans état d'âme. Sans la moindre conscience de l'exemplarité pour un public de mômes trépanés par procuration. Avec la pire des anesthésies : la culture du vide. Pour les participants, je n'ai pas de mépris. Ils seraient capables de me le renvoyer avec un « x » à la fin. Si je ne sauve pas la morale, autant sauver l'orthographe !

Je sens Maman heurtée par ce jugement à l'emporte-pièce. Un peu trop abrupt sans doute. Sans compassion. Ça ne me ressemble pas. Elle se contente de murmurer à mon oreille :

— Et la part de rêve, mon petit ?… La part de rêve ?

Elle a raison, Maman. Je me suis emballé. Sans véritable discernement. Sans autocritique. Parce que, moi aussi, je suis passé par là. Je n'aurais jamais emprunté ces chemins-là, mais la motivation de départ était la même : la part de rêve. Celle que j'avais enfant, qui m'a poussé à essayer. La même qui me pousse encore aujourd'hui à prolonger. Elle ne m'a jamais quitté, par bonheur.

Alors, je reviens sur ce que j'ai écrit avant. J'édulcore. Parce que je ne rature jamais.

— Rêve de célébrité quand même, p'tit gars, p'tite fille ! Imagine ! Espère ! Si tu n'y arrives pas, finalement tu n'auras pas perdu grand-chose. Si tu y parviens, tu auras gagné au moins la satisfaction d'avoir atteint ton but. Il sera bien temps de gérer le reste. Les avantages et les inconvénients.

Jusqu'ici je n'ai évoqué que la célébrité liée aux métiers du spectacle vivant et de la télévision. Pour la suite, je vais y ajouter ceux du septième art, du sport et de la politique, les auteurs, les créatifs de toutes catégories devenus « papillons ». Les avantages et les inconvénients que je vais survoler leur sont également inhérents. Sans entrer dans les détails, évidemment. Ce serait interminable.

On pourrait même inclure dans la liste les « célèbres » d'occasion : ceux qu'un fait divers a sortis de l'ombre et dont se nourrissent les médias avec délectation. Ces « stars » du fait divers banal ou de l'ignoble. Il arrive même que certains en arrivent aux pires extrémités juste pour cette gloire fugace, fût-elle posthume.

L'âme humaine a des recoins si poussiéreux !

Je vais commencer par le plus contraignant des inconvénients de la célébrité : l'intimité volée. Une vraie rançon de la gloire. Le prix de la dette que le privé doit acquitter au public. Le mot « dette » est juste. Certains n'hésitent d'ailleurs pas à dégainer l'argument financier lorsqu'on ose vouloir préserver cette intimité à tout prix :

— Non, mais dis donc ! C'est nous qui achetons les disques, qui payons nos places de spectacle, nos places au stade. Quelque part, ta belle maison, ta grosse voiture, c'est nous qui la payons. Tu nous dois bien ça !

Ils n'ont pas complètement tort. Alors, on compose. On cède sur certaines choses. Jusqu'à la limite de l'acceptable. Parce que cette contrainte peut prendre des proportions terribles. Aller jusqu'au harcèlement, voire la violence. Et même, bien plus sordide, quand il s'agit du viol caractérisé des pires de nos drames intimes par des photographes professionnels sans vergogne. Je vais l'évoquer dans quelques lignes. Mais je vais d'abord m'arrêter sur l'anodin, le courant. Le pas très grave, mais assez délicat à gérer.

Ce jour-là, assis à la terrasse d'un restaurant, j'avais dû sacrifier à quatre selfies, plus un FaceTime en direct live pour l'anniversaire de mamie. Quand je me suis rassis devant mon poisson déjà froid, l'homme du couple de la table voisine m'a lancé, compatissant :

— Pour vivre heureux, vivons cachés !

Alors, je me cache. J'évite les foules. Je vis la nuit. Ça tombe bien, j'adore sa douceur placenta. Protectrice, chaude, discrète. Je la préférais depuis longtemps au jour. Mais je m'y tapis encore plus souvent depuis l'arrivée du portable.

Cet intrus pratique et maléfique a déversé dans nos vies de « célèbres » un flot de paparazzis amateurs. Les sollicitations aimables sont les plus courantes. On s'y plie par courtoisie. Par précaution, aussi. Pour éviter la sentence dont la répétition pourrait ternir notre réputation :

— Quel con, celui-là !

La photo avec le « célèbre » n'est valorisante que pour celui qui la prend. Son petit moment de bonheur doux à lui. Pour nous, c'est un mini-baromètre de l'estime. Mais bon, pas de quoi faire le paon non plus ! Celui-là ou un autre, qu'importe notre valeur réelle. L'essentiel pour l'anonyme est d'avoir capté un instant de vie d'un « connu » auprès de lui. D'avoir fait d'un éphémère célèbre croisé dans la rue un familier rangé pour toujours dans l'album photo. Entre un coucher de soleil et le chien sur le canapé du salon. La belle étagère !

Le moindre des inconvénients, ai-je dit en préambule. Un minimum d'intimité écorchée. Une égratignure superficielle à notre bonheur. Plus profonde, celle des photos ou des films volés à notre insu. À l'arrache. Souvent même sans qu'on s'en aperçoive. Par des individus auxquels échappe totalement la notion de respect.

Pour preuve, la réponse quasi régulière lorsqu'on s'insurge :

— T'as qu'à pas être connu !

Il m'est même arrivé, un jour, qu'ils me poursuivent jusque chez moi, ceux-là. Dans mon antre. Je les ai aperçus au bord de la piscine.

J'ai lancé, de la fenêtre :

— Qu'est-ce que vous faites là ?

— On visite.

Alors je me suis agacé. Et j'ai encore eu droit à l'inévitable :

— Vous n'avez qu'à pas être connu !

Avec une politesse atténuante : le vouvoiement.

C'est déjà ça !

Égratignure. Léger coup de griffe à notre quiétude. Bien plus grave, la morsure indigne. Ça ne m'est pas encore arrivé à titre personnel, mais souviens-toi : le photographe déguisé en infirmier qui s'était faufilé dans un couloir d'hôpital pour arracher « La Photo ». Celle de l'enfant de Romy Schneider mort empalé sur la grille d'un portail. À vomir ! Et aussi, en 1986, la photo de Coluche. À la morgue, la tête bandée. Il traîne encore sur Internet, ce cliché morbide et indécent.

Le problème, c'est que je sais qu'en écrivant ça, il y a de grandes chances pour qu'après avoir fermé ce livre, tu te précipites pour aller taper sur Google : « Coluche mort ».

— Par voyeurisme ?

— Non. Juste par curiosité.

Nous sommes malheureusement à égalité de responsabilité dans l'indécence. Ceux qui dévoilent, et ceux qui consomment. Certains iraient donc chercher un peu de leur bonheur à eux dans le spectacle du malheur des autres ? Je le crains. Et, en ce qui concerne les détresses des « célèbres », avec une arrière-pensée bien particulière. Une satisfaction rarement avouée : lézarder le piédestal.

— Tu vois, chéri, ça leur arrive aussi, à eux ! Déjà qu'ils ont tout, c'est pas plus mal qu'ils dérouillent un peu. Ça prouve qu'il y a une justice !

C'est humain, hélas ! Comme dit l'égoïste en toute honnêteté :

— Il ne suffit pas à notre petit bonheur qu'il fasse soleil chez soi, encore faut-il qu'il pleuve ailleurs !

Il faut quand même souligner que, pour les « célèbres », cette jouissance vaudoue du tout-venant n'a pas que des effets négatifs. Une part cachée de « Bien fait pour lui ! », bien sûr. Mais une autre part, celle-là avouée, de « Oh, le pauvre ! » Une compassion réelle dont beaucoup de « célèbres » ont assimilé depuis longtemps le sens lucratif.

Je ne vais pas balancer, mais j'en ai connu à la pelle, des faux malades. Des faux abandonnés. Des faux accidentés. Des opportunistes de la rupture, de la fausse couche, de l'enfance martyrisée. Fiction d'occasion, pour la sortie d'un livre, d'un film ou d'un album. Ce n'est pas mon cas. Tout ce que tu as pu lire était vrai, hélas ! Et dans quatre-vingt-dix-neuf pour cent des cas, écrit à mon insu.

Eh oui ! La tragédie fait vendre. Elle profite à la fois à ceux qui en sont victimes, réellement ou pas, et à ceux qui l'étalent. Les professionnels de la presse de caniveau l'ont bien compris.

Le téléphone sonne.

— Allô, Patrick !

La voix nouée de chagrin d'un ami tente de me rassurer :

— Ne te fais pas trop de souci. Tu sais, la leucémie, ça se guérit souvent.

— Quelle leucémie ?

J'avais présenté une semaine plus tôt dans une émission un ami musicien qui avait vaincu cette maladie. Pour l'exemple. Pour montrer qu'on pouvait s'en sortir. Alors, bien sûr, le journal poisseux avait titré :

« Patrick Sébastien lutte contre la leucémie. »

Ce n'était pas faux. Je me battais aux côtés de mon ami musicien pour remonter le moral de ceux qui en étaient atteints. Pas faux, mais pervers et profondément dégueulasse. Inattaquable surtout.

— Rien à faire, m'a confirmé mon avocat. Tu aurais pu te retourner contre eux seulement s'ils avaient titré « Patrick Sébastien lutte contre SA leucémie ».

Une parenthèse : entre ce que je t'ai raconté de l'ignominie d'un rédacteur en chef, les refus d'interview, la pose en photo avec ma fille, et ce que je viens d'écrire, tu pourrais croire que je vomis les journalistes. Absolument pas. La presse libre est pour moi un des piliers indispensables de la démocratie. Et j'ai pour ceux qui la servent du respect et de la reconnaissance.

Mais les individus que j'ai évoqués plus haut ne sont pas des journalistes. Même s'ils en ont la carte, hélas ! Ce sont des intrus, des métastases. Indignes de la fonction qu'ils osent s'attribuer. La délation n'est pas l'information. Pardon de la formule grossière à la hauteur de mon dégoût :

« L'odeur naturelle d'un papier journal, c'est celle de l'encre, pas celle de la merde ! »

Malins, tordus : la conscience de ces gens-là est d'une indigence crasse. Et comme si ça ne suffisait pas, le numérique a ajouté à ces cloportes de tradition écrite sur papier une colonie bien plus importante de cafards nouveaux. Les sites Internet spécialisés débordent d'insultes gratuites, de calomnies, de rumeurs. Et il n'y a pas que les « célèbres » qui en sont victimes. Ça peut arriver à n'importe qui.

Les « fake news » sont à la mode. Ces mensonges destructeurs qu'on a anglicisés pour faire claquer moderne le nom de la saloperie millénaire. Ça a existé de tout temps, la chasse au pigeon d'argile. Mais là, on a démultiplié l'arsenal pour organiser un safari sans aucune limite. Ni d'éthique, ni de décence. Ça tire de partout ! En rafale.

Pour revenir à mon cas personnel, j'étais déjà depuis longtemps étiqueté beauf, primaire, vulgaire et sans l'ombre d'un talent. En quelques années, sur Internet, on m'a converti à l'islam, et on m'a fait quitter la télé au moins dix fois. On m'a même tué, il y a quatre ans. Un AVC annoncé et confirmé soi-disant par mes proches. Sans compter les clashes imaginaires, les insultes que je n'ai jamais proférées et les fortunes que je n'ai pas, hélas ! Plus les déviations voire des penchants intimes que je n'aurai jamais.

Je m'amuse d'ailleurs souvent de voir étalés des prétendus secrets de ma vie cachée. Tous faux, bien entendu. Alors qu'il en est des vrais, bien plus croustillants, qui restent dans l'ombre. C'est à vous dégoûter de l'iniquité, et de la compétence de ses sbires gluants… Si même les salauds bâclent le boulot, où va-t-on ?

Enfin, bon ! Ça fait partie du jeu, puisque c'en est un. En tout cas, c'est comme ça que je l'appréhende. Un jeu de cons. Dans lequel il est particulièrement jouissif de se faire passer pour tel auprès d'individus qui le sont bien plus que nous. Mais l'essentiel est de relativiser, comme j'essaie de t'en convaincre depuis le début.

Au bout du compte, ces nuisibles n'ont que l'importance qu'ils se donnent. Et l'inconsistance de leur existence est à la mesure inverse de la plénitude de ceux à qui ils s'attaquent. Même, comme l'a si bien dit Gérard Jugnot au détour d'une interview :

« Ils ne nous ont pas empêchés de réussir, mais ils nous ont bien gâché la fête ! »

Et puis, au cas où, j'ai toujours sur moi une autoprojection de secours : le « vide-ordures ». Quand il y a trop-plein, je le visualise, et j'y déverse tous les commentaires avariés.

Je te la conseille aussi, cette autoprojection, qui en l'occurrence porte encore mieux son nom. Puisqu'il s'agit de projeter par la bouche de ce vide-ordures les déchets, les saletés, les moisissures. Adapte mes articles de presse, mes agressions sur des sites puants, à tes ragots de proximité. Aux insultes qu'on te lance ou à celles qu'on t'a rapportées. Balance tout dans le vide-ordures chaque fois que ça déborde dans ton cœur. Encore une fois, tu ne t'entendras peut-être pas mieux avec les autres, mais tu vivras mieux avec toi.

Et toi, justement dans tout ça ? Toi qui vois d'en bas toutes nos petites misères d'en haut que je viens de te confier, avec une moue bien compréhensible.

Toi qui te dis certainement :

– Ouais, bof ! Ces guéguerres d'image, c'est de la masturbation de privilégié. Je t'avoue que je m'en fous un peu, de vos problèmes de stars. Ça se plaint, ça se plaint, mais en attendant, ça vit dans le luxe et la facilité. Tu parles d'un fardeau !

– C'est vrai qu'il est légitime que tu penses ça.

– La vraie galère, c'est le pognon qui rentre pas et ma fille qui sort trop. C'est les deux semaines de vacances d'été chez la belle-mère dans l'Aveyron, parce que cette année, on n'a pas les moyens de partir à la mer. Remarque, j'aurai le temps de feuilleter *Gala*. Il y a quatre pages sur les villas de vacances des stars !

Alors, on va reparler de la part de rêve. Des petites couches de bonheur en plus. L'espoir, le recul et la confiance dans ton mille-feuille. Le beau sur papier glacé. L'intouchable à l'instant, mais le « pourquoi pas, un jour ? » au fond de chacun. Les pages d'un magazine people, c'est une fenêtre qu'on ouvre sur le « peut-être ». Qui que l'on soit, et d'où qu'on parte. Vois, moi ! C'est bien arrivé.

– Alors ne t'empêche pas de rêver ! On ne sait jamais !

Et puis, pour ta consolation, n'oublie pas que dans ces magazines, il y a aussi, pleine page, les photos des déchéances obligatoires. Les mêmes que les tiennes : les bourrelets, la cellulite, les rides, les gueules cassées. Ça, ça te les ramène à ton niveau, « les célèbres » ! Parce qu'ils ne peuvent pas y échapper non plus, au temps qui passe, à la peau qui fripe et au corps qui s'affaisse.

D'accord, il y a la chirurgie esthétique à outrance pour masquer les dégâts. Mais les lèvres en Knacki Herta, et les pastèques surdimensionnées de la Kardashian en guise de fesses, c'est pas du beau, c'est du forain ! « La foire du trône » et ses attractions uniques. Même Conchita Wurtz nous a réinventé la femme à barbe des bateleurs ambulants de l'avant-dernier siècle.

Non ! Pour éteindre ta petite flamme de jalousie pour le riche et le célèbre, rien de mieux que la photo d'un esquinté de la vie à la une. Par exemple, un chanteur à la ramasse qui aurait planqué ses errances et son mal-être dans ses poches sous les yeux.

— T'as raison. T'as vu Renaud ! On dirait moi hier au bar. Avec la main qui tremble. D'un autre côté, ça aide : il fait pas qu'en boire, il en renverse !

Et on en arrive tout naturellement à un des inconvénients majeurs de la « célébrité » : l'addiction aux produits artificiels pour supporter ou entretenir une gloire qui l'est tout autant. La plus illusoire des chasses au bonheur.

Les armes ? Une bouteille, un sachet, une barrette ou une seringue. Le but de la chasse ? Tuer l'ennui, le trac, la peur du déclin. La culpabilité des privilèges, aussi parfois. Il faut se donner les moyens d'arriver au sommet. Et une fois qu'on l'atteint, tout faire pour y rester. Alors, on tente tout. Et même le reste. À ses risques et périls.

Celui de se détruire en croyant se prolonger. Et on se lézarde du dedans pour profiter sans relâche de la fête dehors. Pour ne surtout rien perdre du voyage de luxe. Quitte à couler en pleine traversée.

La croisière s'amuse ! Du moins, elle fait croire que. À bord, quelques-uns des « célèbres » les plus représentatifs du naufrage annoncé. Renaud donc, Gainsbourg, Bukowsky, entre autres, les figures de proue du bateau ivre. Suivis de près par les défoncés officiels. Au hasard : Sagan, Delarue, Mickey Rourke. Et puis les shootés du sport. Pris au contrôle à la descente de vélo ou à la sortie de la piste ou du stade : Armstrong, Marion Jones, Sharapova, etc.

Plus une flopée de bipolaires et de névrosés sous médicaments. Je peux même y ajouter quelques politiques cocaïnés, et non des moindres. Pas de noms. Il n'y a pas de preuves officielles. Juste ce que j'en sais et ce que j'en ai vu. Crois-moi sur parole.

Et je ne te compte même pas les dégâts collatéraux. Les femmes de, maris de, compagnons, fils, filles, parents, qui prennent le boomerang en pleine tête. Et pour finir, je t'ajoute les fans qui, au nom de la dévotion, reproduisent les dérives pour s'identifier un peu plus.

— Un inconvénient majeur donc, la défonce à quelque produit licite ou illicite que ce soit ?

— Pas toujours.

Occasionnellement, ça peut être un avantage. Un plus provisoire. La béquille pour tenter de supporter l'insupportable : les doutes, les critiques, les trahisons, le surmenage obligatoire. Mais là, je ne t'apprends rien. Tu dois connaître. Encore une fois, les noyades imminentes ne sont pas exclusivement promises aux « célèbres ». Il faut bien se raccrocher à quelque chose.

Je l'ai expérimentée pendant plus de dix ans, cette béquille. Je buvais un litre et demi de whisky par jour. J'en ai beaucoup parlé dans les livres précédents, je ne vais pas m'y étendre. Il y a trente-deux ans, j'ai posé ma bouteille sur un de mes radeaux de fortune. Elle est loin. Très, très loin. Mais puisque c'est le sujet de ce livre, je te l'affirme avec force :

— À aucun moment, l'alcool ne m'a rendu heureux ! Des souvenirs de plaisir, des délires, oui. Mais dans ma mémoire, aucune trace de bonheur. Aucune.

C'est te dire comme je te le déconseille, ce poison divin. Je m'entends : à forte dose. En addiction. La petite cuite passagère est agréable. Nécessaire presque. Comme le pétard du soir, espoir. Ça, c'est le bord du torrent où tu peux tremper les pieds. Mais évite le plongeon en eaux troubles, tu vas te noyer. Le bonheur, le vrai, ne se boit pas. Pas plus qu'il ne s'injecte. Il se respire à plein poumons.

Isabel, le mannequin américain avec laquelle je vivais à l'époque, m'a vu vider mon dernier verre de whisky sur la moquette le 14 novembre 1985. J'ai juste dit :

— J'arrête.

— *Why?*

— *Because hassles are taller than pleasure.*

J'ai lâché cette phrase dans un anglais probablement imparfait. Et, juste après, je lui ai fait l'amour en français. Imparfaitement aussi. L'alcool est désinhibant. Mais il enivre aussi la délicatesse. Il multiplie les audaces, mais il soustrait la tendresse de fond. Mes plus beaux souvenirs d'alcôves sont lucides. Sans griserie artificielle d'aucune sorte.

Cette parenthèse était juste une accroche du chapitre qui va suivre sur les liens entre le bonheur et l'amour sous toutes ses formes. Du platonique à l'érotique. Un teasing pour mettre l'eau à la bouche des plus mutins d'entre vous. Impatient ? Ne te précipite pas aux pages d'après. J'ai encore beaucoup de choses à te dire de la célébrité. La fin de la liste des inconvénients et un survol de celle des avantages. Et surtout, si tu sacrifiais immédiatement la fin de ce chapitre pour te précipiter sur le suivant, tu manquerais une des clés les plus importantes de ton bonheur. Je te la donne tout de suite.

Ce soir-là, je l'ai dit à Isabel en anglais. Mais je l'avais prémédité depuis quelques jours en français :

— J'arrête parce que les emmerdements dépassent le plaisir !

C'est la règle absolue. La ligne rouge. Je te la remets entre guillemets pour que tu l'intègres mieux :

« Dès que les emmerdements dépassent le plaisir, il faut arrêter. »

Cette règle, je l'ai toujours appliquée à tous mes excès. À toutes mes lassitudes. Dans quelque domaine que ce soit. Et ça a participé largement à tous mes bonheurs d'après. C'est peut-être, de tout ce que j'essaie de te démontrer depuis le début, l'exemple qui sera le plus utile à ton mille-feuille.

Je buvais donc un litre et demi de whisky quotidien. À ce jour, j'en suis à trente-deux ans sans addiction alcoolique. Un petit verre de bon vin de temps en temps. Pas plus. J'ai claqué beaucoup d'argent en allant au casino régulièrement. Parfois tous les jours. Je ne suis plus accro à la roulette depuis dix ans. Une petite plaque sur le huit, une ou deux fois par an seulement, à prix réduit.

Je n'ai plus du tout besoin ni de la griserie quotidienne de l'ivresse, ni de l'adrénaline infernale du jeu. Mon travail a été de m'autoriser quelques infimes entorses juste pour me prouver que j'avais la force de ne pas aller plus loin. Et je l'ai eue. Ces victoires sur moi-même participent à une part très importante de mon mille-feuille.

« Je doute fortement du bonheur d'avoir été. Je suis certain de celui de ne plus être. »

On a tous des raisons de boire, de se ruiner au jeu, ou de se défoncer. En terme de bonheur, ce ne sont pas des raisons. Ce sont toujours des torts.

Le blessé de la vie m'interpelle :

— Si je comprends bien, tu dis que j'ai tort d'avoir des chagrins d'amour, des dettes ? J'ai tort d'être malade, dépressif, de ne pas avoir de boulot ?

— Bien sûr que non.

— Alors fous-moi la paix ! C'est mon problème !

— Tu as raison. C'est ton problème, mais c'est pas la solution.

L'alcool, la came et toute autre sorte de stimulant artificiel sont de formidables stands à plaisirs. Mais ce sont des « casse-bonheur » inévitables. L'avantage de la célébrité est que l'argent qu'elle rapporte permet à l'accro de se défoncer sans regarder à la dépense. Elle lui permet aussi, en terme d'illégalité, de passer plus facilement à travers les mailles du filet. La taille de la tolérance est souvent proportionnelle à la grandeur du nom. Ou à celle de ses réseaux d'amitiés. Mais ce sont vraiment les deux seuls avantages.

Le merveilleux Philippe Léotard en rajoutait un autre. Comme c'est le plus magnifique, le plus écorché et le plus intelligent désespéré que j'aie croisé de toute ma vie, je lui laisse le mot de la fin sur le sujet :

« Quand tu picoles ou que tu te défonces, t'es pas meilleur. Mais quand t'es mauvais, tu t'en aperçois pas ! »

Voilà pour les plaisirs artificiels.

Reste encore un inconvénient majeur à aborder. Je l'ai frôlé en évoquant l'exemple de Félicien, je vais le développer un peu plus. Le pire des venins qui peuvent empoisonner la célébrité ne s'inocule pas. Elle le porte en elle dès qu'elle existe : son arrêt. Lente ou brutale, la fin de la gloire, même petite, est toujours une souffrance.

Deux cas possibles. Le premier : on ne te reconnaît plus dans la rue, le téléphone ne sonne plus, tu ne vis plus de ton aura, tu redeviens totalement anonyme. Le second, peut-être pire : le téléphone ne sonne toujours pas, tu ne vis plus non plus de ton aura, mais on te reconnaît dans la rue. Tu deviens un anonyme qui ne l'a pas toujours été.

Certains se terrent pour ne pas avoir à affronter, au hasard d'une rencontre, leur reflet dans un miroir brisé. Parce que ça se passe toujours comme ça :

L'interlocuteur plisse les yeux, cherche dans sa mémoire et s'illumine d'un coup.

— Ah, ça y est ! Je vous connais, vous. Vous étiez celui qui… ?

— C'est ça, j'étais.

— Et vous devenez quoi ? On vous voit plus !

Et là, descente d'orgueil et descente d'organes ! Le cœur s'affaisse, les épaules et l'œil aussi. Et l'ex-célébrité se redresse comme elle peut, et elle part après un sourire forcé. Elle fait quelques pas, droite, digne, pour faire croire que. C'est à ce moment-là qu'arrive l'ultime coup de poignard dans le dos :

— Au fait, c'est quoi, votre nom ?

Le retour à l'anonymat, ou presque seulement, est une souffrance dans les deux cas. Les blessés, on les voit de temps en temps à la télé, ou dans les journaux dans la rubrique : « Que sont-ils devenus ? » Ils rassurent :

— Tout va bien. Je n'ai aucune nostalgie. Je crois même que je vis beaucoup mieux !

Les mots sourient et le regard pleure. Ça se sent. Ça se devine. Alors on compatit au mensonge. On fait semblant d'y croire. Moi, je sais comme ils souffrent en dedans. J'en ai tant eu en confession sur mon épaule. Sans fard. Ils m'étalent leur manque. Tout ce que la célébrité leur a pris. Le constat tragique. Souvent une vie de couple désossée. Plus l'argent jeté par les fenêtres, et les faux amis qui attendaient dessous pour le récupérer. Les regrets, les remords. Et surtout la rancœur sournoise et indélébile envers celui qui a pris la place. La nouvelle idole. La nouvelle star. Celui qui remplit les salles qu'on a fini par vider.

Je te conseille une chanson de mon ami Gérard Lenorman. Elle est sublime. Ça commence par :

Quand une foule crie bravo,
et que le silence s'installe,

Je serre les poings dans la salle,
j'ai mal, j'ai mal…

Tout est dit !

Certains s'en sortent. Ceux qui s'y étaient préparés. Ou qui ne s'y étaient jamais vraiment habitués. J'en connais. Ils sont rares. Tant mieux pour eux. Parce que la brûlure des projecteurs laisse pratiquement toujours des cicatrices. Suintantes, à fleur de peau, ou sèches, à peine visibles. Les plus blessés les rangent dans des cartons à chaussures, au fond d'une armoire, au grenier quand il leur en reste un. Ils appellent ça des photos-souvenirs.

Je résume.

L'intimité volée, les critiques, les calomnies, la surestime de soi, la déchéance, les faux amis, le dédoublement qui peut pousser au suicide, la bipolarité, la névrose, l'alcool, les stupéfiants, le déclin assassin, ça en fait des inconvénients !

Et pourtant, chaque jour, ils sont des milliers à espérer être le chanteur, l'acteur, le député, le sportif de haut niveau, l'auteur à succès, l'humoriste, le peintre, le réalisateur. Le premier. *The best. The king. The star.*

— Mais pourquoi ?

Pour les avantages, bien sûr. L'argent, le pouvoir, la séduction accélérée. Le luxe, la facilité, les passe-droits. Et la boursouflure de l'ego, évidemment. De convenable à démesurée. Comme le résume à merveille cette vieille blague :

C'est un « célèbre » qui rencontre un ami.

— Ça roule super pour moi en ce moment. Je viens de finir mon film, et je commence au théâtre dans deux jours. J'ai la couverture de *Gala* avec ma nouvelle femme et ce soir je suis invité sur BFM, tu regarderas ?

— Oui.

— Bon. Si on arrêtait de parler de moi… Comment tu as trouvé mon dernier spectacle ?

C'est ça, un « célèbre » au sommet de sa gloire : un nombril qui parle ! Et qui n'a qu'un objectif, même s'il s'en défend : les bravos. Et c'est vrai qu'une foule qui t'acclame, c'est magique. Encore plus impressionnant, une foule qui se tait. Des milliers de souffles retenus pour une émotion sur une scène, dans un stade ou sur une estrade, c'est féerique. Céleste. Juste avant le vacarme des mains qui frappent et des gorges qui hurlent.

C'est du bonheur ?

Ah, oui ! Un gros morceau de mille-feuille. Incontestablement. Immédiat, avec des frissons à fleur de peau. Une décharge violente d'adrénaline sucrée. Incomparable. Et puis, tout de suite après, l'autre bonheur. Après que le rideau est tombé. Moins brutal, mais encore plus profond. Celui de savoir que tu existes dans le cœur et dans l'âme de milliers d'anonymes. Mieux, que tu es parfois la partie la plus importante de leur vie. Que peut-être même, cette vie, ils te la doivent.

Ça m'est arrivé plusieurs fois d'en voir arriver, l'œil émerveillé et reconnaissant. Après une étreinte magnifique, ils disent :

— Tu m'aides tellement. Sans toi, je ne supporterais plus cette vie. Tu me lâcheras jamais, hein ? J'ai besoin de toi, moi. Sinon, je meurs.

Comment veux-tu ne pas être fier de ça ?

Ça, c'est pour les métiers du spectacle, du sport, des arts réunis. Ceux qui créent une œuvre, qui transmettent une émotion. La politique n'en est pas très loin. Les militants ne sont pas très différents des fans d'artistes. Ils sont même encore plus proches des supporters sportifs. Avec toute la ferveur, mais aussi la connerie de masse que ça peut véhiculer. Mais quand on est fan, on est fan !

« Allez PSG… Marseille, on t'enc… !!! »

« Allez Sarkozy… Fillon, on t'enc… !!! »

C'est fou, cette gémellité sodomite entre les supporters et les militants ! Une projection vengeresse de l'inconscient, sans doute : pour les uns la suspicion d'être sodomisés eux-mêmes par le prix des places du stade. Pour les autres, la prémonition de la même punition quand ils s'apercevront, mais un peu tard, que les promesses faites n'auront pas été tenues.

Ces avantages de la célébrité existent depuis la nuit des temps dans le monde entier. De Geronimo à Michael Jackson. De Socrate à Rihanna. De Che Guevara à Usain Bolt. Sans oublier Jésus-Christ superstar. Mais ce que les temps modernes ont apporté de plus marquant aux avantages de la gloire, c'est l'accessibilité. Elle n'est plus réservée à un talent, à une force, à une capacité, à une endurance, cette célébrité.

La moindre apparition dans les multimédias peut faire d'un anonyme un « célèbre » en quelques secondes. Dans une fourchette aussi large que celle qui sépare un témoignage sur la canicule au journal de vingt heures d'une députation bradée sur la liste de La République En Marche ! Andy Warhol était visionnaire en promettant à chacun quinze minutes de célébrité. Il s'est juste trompé sur la trotteuse. Ça dure parfois quinze secondes.

Alors, il est temps que je réponde à Maman.

Ai-je vraiment été heureux de cette célébrité ?

Je ne crois pas. J'ai profité des facilités, des privilèges, mais les entailles ont été si fortes : mon intimité que je suis obligé de calfeutrer. Recevoir chaque jour au réveil des insanités nouvelles, des calomnies, des jugements péremptoires. Savoir que malgré ceux qui m'aiment pour ce que je suis, il y en a tant qui me détestent pour ce que je ne suis pas.

Je n'ai pas été heureux vraiment parce que je me suis collé moi-même une image. Une étiquette dans le dos de grossier incontrôlable et primaire qui fait hurler de mépris les bien élevés. Et que, par entêtement, il est hors de question que je l'enlève. Parce que je sais parfaitement que ce qui les emmerde surtout, c'est mon insoumission chronique à leurs codes établis. Et ça, c'est un de mes plaisirs préférés !

Parce que je n'ai jamais su, sans l'ombre d'un doute, si on m'aimait pour moi, mon argent ou mon affiche. Et ça a voilé l'indulgence de mon regard sur beaucoup de mes amis et de mes amours.

Parce que je ne respecte que la réussite qu'on mérite, pas celle qu'on vole. Et que de voir certains surfer sur cette imposture me fait vomir.

Parce que les trahisons, les ingratitudes et le manque de reconnaissance me renvoient sans cesse au pire de ma bâtardise d'enfant.

Parce que les médias sont un milieu où on baise beaucoup. Au propre et au figuré. Et que chaque fois qu'on m'escroque, l'enfant qui est en moi, et qui ne me quittera jamais, a envie de hurler à la pédophilie.

Parce que je suis coincé. Si j'envoie balader cette célébrité, je resterai l'ex. Celui à qui on dira dans la rue : « C'est quoi votre nom, déjà ? » Et ça, c'est un cadeau que je ne ferai en aucun cas à la mémoire de celui qui m'a refusé le sien.

Parce que les tribunaux qui m'ont condamné pour beaufitude et vulgarité depuis le début n'ont même pas daigné convoquer à la barre mes délicatesses et mes pudeurs.

Parce qu'après ma mort ils sont bien capables de m'encenser, ces cons-là !

Parce que j'ai eu l'imbécile prétention de croire qu'être sincère et être intègre étaient des qualités.

Parce que, surtout, la célébrité m'a rendu bien plus stupide que j'aurais dû l'être. Plus paranoïaque, plus naïf, plus inconsistant, plus lâche.

Parce que je tiens par la main l'enfant que j'étais, et qu'il n'arrête pas de me tirer en arrière, en m'engueulant :

— Mais barre-toi ! Qu'est-ce que t'attends ? Allez viens, on retourne à la maison ! Tu vois bien que même avec tous les beaux frissons, même avec le fric, même avec ceux qui aiment vraiment l'artiste, ce monde n'est pas fait pour toi.

— Attends encore un peu, bonhomme ! Juste un peu. Il n'y en a pas pour longtemps. Promis, on va rentrer bientôt ! Avant la nuit.

— J'espère !

Je n'étais pas vraiment fait pour la célébrité. Heureusement, j'ai trouvé mon bonheur ailleurs. Dans ma solitude, mes ponts et mes autoprojections. Aujourd'hui, je suis heureux. Très. D'être artiste. Mais certainement pas d'être célèbre. Je me construis chaque jour des passerelles d'anonyme. Loin de la foule. Sans pont de lumière. Éclairées simplement par une aube, un coucher de soleil et le sourire de ceux que j'aime et qui m'aiment juste pour ce que je suis.

Je sais que c'est impossible, mais le plus beau cadeau que pourrait me faire cette célébrité, ce serait de pouvoir dire à un inconnu :

— Je m'appelle Patrick Boutot. Je suis né à Brive, en Corrèze, le 14 novembre 1953.

Et que l'inconnu me réponde :

— Qui ?

Voilà ! C'était certainement le chapitre le plus personnel, et celui où tu as dû relever le plus de contradictions. Au cas où tu l'aurais ratée, je te signale la plus criante. Regarde la couverture de ce livre. Il est signé Patrick Sébastien.

— Et comment je fais, moi, Patrick Boutot, pour arriver jusqu'à toi si c'est pas Patrick Sébastien qui va en faire la promotion dans les médias qui le voudront bien ?

Ah ! ce que c'est complexe, la célébrité !

— Alors ? Papillon ou pas ?

LE PONT DES SOUPIRS

« Elle était belle comme la femme d'un autre ! » (Marcel Pagnol)

Je m'étais dit que j'allais parler d'amour. Avec un grand « A » quand il est fidèle. Avec un grand tas quand il ne l'est pas. Finalement non. C'est trop vaste, trop flou. Trop galvaudé surtout. Accommodé à toutes les sauces. C'est surtout son socle qui l'éparpille à tous les vents : toutes les déclinaisons du mot « aimer ». On peut aimer indifféremment un homme, une femme, une couleur, les endives au jambon, Françoise Hardy, l'automne, le bricolage, un film d'horreur, Rafael Nadal, le Brésil, le Vélib', la peinture, la pêche au thon, les enfants, une douche chaude après le boulot, etc. À l'infini.

« Aimer, c'est le couteau suisse des verbes du premier groupe. »

L'acception qui nous intéresse en ce qui concerne un bonheur éventuel, c'est sa déclinaison à la première personne de l'indicatif présent :

— Je t'aime !

Au passé décomposé, aussi :

— Nous nous sommes tant aimés !

C'est pourquoi, dans ce chapitre, je vais réduire le champ de l'amour aux couples et à toutes leurs subdivisions : les couples mariés, libres, recomposés. Les amis. Les enfants. La famille. Toutes les cellules. Le mot « cellule » est d'ailleurs le centre de la question primordiale :

« Est-ce que le bonheur peut survivre en prison ? »

Le mot « prison » peut paraître exagéré. Mais on parle des anneaux, des chaînes du mariage. Et même sans être officialisé, on accole souvent au couple une idée de cage. Ne dit-on pas, lorsque les gens se séparent, que chacun a repris sa liberté ? Et pourtant, dès que nous sommes en âge de nous unir, cette « incarcération » est notre quête quotidienne. Par définition, le bonheur n'est, finalement, qu'une remise de peine. Une suspension provisoire des tristesses. Celle d'avant, d'avoir été seul, et celle d'après, quand on le redevient. Entre les deux : le pont des soupirs. Soupirs de plaisir ou d'ennui. Alors, je vais tenter d'être à la fois avocat de la défense et de la partie civile du couple.

Je vais commencer en évoquant une « condamnation avec sursaut » : vingt ans ferme, et les scènes de ménage qui vont avec. Bien souvent pour un prétexte futile.

C'est un couple traditionnel. Idéal. Amoureux. En instance de voyage.

Julien embrasse tendrement Véronique, et dit :

— Le pont des soupirs. Les gondoles !

— Les pigeons de la place Saint-Marc, poursuit-elle.

— L'image d'Épinal, quoi !

Elle sursaute :

— Mais, je ne veux pas aller à Épinal, moi. Je veux aller à Venise !

— C'est une expression, mon amour, un cliché.

— C'est ce que je dis. Tant qu'à faire des photos, je préfère Venise, pas Épinal.

— Non, t'as pas compris. Ce que je veux dire, c'est…

— Je n'ai pas compris ? Je suis une imbécile, c'est ça ?

— Mais non. C'est pas ce que je voulais dire.

— Ah, c'est sûr que je suis moins intelligente que ton ex. Ta mère me l'a assez dit. T'as qu'à y aller avec elle à Épinal ! Et prends ta mère au passage !

— Laisse maman en dehors de ça. La tienne ne vaut pas mieux !

– Elle ne vaut pas mieux ? C'est quand même avec ses sous qu'on a acheté la maison d'été.

– T'es vraiment trop bête !

– Ah, tu vois ! Je te préviens, Julien, je vais pas rester longtemps avec un minable comme toi !

– Eh ben, barre-toi !

– Pauvre type !

– Connasse !

– Connard !

Et ainsi de suite. Les « amabilités » de fin de cycle. Les mouvements d'humeur à l'emporte-pièce. À l'emporte toute la pièce. Les chaises, les bibelots. Les portes qui claquent. Les assiettes qui volent. Il y en a même une qui va percuter Gilles Bouleau sur l'écran, au milieu du journal de vingt heures, en plein djihad. Mais on s'en fout, nous, de l'attentat en Syrie ! C'est notre guerre. Nos éclats de voix. Nos crépitements de mots sales. Nos bombardements d'injures. Et deux drapeaux blancs à la fin. Un Kleenex chacun pour sécher les larmes.

Thomas pleure aussi. Et ça, c'est le pire.

Un point positif, quand même : à plus de mille kilomètres de là, les pigeons de la place Saint-Marc se frottent les ailes de plaisir. Un couple qui se sépare, ça fait deux couples recomposés. Deux fois plus de touristes et de miettes de pain à se mettre dans le goitre !

C'est la caricature d'une dispute ordinaire qui dégénère. De celles qui soit mettent fin à un bonheur, soit le minent lentement jusqu'à extinction des feux de l'amour. Jamais complètement d'ailleurs. Il n'est pas rare qu'il subsiste des braises sous la cendre. On ne cesse jamais d'aimer complètement quelqu'un qu'on a aimé vraiment. Encore faut-il avoir le talent de ne pas salir ce qui a été.

Je vais inverser l'ordre des choses. Te parler d'abord du bonheur d'après avant de te parler du bonheur pendant. Parce qu'à l'autre bout des pages, vous êtes certainement nombreux à vivre le bonheur présent sans trop de questions. Normal. Le train roule, on se contente de regarder défiler le paysage. Il est plus urgent que je m'adresse à ceux qui ont déraillé. Perdus, hagards, à contre-voie. Ou impatients sur le quai, en attente d'un autre express.

Blessés légers ou blessés graves, ce sont les laissés-pour-compte du bonheur. Ils titubent, geignent, et pensent tous qu'ils ne pourront plus jamais vivre sans l'autre, le fuyard. Les chagrins d'amour peuvent accoucher de désespoirs hors normes. Et, encore une fois, l'intensité du mal est la même que l'on soit puissant ou misérable. Vois Sarkozy, touché en plein cœur le jour où il atteint le but de sa vie : l'Élysée.

On dit « le calice jusqu'à la lie ». C'est exactement ça. Le dépôt du fond du verre. Amer, à vomir. Qui peut même gâcher le goût du sacre absolu. Explosé, le mille-feuille ! Le serveur du Fouquet's n'a plus qu'à balayer les miettes. C'est pour ça qu'il y était allé, Nicolas premier, le tsar fraîchement élu. Pour la voir. Lui parler. Tenter une dernière chance. Le cœur qui clapote fait un bruit de ferrailles qui s'entrechoquent : « bling, bling ! » C'était raccord.

Je me souviens aussi d'un judoka célèbre. Une masse, un invincible. Le départ de sa belle l'avait terrassé. Ippon. Avec mon copain Thierry Rey, on essayait de le réconforter. Rien n'y faisait.

— Je ne peux pas me passer d'elle, gémissait-il, en larmes.

J'ai eu une lueur. L'argument imparable :

— Avant de la connaître, tu pouvais bien t'en passer.

Imparable ? Pas pour un désespéré de haut niveau. Une médaille d'or de la déprime. Il a levé sur nous ses yeux de chien battu et il a lâché :

— Avant, je l'attendais !

La *lose* de niveau international !

Certains ne s'en relèvent jamais. Ou juste le temps de monter sur un tabouret pour accrocher une corde à une poutre et s'y pendre.

— Il s'est suicidé pour elle !

C'est faux. On ne se suicide par pour quelqu'un mais contre quelqu'un. Dans le but, outre l'arrêt définitif de la souffrance, d'imposer à l'autre une culpabilité éternelle. Encore une vengeance. Mortelle en l'occurrence. Stérile de toute façon. Écoute-moi :

— Il y a deux choses qu'il ne faut jamais perdre après un chagrin d'amour : la vie et l'espoir. Et je suis bien placé pour t'en parler.

Récemment, dans un livre, Marie Myriam, la dernière gagnante française de l'Eurovision il y a quarante ans, a évoqué notre histoire d'amour qui avait commencé peu après. Passionnée, tiraillée et publique, hélas ! Le buzz d'aujourd'hui n'en a retenu que le suspicieux de surface, évidemment. Mon infidélité, un avortement, la rupture et une tentative de suicide que je regrettais déjà à peine la boîte de somnifères reposée.

J'ai reçu Marie, pour la promotion de son livre, dans *Le Plus Grand Cabaret du monde.* Sa phrase de conclusion a parfaitement résumé l'histoire :

— C'est l'après que nous avons réussi le mieux !

Le beau moment de bonheur doux. La victoire sur nous-mêmes. Au point même que j'ai éprouvé une tristesse sincère à la mort de son mari, il y a trois ans. Celui qui me l'avait prise. Celui que j'avais haï, bien sûr. Mais peu de temps, par bonheur. Juste celui de substituer au désir de vengeance l'obligation de revanche.

Quelle revanche ? C'est tout simple. La fierté de croiser aujourd'hui Marie sans regret ni rancune. Sans même un pincement au cœur. Comme si je n'avais jamais connu sa peau. Et surtout, parce que c'est le marqueur absolu de la guérison totale de mon chagrin d'amour : pouvoir prononcer son prénom comme le même prénom d'une autre. Sans adrénaline. Avec le cœur apaisé et la sérénité du pardon.

Dans une rupture, les deux sont toujours fautifs. Dans des proportions inégales. Faire un concours de responsabilités est le plus grand obstacle à la reconstruction.

— C'est de ta faute !

— Non, c'est de la tienne !

— Si tu avais été plus…

— Et toi, si tu avais été moins.

Comme le corrigeait mon instituteur dans la marge :

« Nul. Bâclé. 3/20. À refaire ! »

Il a raison. À refaire. Sur une page neuve. Et surtout, éloigner le plus vite possible la tentation de recommencer sur la même en ayant raturé. Parce que l'appréciation de l'instituteur serait encore plus sévère :

« Sale. Illisible. Zéro ! »

Quand Marie m'a quitté, j'ai coulé. Pour survivre, il fallait que j'écarte au plus vite de ma mémoire les bonheurs passés. Alors, j'ai ficelé les étreintes, les baisers, les rires et la tendresse, et je les ai entassés sur un grand radeau de fortune. Visualise-la bien, la cargaison des bonheurs passés que les vagues emportent à bout d'horizon. Si, à l'heure où tu me lis, tu es en plein chagrin d'amour, toi aussi, l'autoprojection peut t'aider vraiment. Crois-en un naufragé qui n'a pas mis si longtemps que ça à retrouver une autre île. Une autre « elle » !

Ça n'a pas été facile d'embarquer le fret. Il m'a fallu quelques semaines, mais j'y suis arrivé. La passerelle d'après a été bien plus complexe à étayer. Maman m'y a bien aidé. Pas celle d'aujourd'hui sur mon épaule, celle du moment, déjà sentinelle.

D'entrée, elle m'a dit :

— Il faut que tu te forces à l'aimer.

— Mais je l'aime, elle est tellement…

— Je ne te parle pas d'elle, je te parle de celui qui te l'a prise.

— Pardon ?

— Tu as bien entendu, à l'aimer, lui. Ou du moins, à l'estimer. Plus tu vas le haïr, plus tu vas souffrir. Dis-toi simplement qu'il la mérite plus que toi. Parce que s'il ne lui avait pas apporté ce que tu ne lui donnais pas, elle ne serait pas partie. Alors il faut t'efforcer de voir ce qu'il y a de bon en lui.

Sur le coup, je me suis resservi un grand verre de whisky, et j'ai lâché :

— Tu veux pas que je me le tape, lui aussi ?

Elle a répliqué sèchement :

— Ne sois pas grossier, mon petit ! Tu es malade, il faut te soigner. Même si ça te paraît inacceptable, je t'indique le meilleur remède, c'est tout. Maintenant, si tu ne veux pas guérir, je ne peux pas te forcer.

Elle s'est levée. Je l'ai retenue par le bras.

— Non, reste ! Vas-y, j'écoute.

— Tu l'aimes si fort que ça, ta Marie ?

— Ça se voit, non ? ai-je répondu en essuyant une larme.

— Alors aime-la au-delà de toi. C'est ça, le véritable amour : souhaiter le bonheur de l'autre, même si nous n'y sommes pour rien. Sinon, c'est juste de la possession. C'est très dur, je sais. Il faut mettre son orgueil et sa fierté dans sa poche et son mouchoir par-dessus. Mais si tu veux, tu peux. Encore une fois, c'est un travail.

Ça en a été un. D'Hercule. Un seul : tuer l'hydre de Lerne. La douleur au ventre. Pour le lion de Némée, le superbe et généreux qui m'avait remplacé, ne pas le tuer. Au contraire. Accepter son règne, son emprise. Reconnaître ses qualités. En souhaitant de tout cœur que Marie soit plus heureuse avec lui qu'avec moi.

Ça a marché. Ça a pris du temps, mais ça a marché. Merci, Maman ! La douleur s'est éteinte lentement pour faire place à une indifférence bienveillante. Un soulagement presque. Jusqu'à en arriver à me dire :

— Si elle était faite pour vivre avec lui, c'est qu'elle ne l'était pas pour vivre avec moi. Je ne la méritais pas. Tant mieux pour elle.

Je vais même être totalement transparent et honnête. Cette femme a été jusque-là mon plus grand chagrin d'amour. Aujourd'hui, c'est une véritable amie. Le temps, là aussi, a lissé les choses. Avec une revanche encore plus jouissive : à l'éventualité que je ne la méritais pas est venue s'ajouter celle qu'elle ne me méritait sans doute pas non plus. Et surtout au regard des bonheurs que les autres m'ont donnés par la suite, et des vingt-six ans passés avec Nana, la dernière, il m'arrive de me dire :

— Je l'ai échappé belle !

Pas vrai, Nicolas ? Tellement plus heureux avec Carla. Et c'est bien mérité.

Puisqu'on est passé par Nana, ma femme actuelle, je vais m'y arrêter. Très brièvement. Par discrétion et par protection. Elle et moi, ça n'a pas toujours été, mais ça va bien. Très, très bien. Parce que nous avons assimilé dès le départ la qualité la plus importante pour une vie de couple : l'indulgence mutuelle. Et, à partir de là, je baisse le rideau sur mon cas personnel. Je parle de vous.

Ah ! la belle indulgence d'avant ! Encore une poussée de nostalgie ? Sans doute. Mais il suffit de regarder autour de nous, le constat est évident. Les couples se défont de plus en plus vite. Les statistiques sur les divorces en attestent. On se quitte pour un oui, pour un non, pour un autre. Pour un coup de sang, un coup de cœur, un coup de blues, un coup de… (complète toi-même, je ne veux pas être trivial). Pour trois fois rien. Au premier faux pas, au premier reproche, à la première solitude.

— Puisque c'est comme ça, je m'en vais !

— On peut peut-être prendre le temps de discuter…

— Non ! J'ai pas le temps !

Eh oui ! Il faut vivre au tempo du reste du monde qui a tout accéléré. Les images, les rencontres, les fuites et les conquêtes. Une tournante universelle. La valse des alliances. Changez de cavalier ! Et le bonheur a la tête qui tourne. À peine l'a-t-on pris par la main qu'une autre main l'empoigne pour l'entraîner plus loin. Il croyait être ici, il est déjà ailleurs.

Alors, il s'assoit, le bonheur. Il contemple la farandole et soupire :

— Excusez-moi, mais je ne peux plus suivre !... Je vais où maintenant ?

Avant, on attendait. On prenait le temps. On pardonnait les « coups de canif ». Il en fallait beaucoup pour abattre l'arbre. Ça faisait des noces de bois, cinq ans. D'acajou, vingt-sept. De chêne, quatre-vingts. Très rare, mais c'est arrivé. Coton, c'est un an. De plus en plus fréquent. Et encore, il y en a qui s'éteignent dès les premiers jours. Noces de quoi ? De papier à cigarettes. Alors on va dire que dans ce cas aussi, fumer tue... le bonheur.

Ma recommandation ?

Laisse-toi une chance. Ne pars pas au premier accroc. Ni même au deuxième. Il faut prendre le temps de s'apprendre. De se dompter. Et surtout de savoir se pardonner. Crois-en un vieux guerrier. À deux, c'est chacun ses failles. Mais quand l'autre fait un faux pas et trébuche, il faut ne pas lâcher sa main et l'aider à se relever. C'est comme ça qu'on peut aller loin, très loin. Tu n'imagines pas le bonheur que c'est d'avoir traversé le champ de bataille ensemble et d'être sains et saufs. On peut finir fourbus, éraflés, mais si fiers d'être encore vivants. Parce qu'on a eu l'indulgence pour oriflamme.

En ce qui concerne la fidélité, cette indulgence a un préalable : ne pas chercher à savoir. Remballe tous tes soupçons d'accrocs au contrat. N'espionne pas. Ne fouille pas dans le portable. Vire les « T'étais où ? », « C'est qui, ça ? », « Pourquoi tu n'as pas appelé ? » Toutes ces défiances inutiles créent un climat qui peut vite devenir insupportable. Et même fatal. Avec forcément, au bout, la mauvaise analyse :

— Tu vois que j'avais raison de te harceler ! Tu avais quelqu'un !

— Non, c'est le contraire : j'ai pris quelqu'un parce que j'en avais assez que tu me harcèles !

Donc, pas d'inquisition destructrice. Et en cas de faute avérée, l'indulgence donc. Je parle, bien entendu, de l'écart de passage, du coup de chaud. Sans suite. Parce que l'occasion s'est présentée et qu'il faut bien que le corps exulte. Je n'inclus pas obligatoirement dans cette indulgence la liaison régulière. À chacun de voir selon l'étendue de sa tolérance. Mais le « coup de canif » ne me paraît pas une raison suffisante pour tout démolir.

Il faut évidemment que le couple accepte d'être à égalité d'indulgence pour une égalité de coups de canif. Cette « permission de sortie sans punition » a été longtemps l'apanage des hommes. La perspective de bonheur mutuel impose qu'elle doit aussi profiter aux femmes. En parfaite équité. Et dans ce cas chacun doit bâillonner son ego.

Si on veut vraiment que le couple dure, ce que la faute a fissuré il n'y a que le pardon qui peut le colmater. Certains et certaines se mordent encore les doigts d'avoir fui à la première alerte. Par fierté. Par orgueil.

Il m'est arrivé d'en avoir deux comme ça en confession sur mon épaule, à quelques heures d'intervalle.

Elle :

— J'ai déconné, je sais ! Mais il n'y avait pas de sentiments. Rien. Une aventure en passant.

Lui :

— Je ne lui pardonnerai jamais. Elle m'a trahi, c'est tout.

Elle :

— C'est de ma faute. Mais je sais qu'il ne trouvera personne pour l'aimer autant que moi.

Lui :

— C'est bien fait pour elle. Mais je sais qu'elle ne trouvera personne pour l'aimer autant que moi.

Ils sont malheureux à distance. Ils ne se sont jamais revus. En tout cas, pas depuis deux ans. Mais qui sait ? Un jour. Peut-être après avoir lu ces lignes. Je l'espère pour eux. Ils sont passés si près du bonheur. Si près. C'était juste une petite faute. Il suffisait d'une petite indulgence.

Et puisqu'un peu d'humour ne peut pas faire de mal :

« La fidélité, c'est comme chez Carglass. On ne va quand même pas changer tout le pare-brise pour un impact ! »

L'intransigeant s'insurge :

— Votre propos est malsain. Vous encouragez à la débauche. L'infidélité est une trahison. Qu'elle soit minime ou régulière. Et un couple ne peut pas prétendre s'aimer vraiment si l'un n'appartient pas à l'autre totalement et en toute confiance.

— Désolé, mais je persiste et je signe. Pour moi, le véritable amour n'est pas la possession. Personne n'appartient à personne.

Nous ne sommes pas propriétaires de celui ou celle qui nous accompagne. Juste locataires. Le bail n'est renouvelable qu'en cas de bonheur mutuel. Avec cinq commandements essentiels à la garantie du contrat si on veut qu'il dure :

1) Tu t'efforces de comprendre avant de juger.

2) Tu peux condamner, mais toujours avec sursis.

3) Tu n'es pas obligé d'aimer ce que l'autre aime, pas plus que tu n'as à le forcer à aimer ce que tu aimes, toi.

4) Tu acceptes ses défauts autant que ses qualités.

5) Tu ne franchis jamais la porte de son jardin secret.

Pour résumer, tu prends l'autre comme il est. Avec ses forces et ses faiblesses. Au nom de l'évidence que m'avait mise sous le nez Olivier de Kersauson, le soir d'une conversation d'hommes droits :

— On veut tous changer l'autre. Soit on n'y arrive pas, et on lui reproche de ne faire aucun effort. Soit on y arrive, et ce qu'il devient ne correspond plus à ce qui nous avait séduits au départ. Donc, le bonheur à deux, c'est chacun pour l'autre, comme il est, et on avance ensemble.

Pour ne pas être en reste, j'y suis allé de ma citation :

— Comme dit la phrase célèbre de Saint-Exupéry : « L'amour ce n'est pas se regarder l'un l'autre, mais regarder ensemble dans la même direction. »

— Ah, non ! m'a-t-il répliqué, rigolard. « Regarder ensemble dans la même direction, c'est pas l'amour, c'est la levrette ! »

Des hommes droits, je t'ai dit ! Bon, d'accord, ce soir-là, un peu penchés par le Johnny Walker, mais droits quand même !

Avant, les alliances duraient plus longtemps. Même s'il faut reconnaître que le bonheur n'était pas toujours là. Un des chevaux de bataille du combat des féministes, avec raison. Les femmes restaient pour ne pas casser la famille. Résignées. Et puis, la plupart du temps, elles ne partaient pas parce qu'elles avaient rarement les moyens de s'assumer seules.

Alors, elles acceptaient « l'homme ». Et la cuisine, le ménage et les enfants à faire. Leur prétendu « bonheur » était routinier. Un bonheur de devoir, de morale. Mais était-ce vraiment un bonheur ? Va savoir ? De ce que m'en ont dit des grands-mères, oui, peut-être. Un bonheur soumis, mais un bonheur quand même.

Les femmes d'aujourd'hui s'assument seules. Tant dans le travail que dans leur liberté de choix si chèrement et légitimement gagnée. À égalité de décision, d'autorité, mais aussi d'intempérance avec leurs hommes. Guerrières, déterminées et audacieuses, elles peuvent partir n'importe quand, n'importe où. À tire d'elles. Mais est-ce vraiment un bonheur ? Va savoir ? Mes amies me disent : oui, peut-être. Un bonheur éparpillé, mais un bonheur quand même.

Et nous, les hommes, dans tout ça ?

Un peu décontenancés. Mâles dévalués par le temps. Moins rustres, plus attentifs. Plus conciliants, plus dociles. Et tant mieux. Mais tiraillés en sourdine par des séquelles de virilité dominante. La barbe de trois jours qui est devenue monnaie courante en atteste. Ce n'est pas qu'une mode esthétique. C'est l'affirmation silencieuse d'une nostalgie inavouable : celle des hommes, des « vrais ».

On s'est fait piéger par l'évolution, alors on s'adapte. Et on a bien raison, si on veut être heureux. Parce que c'est une règle indiscutable de la nouvelle donne :

« Pour qu'un couple dure, le bonheur de l'un passe obligatoirement par le bonheur de l'autre. »

Ce n'était pas forcément le cas avant, hélas !

Alors, entre éparpillées et décontenancés, on continue à se faire la même cour. À s'envisager en paire, et puis à se coller à deux. Pacsés, mariés, ou juste partenaires. Pour le meilleur et le moins pire possible. À faire des enfants. Puis de plus en plus fréquemment à les défaire pour les recomposer ailleurs. Et le bonheur ne sait plus où donner de la tête. Il devient une copropriété hésitante. Entre la femme de tête, de lit, de bureau, de poussette et l'homme de force, de sûreté, d'oreiller, de doutes et de d'arrangements.

Je pense qu'on vit à deux de plus en plus seuls. En tout cas de plus en plus loin. Même encastrés au lit. Même avec les câlins et les partages les plus intimes. Même si le soir des noces on y croit pareil. L'époque nous a passé au doigt des anneaux provisoires.

Parce que là où on disait :

— C'est pour la vie, c'est sûr !

On se contente d'espérer :

— Pourvu que ça dure !

Tiens ! Je devrais en faire une chanson pour les mariages !

« Être en couple rend toujours moins heureux que l'idée qu'on s'en fait. »

Et puis, allez, j'enfonce le clou :

– Sommes-nous vraiment faits pour vivre en couple ?

Comme dit la vieille blague :

– Ma femme et moi, on a été heureux pendant vingt ans… après, on s'est rencontrés !

Logiquement, on se met à deux pour être plus heureux que seul. En tout cas, c'est ce qui est écrit sur le devis. On devrait y noter aussi les frais qu'entraînera une dégradation des fondations. Ceux des dégâts éventuels occasionnés par les faux amis termites qui attaquent la charpente. Ceux des réparations en cas de fuite d'un des deux conjoints. Et évidemment le montant des indemnités en cas de divorce.

C'est un acteur très connu. Un ami. En couple, il y a quelques années, avec une actrice, connue seulement. Leurs sourires à la une des magazines étaient éclatants, lumineux. Avec les photos témoins. Le contresens du papier glacé : immortaliser un bonheur dont rien ne dit qu'il sera éternel. Il y avait tout : eux deux enlacés, la plage, les enfants, le chien. Pour les lecteurs, le couple idéal.

J'ai pris cet exemple parce que, les projecteurs en moins, c'est l'entente dont on a tous rêvé. L'absolu. À la portée de tous, quelle que soit notre place dans l'échelle sociale. Les plus chanceux le touchent, cet absolu, et ça dure. Mais une majorité l'effleure seulement. Le cliché est menteur. En trompe l'œil.

Les repas entre couples d'amis sont garnis de ces duos de façade. Les sourires au salon et les reproches en cuisine.

L'entente parfaite du potage au dessert, et dans la voiture, après, la soupe à la grimace. Je ne noircis pas le tableau. Regarde autour de toi. Les couples qui résistent à l'usure sont de plus en plus des oiseaux rares.

La trajectoire est classique : les tourtereaux, la nidification, la ponte. Et puis les piaillements intempestifs où on laisse des plumes. Les nids séparés. Et, pour finir, l'envol chacun dans sa direction, après avoir réglé les modalités de la garde des oisillons.

Quelques mois après son divorce, mon ami, l'acteur connu, s'est confié :

— Ç'a été dur, tu sais.

— Le divorce ?

— Non. Le tout.

— Tu me racontes ?

— Non, ce serait trop long. C'était une grosse erreur de parcours. On n'était pas vraiment faits l'un pour l'autre.

— Vous avez eu des gosses pourtant.

— Ben ouais ! Je regrette pas, bien sûr, je les adore. Mais bon, les gosses, on les fait souvent plus pour nous que pour eux.

— T'en as eu deux, je crois ?

— Oui. Le premier au début, quand ça allait encore bien, pour officialiser l'histoire. Et le deuxième, au milieu quand on sentait que ça allait craquer. Pour nous relancer.

— Des emplâtres, quoi !

— C'est un peu violent comme mot, mais t'as pas tort.

— T'as été heureux quand même ?

— Sur les photos, toujours, en vrai, pas vraiment. J'ai surtout été heureux dans mon métier.

— C'est vrai que ça a cartonné !

— Oui. Et je reconnais qu'elle y a été pour beaucoup. Elle m'a encouragé, elle m'a soutenu. Sans elle, je n'aurais peut-être pas eu autant confiance en moi. D'ailleurs, ç'a été l'argument principal de son avocat au moment du divorce.

— Et vous en êtes où, aujourd'hui ?

Il m'a fait un grand sourire, et il a lâché tout naturellement :

— Elle me demande une pension pour le chien !

Véridique !

Et même pas inattendu. Je savais moi, qu'ils n'étaient pas vraiment faits l'un pour l'autre. Elle, belle, ambitieuse, égocentrique, et lui, simple, généreux, lunaire. On touche d'ailleurs là le point essentiel de la pérennité en couple : le choix de départ.

« Quand on veut être heureux, il faut se marier dans sa rue ! », m'a toujours dit Maman.

Elle tenait cette sentence d'une lointaine cousine échaudée par une erreur d'aiguillage. Le cas de le dire. Une fille de garde-barrière, qui était partie chercher l'amour en ville et qui en était revenue. De l'amour, pas de la ville. Elle y était morte malheureuse. Le sens du conseil qu'elle avait donné à Maman sur son lit de mort n'était pas uniquement géographique. « Dans sa rue » ne voulait pas seulement dire dans son quartier ou dans sa région. Mais au plus proche de la personnalité de chacun et de ses racines.

La cousine avait cédé au charme d'un notaire. L'occasion d'être une dame, une vraie, comme dans les livres. Mais il avait des goûts qu'elle n'avait pas, des conversations qui l'ennuyaient. Elle l'aimait, bien sûr, mais c'était elle qu'elle n'aimait pas, en femme fardée, inactive et embourgeoisée. Elle avait même regretté le Léon. Le fils de la ferme d'à côté qu'elle avait refusé pour cause de notaire. Lui au moins, il aimait la chasse et l'accordéon, comme elle. Le notaire détestait la chasse et il avait insisté pour qu'elle tienne l'orgue à l'église. En ville, elle était estimée de tous… sauf d'elle-même.

Alors, pour être heureux, faut-il se marier « dans sa rue » ? Ça peut se discuter.

On connaît tous des couples disparates. Le citadin et la rurale, donc. Le parvenu et la roturière. La moderne et le nostalgique. La lettrée et l'inculte. Le méticuleux et la souillon. Le généreux et l'intéressée. L'hyperactive et le cossard. La romantique et le trivial. C'est une des lois de la nature que les contraires s'attirent. S'ils arrivent à s'enrichir mutuellement, ça peut marcher. Ça marche d'ailleurs. Mais souvent à cloche-cœur...

Parenthèse : (Tout ce que je dis depuis le début des couples hétéros s'applique aussi aux couples homos. Et ce, bien entendu, jusqu'à la fin. J'étaye à partir de la majorité, sans exclusion de la minorité. À toi de féminiser les masculins et inversement. Je profite du mi-chemin de ce chapitre pour le préciser.)

Mon parcours d'amoureux a été jalonné d'expériences « inemboîtables ». Des très intellectuelles qui me donnaient le vertige des cimes de la pensée. Trop hautes pour moi. À l'inverse, des primaires. Et le même vertige devant la profondeur abyssale de leur sottise. Des jeunesses branchées que ma nostalgie avait du mal à suivre. Des aventurières intrépides aux antipodes de mon goût pour le confort casanier. Des filles des villes qui détestaient le silence des arbres de ma campagne.

Je crois que le plus inattendu de ces désaccords, je le dois à une danseuse au régime. Tu m'aurais dit qu'un jour je renoncerais à un corps de rêve et des qualités sexuelles hors norme pour une incompatibilité gastronomique, je ne t'aurais jamais cru.

C'était dans les années 1980. Nous nous connaissions depuis dix jours, et nous n'avions partagé que des draps et des rires. Côté sustentions, il n'y avait eu que quelques cafés, des amuse-bouches dans un cocktail, les croissants de deux petits déjeuners, et pas mal de whiskies orange en discothèques. Je m'étais dit qu'il était temps d'élever le niveau.

Le partage des plaisirs du palais est pour moi un bonheur essentiel. Je peux être ému aux larmes devant un plat ou en buvant un vin rare. Et rencontrer une compagne qui ressent cette émotion de la même façon est une garantie de plus du bonheur à venir. Je ne pensais vraiment pas que le contraire puisse être éliminatoire.

Ce soir-là, le menu quatre étoiles s'annonçait sublime. Je salivais d'avance en pensant aux coquilles Saint-Jacques à la crème de chou-fleur et au pigeon aux épices. La bouteille de La Turque à l'étiquette joyeuse laissait présager une extase totale.

— Moi, je ne prendrai qu'une salade verte, a-t-elle dit, en rendant le menu au maître d'hôtel.

Il a haussé les sourcils de dépit, et j'ai proposé, pour sauver les apparences :

— Prends quand même un peu de foie gras !

— D'accord. Mais très peu. Tu comprends, ma ligne !

— Je vais commander un Château d'Yquem. Tu vas voir, c'est sublime.

La réplique est tombée, assassine :

— Non. Je préfère un Coca !

C'est la goutte de cola qui a fait déborder le vase. Je me suis dit que je pourrais partager quelques nuits, mais certainement pas ma vie avec elle. Un foie gras avec du Coca plutôt que du Yquem ! Rédhibitoire. Elle pourtant, elle avait du corps et de la cuisse !

Même si ma réaction te paraît démesurée, je te jure que ce que je viens de te raconter est authentique. Je suis sûr que les vrais gastronomes ont très bien compris. Voire approuvé. Tout ça juste pour corroborer l'assertion de départ :

— Il faut se marier dans sa rue !

Bien sûr, on ne commande pas nos attirances. Mais on peut choisir nos précautions. Si on aime les chemins de randonnée, on n'emmène pas avec soi une compagne en escarpins. On peut être heureux en couple avec des différences de surface. Mais plus on se ressemble sur le fond, plus on a des chances d'aller loin. D'épaissir le mille-feuille.

Pour clore cette parenthèse sur le choix de départ, je ne peux pas passer sous silence la mésalliance toxique. Les

« amanites phalloïdes » ! Côté fille, la schizophrène névrotique. Côté garçon, le violent et le pervers narcissique.

Elle avait le visage marqué, des cernes sous les yeux, des bleus sur les bras. Elle venait juste de s'enfuir. Elle m'a dit à mi-voix :

— La première fois, ç'a été une gifle. Je la lui ai rendue, d'ailleurs. Mais je l'avais un peu poussé à bout. Mais après, c'est devenu un calvaire. Des coups sans aucun prétexte. Il me cognait tous les soirs, comme ça pour le plaisir.

— Pourquoi tu n'es pas partie plus tôt ?

— Je ne sais pas. La peur qu'il me harcèle après. Et puis, pour être sincère, entre les bagarres, on s'entendait plutôt bien. Surtout au lit.

À l'extrême limite, pour la première gifle, passe pour l'indulgence parce que les nerfs ont lâché. Mais n'accepte jamais la deuxième. Fuis. Échappe-toi tout de suite ! Détache tes jambes de ses reins et prends-les à ton cou !

Le violent a l'avantage d'être très vite indentifiable. Ce n'est pas le cas du pervers narcissique. Bien plus sournois. Pas de marques extérieures. Mais un massacre à l'intérieur. Son seul but, sa seule jouissance est d'anéantir l'estime de toi. Dans ce cas-là, aucune indulgence. Pars, au premier regard dans ta glace, quand tu te dis :

— Il doit avoir raison, je suis nulle.

J'en croise beaucoup en ce moment, des victimes de ces *serial* casseurs. Elles mettent longtemps à se reconstruire. Il faut fuir au premier coup de masse dans les fondations, à la première humiliation.

La schizophrène névrotique, maintenant. Elle harcèle, pousse à bout. Bipolaire, elle est capable des plus grandes tendresses et des crises de démence les plus aiguës. Elle peut passer en un quart de seconde de l'immonde au chancelant. Présumée victime suppliante. C'est une sangsue. Une sorcière. À éviter coûte que coûte.

Donc, je résume : le bonheur en couple nécessite pour moi de l'indulgence, une « rue commune » au départ, et un rejet total des « amanites ». J'y ajoute la solidarité, la tendresse, l'attention, la patience, la ténacité, évidemment. Que des valeurs positives. Plus une qui paraît négative mais qui est essentielle : le mensonge. Mais oui : le mensonge.

On dit beaucoup de mal du mensonge. Mais sans lui, la vie en communauté serait invivable. Et pas seulement en couple. Dans tous les rouages de la société. C'est un grand homme d'État qui me confiait :

— Si tu ne leur mens pas, tu ne seras jamais élu. En politique, on ne peut avouer la vérité qu'à nous-mêmes.

Et il en a usé et abusé, du mensonge, le bougre ! C'est d'ailleurs sûrement pour ça qu'il a été président de la République. Et certainement un des plus aimés du peuple. Pourtant, il l'a cent fois roulé dans la farine, ce peuple. Apparemment pour son bonheur puisqu'il ne lui en tient pas rancune. Ça tombe bien, il en faut, de la farine, pour faire un mille-feuille !

Le père Noël est souvent le premier mensonge que l'on subit. Pour la part de rêve. Après on prend le relais. On ment à nos professeurs, à nos parents, à nos amis, à nos enfants. Pour ne pas aller à un rendez-vous, pour justifier un retard, pour fuir les importuns, pour éviter d'expliquer ce qui est difficilement explicable.

La télé nous ment. Les journaux nous mentent. Les médecins nous mentent. Les vendeurs nous mentent. La justice nous ment. Rien que par son appellation. Elle n'est pas juste, elle est seulement l'application de la loi. Les comédiens mentent. Ils en font même leur métier. Mais tous ces mensonges sont indispensables. Parce que la vérité nous ferait bondir. Nous jetterait les uns contre les autres. La vérité sort du puits ? Qu'elle y retourne !

Les hommes mentent leur courage, leurs conquêtes, leur aplomb. Les femmes mentent leur âge, leurs secrets, leurs faiblesses. Et alors ? La vie est un grand carnaval où on se déguise en soi. Chacun enfile chaque matin sa panoplie de sociable. Pour défiler non pas comme il est vraiment mais comme il veut que les autres le voient. Et c'est très bien ainsi. *Viva carnaval !*

Dans les relations amoureuses, le mensonge apparaît aux premières heures de la cour. On ment par omission, bien sûr.

Il ne va quand même pas dire :

– Je voudrais bien coucher avec toi. Tu dois être une bonne affaire. Alors, je vais te faire des compliments, mais je suis obligé de te surévaluer, bien sûr.

Et elle ne va pas répondre :

– Pour l'instant, t'as aucune chance. En plus, t'es fringué comme un plouc, mais bon. Cause toujours, on verra bien !

C'est pour ça qu'il va dire :

– Tu es très belle. En entrant dans ce bar, je n'ai vu que toi !

Et elle répondra :

– C'est gentil. Elle est originale, ta veste. C'est un cadeau ?

Et puis, une fois en couple, il y aura les contre-vérités de bonne entente.

Il va dire :

– Non, non, ça ne me dérange pas que ta mère vienne demain. Mais je ne pourrai pas la voir, j'ai une réunion qui finit tard… Tu as bien fait de changer ta couleur de cheveux, ça me donne envie de toi.

– C'est gentil… mais non, pas ce soir, j'ai la migraine.

Un classique pour l'exemple. Et puis les mille détails intimes qu'on évite d'évoquer : l'haleine du matin, le visage fripé de la nuit, les rides, les bourrelets. Et, hors physique, la mauvaise foi mutuelle, bien évidemment. Ça ne contribue pas directement au bonheur, mais ça évite de l'entamer. De se chamailler pour une réflexion inutile, un reproche malvenu. Plus important, la grosseur au sein qu'elle va garder pour elle pour ne pas le paniquer. La lettre de menace de licenciement qu'il va garder pour lui pour ne pas l'inquiéter. Le bonheur en couple, c'est du mensonge à crédit.

Le bonheur en couple, c'est aussi l'entente sexuelle. Je ne vais pas m'y attarder, mais je suis obligé de m'y arrêter.

— Le sommier qui grince, c'est le baromètre du bonheur ! me disait un ami humoriste.

Ça dépend. Parce que si les étreintes ne se limitent qu'au lit conjugal, au bout de quelques années, ce sont les dents qui grincent. Ben oui : la routine. La pire ennemie des libidos. Comme on dit, il faut varier les plaisirs. Et combien de couples ont rendu l'âme sur l'Epéda traditionnel du samedi soir.

Je ne suis pas là pour faire un cours de sexologie, mais l'inventivité me paraît nécessaire. Changer de lieu, éviter de s'accoupler à jour et heure fixe. S'autoriser des déviations imaginatives. Sans aller quand même jusqu'au sadomasochisme à trois mètres de la chambre des enfants. Au risque de voir débouler les mômes en pyjama. Et de les entendre chanter, en découvrant Maman menottée à la monture du lit : « Libérée, délivrée », la chanson de la Reine des neiges !

C'était pour sourire, bien sûr. Mais ce détour par les enfants n'était pas gratuit. Il arrive que leur apparition dérègle la régularité des rapports. D'abord par des grossesses qui peuvent rendre la femme moins désirable. C'est cruel, mais c'est ainsi. Et puis leur omniprésence vole toujours une part de l'intimité érotique. Mais, en terme de bonheur, ce qu'ils chapardent au charnel, ils le rendent au centuple à la tendresse.

Et puis, au fil du temps, même si la chair se rafraîchit, les priorités de chaleur sont ailleurs. Les gymnastiques de jeunesse font place à des envolées moins stridentes, mais bien plus réconfortantes. Avant, papa prenait maman sur la table de la cuisine en rentrant de boîte de nuit. Elle criait de plaisir. Maintenant, on s'assoit autour, et ce sont les rires des enfants qui fusent. Changement de tessiture. Du brame de la biche au babil de Bambi. Changement de texture. Des bas nylon à la ouate. Changement de frisson. Du torride à la quiétude.

J'ai connu les clubs échangistes, tu le sais. Des hommes et des femmes enlacés sur des banquettes. Anecdotique. En terme de bonheur, je ne connais rien de plus absolu que Nana et moi, blottis sur le canapé du salon. Et notre Lily assoupie sur nos genoux.

Tout ça pour dire que si l'entente sexuelle participe au bonheur, elle n'en est pas forcément le socle indispensable. Elle est importante, certes. Quand elle est parfaite, elle complète à merveille un amour véritable. Mais ce n'est pas la condition *sine qua non* du bonheur en couple.

Comme me disait un ami guadeloupéen :

« Plantain c'est plaisir, allamanda c'est bonheur. »

La banane plantain est un fruit exotique surdimensionné. Tu as compris la métaphore. L'allamanda est une fleur qui fleurit toute l'année, là-bas. Je pense que tu as compris aussi.

« On peut quitter quelqu'un pour le sexe. Mais on ne reste jamais avec quelqu'un uniquement pour ça. »

Cette phrase me renvoie en écho une anecdote qui commence à une table du *Plus Grand Cabaret du monde*. Il y a quelques années, j'avais sermonné un de mes invités au cours d'un enregistrement. On va l'appeler « X ». Il pianotait sur son iPhone pendant un numéro.

— C'est pas très respectueux. En plus, toi qui es un mec de spectacle.

Il s'est excusé.

— Désolé. J'envoie des messages à ma meuf. Elle s'est barrée.

À la fin de l'émission, je demande toujours à mes invités de faire une petite halte dans une loge. Là, les attendent des enfants. Ce sont des petits cancéreux que j'invite régulièrement à l'émission avec leurs parents. Pendant deux heures, ils s'évadent. Et après, ils font des photos pour immortaliser le bonheur. Et pour eux, crois-moi, c'est un gros mille-feuille. Je pose avec chacun. Avec des parents souvent émus aux larmes. Une passerelle de plus. Pour moi et pour eux.

J'avais informé « X » de ce petit détour qui ne lui prendrait que quelques minutes. Au moment où il passait devant la loge d'un pas pressé, l'accompagnateur des enfants l'a interpellé.

— Les enfants, vous attendent.

— Désolé, j'ai un taxi !

Et il a filé en accélérant le pas. Dès que j'ai été au courant de son départ précipité, je l'ai appelé sur son portable.

— C'est pas très sympa. Ça ne t'aurait pris que cinq minutes. Les enfants étaient déçus.

— Excuse-moi, mais je suis en galère. Putain, je comprends pas ! Tout allait bien. Tu me connais, quand je suis amoureux, je donne tout. Ça peut pas être à cause du cul non plus, la semaine dernière on a baisé tous les jours. À moins qu'elle ait trouvé un meilleur coup.

La réplique coulait de source :

— Non, elle a dû trouver un meilleur cœur !

Au-delà de la bassesse de l'intéressé, c'est encore une rupture. Alors, tu dois te dire :

— Entre toi, Sarko, X, les tombés du train, les amanites, les amoureux de Venise, la pension du chien et le judoka, il n'y a que des couples en faillite, alors ?

— Bien sûr que non !

Et à la question :

— Est-on vraiment fait pour vivre en couple ?

Je réponds :

— Bien sûr que oui !

Bien sûr qu'il y a une foule de couples heureux. Regarde-les, jeunes et beaux. Ils s'enlacent sur les bancs publics, les quais de gares, les terrasses de café l'été. Ils déambulent, baladeurs de poussettes, épanouis, complices. Ils glissent en plein cocon de la cuisine au salon, du salon à la chambre, aériens comme dans une comédie musicale des années 1950. Joyeux, splendides, étincelants.

Regarde-les vingt ans plus tard. Moins jeunes et toujours beaux. Parce que le bonheur leur a lifté les yeux. Le regard toujours aussi brillant l'un pour l'autre. Fiers de la réussite des enfants. Tranquilles, sans à-coups. Ils s'enlacent toujours. Sur des bancs privés. Ils n'ont même plus besoin de se dire qu'ils s'aiment puisque c'est une évidence. Ce serait comme se blottir l'un contre l'autre sur une terrasse d'été, lever les yeux vers le ciel clair, et dire :

– Oh, regarde ! Y a des étoiles !

Regarde-les, encore plus tard. Pliés, ralentis. De retour sur un banc public pour jeter des miettes aux pigeons. Toujours blottis. Avec de belles rides. Pas celles qui tombent, drues. Celles qui s'écartent en pattes d'oie. Celles qui marquent l'abus des sourires et des rires. L'un des deux va sûrement mourir avant l'autre. Qu'importe ! L'autre suivra très vite. C'est la règle. Pour un bonheur posthume, qui sait ? Deux courses de dominos jumelles, pour Louis. Pas d'épitaphe. Juste deux cœurs enlacés sur le dernier quai de gare.

Alors, oui ! Le bonheur en couple, ça existe vraiment. Mais avec des précautions. Et encore une fois, un travail quotidien si on ne veut pas que ce bonheur reparte comme il est venu. Il suffit d'identifier ses ennemis et de leur faire la guerre. Les quatre plus dangereux sont : la dispute, la routine, l'« ex », et « le plus proche ».

« Le plus proche », c'est le meilleur ami, la confidente, le père, le frère, la sœur, la mère, ou autre. La pièce rajoutée qui fait du couple un trike, la moto à trois roues. Le donneur de conseil quand les fils du couple s'emmêlent. Celui qui murmure à l'oreille de l'écheveau :

– Je ne veux pas m'en mêler, mais moi, à ta place…

Justement, il n'est pas à ta place, le « conseiller conjugal » d'occasion. Il n'est ni dans ton cœur, ni dans tes draps. Il te jure qu'il ne veut que ton bien. C'est souvent vrai. Mais pas toujours. Tu sais, la bonne copine ou le bon copain célibataire. Jaloux en sourdine. Dans leur subconscient traîne une petite rancœur : celle de ne pas avoir droit au bonheur de couple que tu leur étales. Plus, parfois, des relents de possession qui ressemblent plus à l'amour qu'à l'amitié.

J'en ai engueulé un, comme ça, un jour :

— Tu n'aurais pas dû t'en mêler. Tu as bousillé leur couple. C'était à eux de régler leur problème.

Il a été cash :

— C'est certain. Mais je l'ai fait volontairement. Pour deux raisons : d'abord parce qu'il ne méritait pas cette fille, et que c'est moi qui aurais dû être à sa place. Et deuxièmement parce que maintenant il est tout à moi. On va pouvoir ressortir faire des fêtes ensemble comme avant.

Franc, cynique, et malheureusement bien plus courant qu'on ne croit.

La dispute, maintenant. L'incompatibilité d'humeur passagère. Qui va du haussement de ton à la bagarre en règle. Le « casse-bonheur » le plus fréquent. Je ne vais pas énumérer toutes les causes et toutes les conséquences. Juste te donner un conseil de vocabulaire à partir d'un exemple banal.

Il râle :

— Où t'as mis ma chemise ?

Elle réplique :

— J'en sais rien. Tu la retrouverais si tu rangeais mieux tes affaires !

C'est tellement plus simple qu'il dise :

— Je ne sais pas où est ma chemise.

Et qu'elle réponde :

— Je vais t'aider à la chercher.

Avant de se disputer, il vaut mieux tourner sept fois sa langue dans sa bouche. Et si possible une huitième fois dans la bouche de l'autre !

Très important, le baiser. Pas le furtif. Tu sais, le bisou du « Bonjour », ou celui du « À plus ! » De la pointe des lèvres. Non, le vrai. Celui des débuts. À pleine bouche. C'est un vrai marqueur du bonheur en couple. Il faut se le faire souvent. En prévention. Parce qu'après la fissure c'est juste un joint de secours. Comme l'oreiller d'ailleurs, le wagon de Rethondes des armistices d'amoureux. Tu parles d'une glu ! Trois gouttes de séminal pour réparer un cœur cassé, ça tient pas !

— C'est qu'du provisoire, va falloir que j'repasse !

Parole de plombier !

Autre ennemi : l'« ex ». La référence avouée ou dissimulée. Chaque fois que le bonheur dérape. La première comparaison qui vient à l'esprit : « il était plus ceci », « elle était moins cela ». Entre deux larmes sur un traversin de nuit. Ou d'ennui. À fuir absolument. Même si les statistiques le démontrent : en majorité, le premier coup de canif, c'est avec l'« ex ». Le plus souvent, une seule fois d'ailleurs. Comme pour parapher le contrat d'éloignement définitif. Ça se termine souvent par un remords :

— J'aurais pas dû !

C'est fait, c'est fait. Et ça a l'avantage de clore l'histoire pour solde de tout compte. Restent les tentations de remise de couvert, les soirs de disette de tendresse ou d'assiettes qui volent. Je ne te le conseille vraiment pas. Parce que tu risques tout simplement de te retrouver avec deux « ex ».

Et on en arrive à la routine. Le chloroforme. Celui qui endort la libido, l'émerveillement et la fraîcheur. Les lentes habitudes. Les mêmes repas, les mêmes sorties, les mêmes caresses. Le même dimanche posé bien sage entre le même samedi et le même lundi. Les mêmes Saint-Valentin obligatoires. Les mêmes Noël, les mêmes anniversaires. L'amour sur calendrier.

Un conseil ?

Surprendre, bien sûr. Étonner, ravaler, repeindre.

Un siège de voiture, une clairière, une moquette, pour faire l'amour sans draps. Un restaurant d'huîtres les mois sans « r ». Une escapade sans les enfants. Un cadeau sans anniversaire. À la place de la liste des courses, un poème sur la porte du frigo. Et régulièrement des séductions nouvelles. Une robe, un parfum, une coiffure. Avec barbe, sans barbe. Nouveau jean, nouveau sweat. Une panne de télécommande en plein *L'amour est dans le pré*. L'herbe, ça pique et le canapé est moelleux. Une panne de télécommande en plein tournoi des Six Nations. Et s'emmêler sans mêlée.

Et surtout ne pas seulement se voir, se regarder. Ne pas seulement s'entendre, s'écouter. Renouveler ses garde-fous plus souvent que sa garde-robe. Les protections pour ne pas tomber du pont des soupirs. De nouveaux rires, de nouveaux amis, de nouvelles promesses de nouvel an. Même si c'est par un détail infime, il faut qu'aucun jour ne ressemble au précédent.

Maman s'insinue :

— C'est très bien, mon petit. Mais ce que tu conseilles, tu l'appliques ?

— Rarement, hélas. C'est pour ça que je ne prétends pas donner de leçons. Quand je suggère, c'est aussi à moi. Allez, Patrick, relis-toi et fais un effort !

C'est ça aussi, le bonheur en couple : reconnaître ses torts. Le premier pas vers l'équilibre, c'est accepter ses travers et tout faire pour se remettre droit. Il ne faut jamais accuser l'autre d'être responsable de nos propres négligences.

Le bonheur, c'est un ciel ensoleillé ; le couple, un fil tendu. Un coup de vent, un coup de chaud, un faux pas, un éblouissement, c'est la chute. Nous sommes tous des funambules. Et nous sommes les seuls maîtres de nos balanciers. Comme pour tous les autres cas de figure du propos de ce livre : notre bonheur dépend de nous.

De nous seuls.

Alors, encore deux exemples magnifiques de bonheur accompli. Deux cerises sur le mille-feuille.

Le premier : deux amis amoureux, éloignés, chacun à l'autre bout du monde. Pour raisons professionnelles, Sarah avait dû s'exiler provisoirement en Australie. Lui, sur une plate-forme pétrolière en mer du Nord. Ils se donnaient rendez-vous quelquefois, à minuit pile, pour regarder la même lune. Paul, le garçon, m'a confié qu'en Norvège il sentait réellement sur sa joue le frôlement du baiser qu'elle lui envoyait de Melbourne, à cet instant précis.

Et puis, une des plus belles épitaphes que j'aie pu lire. Le dernier message d'un peintre à la femme de sa vie. Il avait fait graver sur sa tombe, juste pour elle :

« Je ne suis pas là. Je dors dans ton cœur.

Réveille-moi à huit heures ! »

Pour finir, je vais m'échapper sur un parallèle qui me tient à cœur. Je vais évoquer un couple irréel, mais qui nous concerne tous, même les célibataires endurcis : celui que chacun de nous forme avec « le reste du monde ». Nous ne pouvons pas y échapper. La vie en société nous l'impose dès le premier jour de notre existence. En revanche, par la suite, nous avons trois choix pour appréhender cette union forcée. Nous devons trancher entre être humaniste, misanthrope ou ermite. Humaniste, c'est aimer ce « reste du monde ». Misanthrope, ne pas l'aimer, voire le détester. Ermite, le fuir.

Pour moi, si on veut être heureux en société, le couple irréel que nous formons avec « le reste du monde » doit obéir aux cinq commandements. Les mêmes que je t'ai cités plus haut pour une bonne entente dans un véritable couple.

1) Tu t'efforces de comprendre avant de juger.

Ne pas hurler avec les loups. Être bien sûr d'avoir tous les éléments du dossier avant de prononcer une sentence.

2) Tu peux condamner, mais toujours avec sursis.

Laisser une deuxième chance à l'autre. Toujours. Ne serait-ce que parce qu'il te sera bien agréable qu'on t'en laisse une aussi, le cas échéant.

3) Tu n'es pas obligé d'aimer ce que l'autre aime, pas plus que tu n'as à le forcer à aimer ce que tu aimes toi.

Chacun ses goûts. Chacun ses envies. Chacun sa vie.

4) Tu acceptes ses défauts autant que ses qualités.

Nobody is perfect! Personne n'est tout noir. Personne n'est tout blanc.

5) Tu ne franchis jamais la porte de son jardin secret.

Ne fouille pas dans la vie des autres. Que tu y découvres du mieux ou du pire, ça ne changera pas la tienne.

Sur ces bases-là, tu auras un peu plus de chances que les autres de grappiller çà et là des grosses miettes de mille-feuille.

Voilà ! Pendant ce chapitre, je t'ai parlé « écrit ». Littéraire. Pour résumer, je vais te parler normal. Comme dans la rue, quoi ! Simple.

— Se mettre en couple, c'est pas gagné, mais ça peut le faire ! Ta meuf, faut pas l'étouffer, ton mec faut pas les lui casser. Après, ton « love », c'est du boulot de tous les jours. Si y a embrouille, faut rester cool. Un p'tit coup de chaud à l'extérieur, laisse couler ! C'est comme un clebs. Faut laisser du mou à la laisse. Sinon y t'mord, et à la première occase y s'barre de la niche. Puis faut lui changer sa pâtée. Même du Royal Canin supérieur tous les jours, ça gave ! Les perchés te parlent de moitié d'orange. Pour l'image, j'suis plus à l'aise avec le shit. Ta moitié de barrette, c'est pas ton scoot non plus. Il est pas à toi. Tu l'as chouré. Mais ça s'entretient quand même, sinon tu vas tomber en rade. Alors tu le fais briller. Tu veux qu'ça dure ? Sois pas con. Si tu gueules à tout bout de champ, t'es un naze. Si tu cognes, t'es une sous-merde. Et accroche-toi. Parce qu'une belle histoire, c'est comme la Ligue des champions, ça se mérite. Et c'est jamais gagné d'avance. Tu peux en mettre quatre au Parc des Princes à l'aller, et en prendre six au retour à Barcelone !

Allez, bon match !

LE PONT D'OR

« Qu'on en ait ou qu'on en manque, c'est toujours la cause du mal ! » (Agatha Christie)

Elle parlait de « money ». D'argent, bien sûr, la reine de « l'ice crime ». Ces meurtres qui laissent froid pour un héritage, un magot, un coffret à bijoux. Le plus célèbre des adages est au moins indiscutable sur ce point :

« L'argent ne fait pas le bonheur de ceux qu'il tue ! »

Un génocide.

Les assassinats par intérêt bien sûr. Mais aussi les suicides de masse. Boursicoteurs mal avisés, entrepreneurs en faillite, précaires découragés. Endettés, ruinés, dépouillés. On peut y ajouter les victimes de maladie que le manque d'argent a empêchées d'accéder aux remèdes nécessaires. Les indigents, empoisonnés lentement par les produits de consommation à bas prix. Parce que l'indice de rentabilité des grandes surfaces ne doit pas s'embarrasser de précautions sanitaires superflues. Les morts de faim, de soif, de froid, par manque de moyens pour s'acheter de quoi manger, boire ou se couvrir.

Alors ils tombent en grappes serrées du pont d'or. Par milliers tous les jours. Je ne m'attarde pas. Paix à leur âme. J'espère que Dieu a au moins créé une succursale du purgatoire pour les interdits bancaires. C'est la moindre des choses.

Et les autres alors ? Les survivants ? Est-ce que l'argent fait le bonheur de ceux qu'il fait vivre ? C'est le sujet de cet antépénultième dernier chapitre. Mais avant de développer nos cas particuliers, je voudrais faire un petit détour. Pour évoquer le rapport ambigu qu'entretiennent parfois l'argent et le bonheur.

Une des meilleures illustrations de cette ambiguïté est sans doute le festival de Cannes. Puisqu'on parle de fiction, restons-y. Tout ce qui va suivre est inventé par mon esprit critique. Pour l'exemple. À toi de restituer au film et à son auteur une identité véritable.

Les festivaliers ont fait un triomphe au film de Dumar Péreskotrapach *Après la guerre*. Le spécialiste de Canal+ se précipite :

— Dumar, Dumar ! Vos impressions ?

— Très heureux. Beaucoup d'émotion.

— C'est vrai que la scène où la mère amputée des deux jambes arrache des flammes son fils atteint d'un cancer a bouleversé le public.

— C'est vrai. Et aussi quand le père revient du front les yeux crevés et que sa fille, qui vient de se faire violer et qui ne le reconnaît pas, le tue avant de se pendre.

— Magnifique effectivement. Et vous allez fêter votre palme à quel endroit ?

— Sur le yacht de mon ami Kirkopoulos, l'armateur. Il y aura des filles, du champagne et de la coke à volonté. Vous venez ?

Et sur le tapis rouge défilent les privilégiés. Sur l'écran, les laissés-pour-compte. Le malheur des uns qui fait la richesse des autres. Sur le tapis, les éclats des diamants. Sur l'écran, les éclats des bombes. Les uns défigurés par des blessures de guerre, les autres par la chirurgie esthétique. Le mariage le plus indécent de la misère exposée et de l'opulence affichée. Le paradoxe des riches qui s'assoient dans une salle pour voir jouer des pauvres. À l'envers de celui du football, où des pauvres s'assoient dans des tribunes pour voir jouer des riches.

La création artistique est la plus représentative de l'ambiguïté des rapports entre l'argent et le bonheur. Livres, films, chansons, tableaux, c'est fou ce que le bonheur de quelques privilégiés doit aux malheurs du tout-venant.

Un seul aphorisme peut tout résumer :

« À Paris, c'est probablement avenue Victor-Hugo qu'il y a le moins de misérables ! »

En fait, quand on y regarde bien, c'est tout le marché du malheur qui est florissant. Les dépanneurs en tout genre, les professionnels du secours, les agences matrimoniales, les pompes funèbres et bien évidemment tous les métiers de la santé. Au point que si demain quelqu'un découvrait le remède universel, ça déclencherait forcément un chômage de masse. Il y aurait peut-être même des manifestations aux cris de : « Rendez-nous nos cancers ! » J'exagère, bien sûr. Mais il serait intéressant d'étudier si, tout compte fait, le malheur ne rapporte pas plus d'argent qu'il n'en coûte.

Plus ambigu encore, tout ce qu'on nous impose au nom d'un bonheur hypothétique et qui nous pollue la vie. En particulier les préventions sanitaires. La multiplication des radars et la hausse du prix des cigarettes par exemple. Je ne suis pas certain que notre sauvegarde soit la première préoccupation des racketteurs d'État. D'accord, ça fait diminuer les morts sur la route et les cancers du poumon. Mais un paysan se suicide tous les jours. Des vieux crèvent de solitude et de canicule. L'alcool et la drogue tuent des milliers de désespérés que la société a laissés sur le bord de la route. C'est quand la taxe sur les promesses que les politiques ne tiennent jamais ?

Allez, pour clore le sujet sur une note plus joyeuse : la nouvelle loi qui punit les clients des prostituées. Ça ne fait le bonheur ni des filles, ni des consommateurs. Sans compter que si on l'applique vraiment, ça pose un problème constitutionnel. Si on doit envoyer en taule tous les clients des prostituées, il va falloir fermer le Sénat !

Je vais en venir maintenant aux rapports particuliers de chacun de nous avec l'argent en terme de bonheur. Difficile de développer sans tomber dans un manichéisme primaire. La répartition des richesses sur terre est exécrable. Avec le coût d'une demi-bouteille de vin millésimé, on peut donner de l'eau pendant six mois à un village africain. Un seul exemple qui résume tout. Mais qui ne solutionne rien. Parce que ce n'est pas solutionnable. C'est comme ça. C'est le monde. Il faut faire avec.

Un sourire pour aérer. Un cadeau. C'est encore du cinéma. Du vrai cette fois. Un extrait de *La Grande Vadrouille* que tu n'as jamais vu. Gérard Oury avait tourné la séquence mais il l'a supprimée du film. Il avait cependant gardé la bande-son. En 1993, il m'a fait l'honneur de me l'offrir pour une émission qui lui était consacrée.

La scène se passe dans le lit de la chambre de l'hôtel de Meursault dans lequel de Funès et Bourvil passent la nuit. Je ne retranscris que l'essentiel de la conversation qu'ils ont au sujet du bonheur. C'est Stanislas, le chef d'orchestre, qui commence en demandant à Augustin, le peintre en bâtiment :

— Avec vos pinceaux, vous gagnez combien ?

— Je joins les deux bouts.

— C'est bien.

— Vous croyez ?

— Oui, pour vous, c'est très bien.

— Et vous, avec votre musique, vous vous faites combien ?

— Beaucoup plus que vous, évidemment. Ce que je gagne, c'est énorme.

— Alors vous êtes heureux ?

— Non. Mais vous, vous êtes un homme heureux.

— Pourquoi ?

— Parce que vous n'avez pas mes soucis. J'ai des charges, des impôts, le personnel. Le petit personnel et le gros personnel. J'ai trois voitures dont deux qui ne me servent à rien parce que je ne peux pas monter dans les trois en même temps. J'ai une villa à Cannes, une à Deauville. Comme je ne peux pas aller dans les deux en même temps, ça fait que j'y vais jamais.

— Sapristi !

— Mais dites-moi, dans le fond, moi qui possède tout, on peut tout me prendre. Mais vous qui n'avez rien, on ne peut rien vous prendre. Donc, vous êtes un homme heureux.

— Ah, oui ! Vous avez peut-être raison… mais, j'y pense, à l'heure qu'il est, les Allemands sont chez vous. Ils vous ont tout pris.

— C'est pas possible !

— Si. Vous n'avez plus rien. Vous êtes comme moi : vous êtes un homme heureux.

Et, bien sûr, la grimace dépitée de De Funès, et le grand éclat de rire de Bourvil.

Délicieuse bande-annonce des propos qui vont suivre. Je vais surtout les étayer par ma propre expérience. Puisque la vie m'a offert le moins et le plus. De ma jeunesse désargentée à mon présent confortable. En précisant que rien n'est acquis. Je ne suis à l'abri d'aucune faillite. Et surtout pas de repartir comme je suis arrivé. Mais qu'importe ! Comme je dis toujours à mes proches :

— Je suis « monté » à Paris avec six cents francs en poche. Même si je redescends avec rien, qu'est-ce que je me suis payé avec ces six cents francs !

C'est la façon de voir la vie de ceux qui prennent l'argent pour ce qu'il est : un moyen, pas une fin. Maman m'avait dit sur le quai de la gare :

– Tu pars avec presque rien dans tes poches. Si tu réussis, tu auras plus d'argent, mais tu n'auras pas plus de poches !

Le spectre de nos situations financières est simple. Il se découpe en trois tranches :

Peu, ou juste assez.

Suffisamment.

Beaucoup, voire trop.

Celui des bonheurs qui correspondent à ces tranches est bien plus complexe. Je vais commencer par ceux qui ont beaucoup. Les nantis, les richards. Ceux de la banlieue ouest, des villas sur la côte, des châteaux en province, des grosses voitures, des privilèges. Ceux qu'on idéalise. Comme disait Coluche :

« Les rêves des pauvres ne sont pas très éloignés des réalités des riches ! »

Apparemment, il ne leur manque rien. C'est pourtant chez eux qu'on trouve la plus grande consommation de psychotropes et d'anxiolytiques. Paradoxal, non ? Pas tant que ça. Parce que la possession crée l'angoisse. La peur de tout perdre, bien sûr, comme Stanislas. Et, bien souvent, l'ennui. Cette habitude corrosive que fabrique la facilité.

Adulte gâté, c'est pire qu'enfant gâté. Le luxe est sournois. Il met des voitures de collection aux mains des hommes et des diamants aux doigts des femmes. Comme si de rien n'était. Mais justement, ça n'est pas rien. Mais, à force de privilèges acquis, ils n'en sont même plus conscients. L'overdose de ce luxe instille le meilleur du meilleur. Drogue dure, elle transforme l'exceptionnel en banal.

— Encore du caviar ?

— Oui. Il en restait du repas d'hier. J'avais vu trop grand. Deux cents grammes par personne, c'était trop. On ne va quand même pas le jeter.

— On pourrait le donner à des pauvres.

— Ils n'apprécieraient pas. Tu sais, pour eux, ça ou des œufs de lump, c'est pareil !

— Bon, tant pis, je vais me forcer.

Caricature, tu penses ? Non. C'est un dialogue auquel j'ai réellement assisté.

Le problème, c'est qu'au-dessus d'exceptionnel, il n'y a rien. Il faut l'obscurité pour apprécier la lumière, la pluie pour sourire du premier rayon de soleil. On a tout, et après ? C'est classe sur la carte de visite. Ça claque. Ça impressionne. Mais en sourdine, le cœur est en panne d'émerveillement.

Monsieur et madame peuvent se payer de l'inouï en cash. Le voyage à Bali quand tu arrives de Saint-Martin, c'est une étape. Un tampon de plus sur le passeport. De la prose de douanier. Quand tu n'as jamais quitté Saint-Étienne, c'est un Graal ! Le plus beau des poèmes. Allez les vers !

– Tiens, ma chérie, pour ton anniversaire, un tableau de Modigliani.

– Encore ! Ça fait trois fois. Tu ne pourrais pas changer de peintre ?

Ils peuvent tout acheter ou presque, monsieur-madame. Ça limite diablement le champ des surprises. Ça ne crée pas franchement du malheur, mais un bonheur lifté, comme madame. Ça tire un peu sur les coutures. Ça fait des yeux trop petits et des lèvres trop grosses. On s'embrasse trop, et on ne regarde pas assez les autres.

– Ma chérie, comme je suis heureuse de te voir. Et ton mari, comment ça va ?

– Mais… il est mort il y a deux ans.

– Déjà ! Et on l'enterre quand ? Excuse-moi, mais je ne lis plus les journaux. Qu'est-ce que tu penses de ma nouvelle coiffure ?

– Excuse-moi, mais je ne regarde plus la télé !

Chacun dans son monde. Déconnecté du réel. Interpellé seulement par le comparatif d'aisance.

— T'as vu, ils ont acheté un lévrier afghan. Je t'en ai commandé deux.

— Commande aussi un caniche nain. Ça leur fera les pieds !

Et en plus, si on y ajoute le congénital, ça fait une flopée d'héritiers blasés à la première tétine high-tech.

Je me souviens de mes premiers Noël. Mes larmes aux yeux devant le cheval de bois. Ma voiture téléguidée. Pas le même soir. À un an d'écart. Le cadeau unique. Il s'émerveille de quoi, le gamin qui déplie vingt paquets ? Quatre consoles, deux skates, un scooter, trois blousons, les clubs de golf, la raquette de tennis, deux iPod, un écran plat, un iPhone, deux CD de rappeur trash, parce que « fuck la life » quand même, et une montre de luxe.

Il est même capable de jeter la Cartier à la figure de monsieur-madame, en ruminant :

— Fait iech, je l'ai déjà ! Dis papa, toi qui as des relations, tu peux pas le délocaliser aussi, le père Noël !

Caricature, cette fois, bien entendu. Maman intervient :

— C'est ce que j'aurais dû faire.

— Quoi ?

— Demander au père Noël de t'amener vingt paquets.

— Ah, bon !

— Oui. Dix-neuf vides, et ton cheval de bois dans le vingtième. Pour qu'au moment où tu le découvres, tu penses à dix-neuf petits garçons qui n'ont rien eu sous le sapin. Qui n'ont même pas de sapin, d'ailleurs.

Encore la relativité du bonheur. Et une autoprojection de plus pour toi, le cheval de bois. Pour que, lorsque tu te plains avec raison de n'avoir plus que mille euros sur ton compte, tu aies quand même une pensée pour ceux qui n'ont rien sur le leur. Qui n'ont même pas de compte, d'ailleurs.

Une belle leçon de Maman.

— Merci !

— De rien. Que tu sois devenu un peu riche a été une très bonne chose. Pour toi. Pour nous tous. Parce que tu n'as jamais oublié personne. J'en ai été fière. Mais je l'ai été encore plus que tu n'en aies pas abusé avec indécence. Pour changer la roue d'une Rolls, on n'a pas besoin d'un cric en or !

Le vrai riche ne l'est que de sa fortune. C'est déjà beaucoup. Pour ce qui est du vrai bonheur, il est assez fréquemment à découvert. Tonitruant en public et dépressif en cachette. Comme son trésor est sa raison d'être, il panique au moindre revers de banque. À la moindre cotation en baisse. Ou aux caprices que rien ne peut acheter.

Parce que le vrai riche pense souvent que tout se vend, donc que tout s'achète. Y compris les hommes. Il a raison. On en connaît des dizaines comme ça. Des forts en gueule soudain tout miel devant des fortunés qui peuvent leur être utiles. Des cireurs de chaussures de luxe. Déjà vendus avant même qu'on leur propose de les acheter. Des corruptibles, des rampeurs, des impressionnables.

Moi, la fortune ne m'a jamais impressionné. Je peux être séduit par la valeur d'un homme, jamais par celle de son coffre-fort. Lorsque le seul argument pour me convaincre de quoi que ce soit n'a été que financier, j'ai toujours résisté. J'ai même pris un malin plaisir à refuser ce qu'on ne doit pas refuser. Comme ça. Pour le panache.

Dix fois on m'a invité dans des soirées dans l'unique but de mettre en valeur ceux qui me recevaient. Juste fiers d'ajouter une célébrité à leur palmarès de parade. Ils m'appâtaient au luxe, à la démesure, voire à la luxure. Non merci !

Dix fois, on m'a convié à des tables de puissants pour me faire comprendre qu'un peu moins de loyauté dans mes amitiés me serait bénéfique. Et qu'une trahison occasionnelle pourrait m'apporter par le fait des avantages professionnels très bien rémunérés. Non merci !

— C'est flou. Sois plus précis, Patrick. On va croire que tu inventes.

— D'accord. Entre autres, quand j'étais sur TF1 en 1994. Lâcher mon ami Chirac pour Balladur. Ça va comme ça ?

— Parfait !

Dix fois, on m'a proposé d'acheter ma petite boîte de production de télévision et ma liberté avec. Tout bénéfice. Avec le risque, si je refusais, de voir diminuer les commandes d'émissions. C'est d'ailleurs ce qui arrive aujourd'hui. La loi des réseaux. Aucun regret. Non merci !

Cyrano de Juillac ! C'est mon pied de nez rouge aux marionnettes en papier-monnaie.

Tiens, au passage, je ne peux pas résister au plaisir de te raconter un autre pied de nez. Superbe. L'œuvre d'un résistant pour le moins inattendu. Ça s'est passé sur les quais de Saône, à Lyon, en 1986. Un homme d'affaires avait embarqué un travesti pour un plaisir rapide. Quand il a demandé le tarif, « Gladys » le travesti, a répondu avec une voix de « Raymond » qu'on verrait après. Une fois l'accouplement terminé, l'homme d'affaires a réitéré sa demande de tarif :

— Alors, c'est combien ?

— Deux mille par mois. Pour l'instant, je suis seulement à mille deux cents. Je travaille dans votre usine, patron !

— Ah !

— Finalement, ça a du bon. Vous m'auriez payé plus, je n'aurais peut-être pas été obligé de tapiner pour boucler la fin de mois. Et on ne se serait jamais vus d'aussi près… mes amitiés à madame !

C'était juste une parenthèse authentique pour sourire. Ah, le beau Lyon, et ses nuits fauves ! Quand les crinières sont des perruques et les griffes des ongles faits ! Bellecour *for ever* ! 69, le département. Si c'est pas de l'incitation à la débauche, ça !

J'en reviens à monsieur-madame et à leur bonheur de façade. Celui auquel tu penses que tu vas pouvoir accéder. Avec de la chance. En jouant au loto, par exemple.

« Cent pour cent des gagnants ont tenté leur chance ! »

Cent pour cent des perdants aussi, d'ailleurs. Mais la chance, pour les gagnants, a souvent viré au cauchemar. C'est connu. Beaucoup le vivent mal, le gros lot. Déboussolés, pas prêts. Être riche et plus ou moins heureux, c'est pas donné à tout le monde. Un voyage dans les îles, une maison, un peu de gaspillage et les amis tapeurs. Banqueroute. Le bronzage est parti et on a perdu les amis. Reste la maison. Plus grande que celle d'avant. Plus vide aussi. C'est quand le prochain tirage ?

Pour finir avec ceux qui ont beaucoup, je vais évoquer la tentation la plus dévastatrice qui les concerne en terme de bonheur : le « toujours plus ». Le désir de fortune toujours plus grande qui donne des ailes d'Icare aux plus ambitieux. La liste des cramés est longue. On y trouve des traders, des chefs d'entreprise, des Cahuzac, des Tapie, des Messier, des Madoff, des sportifs dopés, des banquiers assassinés, des gloires suicidées. À trop vouloir s'approcher du soleil, on se brûle. C'est mythologique. Et, pour l'exemple qui va suivre, cathodique :

Il était jeune prince, beau, talentueux et voulait devenir monarque absolu. Alors, beaucoup de travail. Et beaucoup de nuits de fête pour croquer à pleines dents les fruits de ce travail. Sans attendre. Sans filet. Alors l'alcool, la came, la démesure. À trente-cinq ans il était roi. À quarante-huit, il était mort. Dommage. Je t'aimais bien, Jean-Luc.

Un conseil de bonheur à ceux qui ont beaucoup ?

Le pauvre renâcle :

— Déjà qu'ils ont tout, tu vas pas les aider !

Pourquoi pas ? Si tant est qu'ils daignent écouter un clown. Un clown qui a presque beaucoup. Enfin, par rapport à la moyenne. Très, très loin derrière les « beaucoup » à châteaux, à Rolls et à yacht. Un clown qui ne cherche pas systématiquement à avoir plus. Un clown qui veille à ne pas offrir trop de chevaux de bois à ses enfants. Qui continue à lancer des tartes à la crème pour éviter de se prendre pour le plus grand pâtissier de France. Qui ne prend pas de psychotrope. Qui s'est surtout fait une règle d'or du « suffisamment » dont il te parlera plus loin. Un clown qui ne te vend pas ce conseil. Il te le donne :

Toi qui as beaucoup, n'oublie jamais les actes gratuits. Effectivement tout se vend. Mais tout ne s'achète pas. Trace la frontière entre le beaucoup et le trop. Elle est facile à identifier. Dans ta glace, le soir. C'est un trait : la ride qui commence à apparaître sur ton front à force de te triturer le cerveau pour trouver le moyen de gagner toujours plus.

Te désennuyer est simple : offre-toi de l'exceptionnel à bas prix. Une barque sur un étang plutôt qu'un paquebot sur l'océan. Change la roue de ta Rolls toi-même. Mets des glaçons dans ton bordeaux, juste pour emmerder le sommelier. Offre à tes enfants dix-neuf Tickets Restaurant pour leur anniversaire. Et si tu veux vraiment mettre une grande claque symbolique à ton conformisme : dans le secret de l'isoloir, aux prochaines présidentielles, vote Nathalie Arthaud ! Tu t'en fous, elle ne sera pas élue !

Ne fais pas que donner ce que tu as. Donne surtout ce que tu es. Sans reconnaissance de dette. Sois généreux. Mais surtout avec toi. Il suffit de t'aimer plus que tu n'aimes l'argent. Contente-toi d'être seulement riche, et ne cherche pas à devenir « le plus riche ». Dans la façon dont tu écris « compte de fées », il y a une faute d'orthographe. Il était une fois… une fois, pas plus !

Maman me tape sur l'épaule :

— Tu as dit que tu allais parler de ceux qui ont beaucoup, voire trop. Pour ceux que tu viens de citer, effectivement, je trouve que c'est trop, et je pense que…

Je la coupe :

— Non, ça, c'est juste beaucoup. Trop, c'est au-delà de l'imaginable. Des dépenses pharaoniques. Des gaspillages dont tu n'as pas idée.

— Tu sais, mon petit, c'est aussi ce qu'on en dit. Il faut en être témoin pour l'affirmer.

— J'en ai été témoin.

J'ai vu des familles orientales commander chaque soir dans un restaurant de palace de la côte d'Azur toute la carte pour vingt personnes. Des centaines de plats dont ils ne grappillaient que quelques parts. Juste pour le plaisir du choix.

J'ai vu un Russe perdre deux millions d'euros en un soir au casino. J'ai vu un homme proposer cinq cent mille euros à un mannequin pour une nuit de plaisir.

— Et le bonheur dans tout ça ?

— Le leur, je ne sais pas. Et honnêtement, je m'en fous. Pour nous, peut-être, encore une fois, celui d'en sourire pour éviter d'en pleurer.

La vieille blague de Coluche. Celle de l'émir qui se coince les doigts dans la porte et qui hurle :

— Vite ! Allez m'acheter une clinique !

Je crois que notre bonheur est de ne même pas s'arrêter à ces extravagances indécentes. De ne faire qu'en sourire. Parce que ce qui est trop démesuré devient dérisoire. Et puis, de toute façon, on peut se consoler en se disant que la maladie a au moins l'avantage de nous remettre tous à niveau. Alors, autant clore le sujet avec une réflexion philosophique de comptoir. Quand le médical sert de régulateur social :

— La tumeur au cerveau, ça choisit pas sa tête ! Ça cherche pas à savoir si y a une couronne en diamants au-dessus. Elle s'installe peinarde et elle attend. Tu peux ouvrir la bouche et agiter des biftons devant, elle sortira pas ! Parce que la tumeur, c'est peut-être méchant, mais c'est pas con !

Je vais te parler maintenant de ceux qui ont « juste assez ». Et de ceux qui ont peu. Voire très peu. Ça existe les clodos heureux ? Certainement pas. Ou alors par bribes, par miettes de mille-feuille. Quand le premier rayon de soleil revient après un hiver sur le bitume glacé. Celui qu'ils ont passé, poupées de chiffon, sous un porche, sur un banc. Devant des passants qui détournent les yeux. Par culpabilité ou par anticipation. La peur de ce qui pourrait leur arriver. Personne n'est à l'abri.

— Une petite pièce, monsieur ?

C'est bien le mot : une pièce. De théâtre. Mal mise en scène, mal jouée. Avec des actes manqués. L'histoire d'une vie qui ne tient pas debout. Qui titube devant l'indifférence d'un public pressé. Les dominos pourris de

Louis. Le bonheur dans tout ça ? Un seul : celui pour les spectateurs de ne pas faire partie de la distribution.

Trois mois après mon arrivée à Paris, j'ai participé à un spectacle sous le pont de la Tournelle. Le Noël des clochards, organisé par des bénévoles. Une goutte de rire entre des litres de vin rouge et une bûche à petit prix. Ce qui m'a frappé le plus, c'est l'indécence de la proximité. Au-dessus du pont, il y a la Tour d'Argent, un des plus luxueux restaurants de Paris.

Je voyais descendre de Bentley des dames en fourrure et des messieurs en smoking. Pomponnés. Parfumés. À vingt mètres en contrebas, des hommes et des femmes en haillons. Même pas propres, décrépis. Là-haut, dans la « Tour », ils devaient juste sourire. En bas, sous le pont, les rires fusaient gras. Au moment de partir, j'ai croisé une femme en robe du soir. Appuyée à la rambarde du pont, elle pleurait. Une dispute de couple certainement. Elle regardait les clodos danser au son d'un accordéon.

Elle avait l'air de se dire :

— Ils s'amusent, eux ! Ils doivent être heureux.

C'était il y a quarante ans. Aujourd'hui, les clodos sont toujours tristes. Même à Noël. L'extrême précarité est une peste. Entretenue sciemment par une politique cynique et sinistre : celle du « plus malheureux que soi ». Éradiquer la misère absolue nécessite des moyens dont l'État dispose largement. Mais le calcul est machiavélique : si on supprime la couche la plus basse de la société, ceux qui ont trop peu, on fait glisser à sa place celle du dessus : ceux qui ont juste assez. Et celle-là est bien plus importante. Avec tous les cris de révolte qui pourraient s'ensuivre. Alors :

— Dormez tranquilles, braves gens. Vous au moins, vous avez la chance d'avoir un sommier sous votre matelas percé !

Parce qu'ils sont très nombreux, ceux qui ont « juste assez ». Ce sont eux qui font basculer les élections. Sur des promesses sans cesse reformulées et sans cesse oubliées. Naïfs et résignés. Leur bonheur est de se contenter. En râlant, bien sûr. Mais sans geste brusque. Pour ne pas tomber du lit.

— On est quand même mieux ici que sous les ponts !

En attendant, du haut du pont d'or, les cent plus grandes fortunes de France leur font des bras d'honneur. Les sportifs surpayés leur envoient quelques baballes pour faire joujou. Les seigneurs du Web leur lancent quelques piécettes de Wifi. La berge est proche. On ne leur laisse que deux opportunités : ou rester à quai, ou se foutre à l'eau. Il y en a une troisième. Celle que suggère ce livre. Le pont d'or est inaccessible ? Construis d'autres ponts, d'autres passerelles. Fabrique ton bonheur. Fais avec !

C'est difficile de donner des conseils de bonheur à ceux qui ont très peu. Ce serait indécent, même. D'autant qu'ils n'ont pas eu les moyens d'acheter ce livre. Peut-être certains l'ont-ils trouvé ou volé. « Voler », voilà un verbe bien singulier. Pour les plus misérables, on l'emploie toujours. Pour les hautes couches de la société, on parle plus volontiers de détournement, d'abus de biens, de gestion frauduleuse. Baisés aussi par le vocabulaire, c'est merveilleux, non ?

Donc je vais m'abstenir de toute suggestion de petits bonheurs à ceux qui ont très peu. Je ne vais quand même pas les encourager à voler. À cracher à la figure des flics qui les maltraitent. À se taper des bourgeoises délurées en manque de sueurs authentiques. À faire des doigts d'honneur aux politiques pour lesquels ils n'existent que pendant les campagnes électorales. Non ! Ce ne serait pas bien. Ce serait antisocial. Indigne de mes valeurs profondes. Au nom de notre devise d'adolescents en 1968 :

« On est pour l'ordre… surtout dans le tiercé ! »

Maman demande :

– C'est quoi la différence, pour toi, entre « très peu » et « juste assez » ?

– L'entrée du supermarché et les murs de derrière.

Derrière, les « très peu » vont y fouiller les poubelles. Les « juste assez » poussent leurs Caddies à l'intérieur devant les rayons à bas prix. C'est la date de péremption et la ristourne sur la dignité qui font la différence.

Et quelques euros de plus pour des produits bas de gamme.

Les «juste assez» sont au-dessus du seuil de pauvreté. À peine. Devant l'entrée, donc. Un pas de trop, et ils peuvent plonger à tout moment. Ils ne sont pas démunis. Ils ont ce qu'on appelle «le minimum» vital. Plus quelques télés, ordinateurs, portables et voitures d'occasion.

— De quoi se plaignent-ils? dit le vieux réac. De mon temps...

— Oui, mais les temps ont changé.

— Ils devraient regarder dans les autres pays. Au bout du monde, avec ce qu'ils ont, ce serait des privilégiés!

Ce n'est pas faux, mais c'est la moindre des consolations. Ce serait facile pour moi de résumer mes conseils de bonheur à ça. De dire aux «juste assez» qu'il suffit de s'étalonner à la misère du monde pour être heureux. Mais ça ne renforcerait qu'une seule couche du mille-feuille: le recul. Parce que l'angoisse quotidienne que demain soit pire qu'aujourd'hui a délité beaucoup des autres couches.

La sérénité, l'optimisme, la sagesse, l'invulnérabilité, la légèreté, la force, l'inconscience, la confiance, la joie, l'équilibre et surtout l'estime de soi sont en berne. Restent l'amour, l'espoir et le sens de l'humour, par bonheur. Dans un premier temps, ce sont ces trois valeurs que je les encourage à développer. Multiplier les tendresses, les fêtes entre amis, la convivialité, les caresses aux enfants, les étreintes, et les rires quels qu'ils soient. Cyniques, légers, gras, impertinents, simplistes. Et puis y croire, encore y croire, toujours y croire…

« Il y a des trains sans première classe, mais il n'y a pas de tunnel sans bout ! »

Certains de ces « juste assez », doivent me lire en ce moment. Je les connais bien. Ils constituent depuis toujours une part importante de mon public. C'est ma culpabilité la plus sournoise. Savoir que je dois mon confort bourgeois à l'argent des gens du petit peuple. C'est pour ça que sur scène, à la télé, je leur donne tout. Je ne triche jamais. C'est la moindre des reconnaissances.

— Elle est belle, ta voiture, Patrick, dit-elle, en contemplant mon roadster.

— Oui. Mais, j'en ai besoin. Je fais cent mille kilomètres par an.

Pirouette de mal à l'aise ! Alors, je fais un selfie, je la serre dans mes bras et je l'écoute pleurer son quotidien embrumé.

— Mon fils est malade. Alors je jongle entre le boulot et la maison. En plus, mon mec bosse plus depuis deux mois. Il ne me reste que cent cinquante euros pour finir le mois et on est le 17. C'est pour ça que je ne suis pas venue au spectacle. Je n'ai pas les moyens. Mais je t'ai attendu dehors parce que je t'adore. Tu m'aides à supporter mes galères.

Tout juste assez !

Alors, on fait comment ? Coluche encore :

« Dites-nous ce qui vous manque, on vous expliquera comment vous en passer. »

C'est un peu ça. En attendant la révolution. La vraie. Pas celle de Marine, au coupe-coupe. Pas celle de Mélenchon non plus. L'idéaliste de théâtre. Tribun de lui-même avant d'être celui des « gens ». Non, l'autre révolution. La sanglante, hélas ! Parce qu'après le grand soir c'est toujours la nuit. Je ne la souhaite pas, bien sûr. Mais je la pressens. Quand ? Le temps d'une nouvelle désillusion. En marche... arrière ? Ou plus tard encore. Quand, à bout de souffle, en apnée, un jour ou l'autre, il faudra bien que le petit peuple oublié remonte respirer à la surface.

— Ce que vous dites est d'un pessimisme dangereux. Vous êtes un pitoyable oiseau de mauvais augure. Un visionnaire de carton.

— Non, je suis lucide, c'est tout !

Alors en attendant, pour les « juste assez », il y a des karaokés, des barbecues à viande sous vide, des bronzettes dans le jardin autour de la piscine en plastique. Des mariages, des anniversaires, des « nouvel an », des cousinades. Des lotos, des vide-greniers. Des apéros, des cuites, des paellas pour trente. Du shit, du « chat » sur Internet. Pour colmater les nuits sans sommeil et les jours sans soleil. Des rustines.

Quand je pense que là-haut ils les appellent « blaireaux, beaufs, populace » ! Ils les méprisent. Ils les nient. Ils se moquent de leurs distractions, ringardisent leurs musiques préférées. Ils rigolent de leurs fringues :

— Faute de goût !

— Non, faute de moyens, pauvre con !

Un jour, j'ai proposé à un responsable de ma chaîne une émission : *Miss camping*. La réponse a été cinglante :

— Le camping, c'est vulgaire !

— Vulgaire ? Tu y as déjà mis les pieds ?

— Jamais.

— Faut pas juger avant de connaître... t'es déjà allé à Jérusalem ?

— Non, mais je ne vois pas le rapport.

— Si tu y vas, ne sois pas étonné. Il y a des Juifs partout !

Non seulement les « juste assez » tentent de surnager, mais les suffisants leur reprochent la couleur de leurs bouées de sauvetage. Un comble ! D'un côté les parvenus hautains et sentencieux, et de l'autre des naufragés qui essaient de survivre. Qui est vulgaire ?

Un conseil de bonheur, alors ? Non, plusieurs.

Le premier : ne jalouse pas ceux qui ont plus que toi. Tu perds ton temps. Ta haine ne te rapportera pas un centime d'euro de plus. D'accord, c'est injuste. Ils voguent et tu rames. Ils existent et on t'oublie. Mais évite les rancœurs de bas étage. Transforme-les en espérances.

Un soir de mes seize ans, je traînais en ville avec un « juste assez » comme moi. Il y avait une voiture mal garée devant un porche. Presque raccord avec la marque : une Porsche justement. Mon copain, m'a demandé :

— T'as une clé sur toi ?

— Pour la voler ?

— Mais non, pour la rayer. T'as vu comment il est garé cet enfoiré !

— C'est peut-être pas un enfoiré.

— Quand on a une bagnole comme ça, y a des chances.

— Même si j'avais une clé, je te la donnerais pas.

— Pourquoi ? Tu le connais ?

— Non. Mais sa bagnole, je préfère la caresser en faisant un vœu : un jour, j'en aurai une comme ça.

— Tu vas être un enfoiré ?

— Je pense pas. Justement, c'est peut-être pour ça que je l'aurai.

Je l'ai eue. Enfin presque. Je n'aime pas les Porsche.

Le deuxième conseil est pratique : ne t'embarque pas dans des traites impayables. Les soucis des échéances risquent d'ajouter de l'angoisse à tes galères. Il y a une phrase que j'ai déjà écrite dans un autre livre. Je la claironne à chaque spectacle. Elle est de Maman.

« À quoi ça sert d'acheter un matelas neuf à crédit, si le prix du crédit t'empêche de dormir ! »

Une évidence. En espérant que Sofinco ne lancera pas une fatwa contre moi !

Et là, le « juste assez » va me répliquer que sans le crédit il ne l'aura jamais, sa maison comme les autres, sa voiture comme les autres et que ça lui permet au moins d'offrir à ses enfants une vie comme les autres. Ce n'est pas faux. Alors, d'accord ! Mais sois prudent quand même. Le crédit, c'est avant tout acheter de l'argent plus cher qu'il ne vaut. Et rembourser ce qu'on ne t'a pas donné. Alors, fait comme pour l'alcool. Avec modération. Parce que je connais des gueules de bois dont certains ne se sont jamais remis.

Le dernier conseil concerne une tranche essentielle du mille-feuille :

— Ne perds jamais l'estime de toi !

Ce n'est pas toi qui n'y arrives pas, ce sont les circonstances qui t'en empêchent. Et rien ne dit que ces circonstances ne tourneront pas un jour en ta faveur. Quoi qu'il en soit, sois fier de toi. Tu es de ceux qui luttent. Pas de ceux à qui le destin envoie tout prémâché.

Je sais : les fins de mois commencent le 12. Tu pleures en cachette parce que tu ne peux pas acheter les Nike à ton gamin. Parce qu'en deux ans de Loto, tu n'as gagné que deux cents euros. Parce que ta femme passe devant les boutiques en baissant la tête. Parce qu'on t'avait dit que si tu travaillais bien à l'école, tu aurais des bonnes notes. Et tu n'as que des notes de frais. Parce que si Dieu existe, il faudrait qu'il arrête de donner toujours aux mêmes. Où alors, un autre barbu lui a piqué la place et la vie, c'est *Fort Boyard.*

— Dis, père Fouras, il faut combien de clés pour faire tomber les pièces ?

Pour résumer : essaie de te contenter, et espère. Et en attendant, n'aie pas honte de tes petits bonheurs. Au contraire. Continue sans états d'âme à raconter des blagues grasses, à faire la chenille aux mariages, à porter des tee-shirts « Johnny », à boire des bières, à manger même pas bio, à voter pour personne, à enterrer tes morts sur des chansons de Kendji, et à aimer tes gosses pour ce qu'ils sont, pas pour ce qu'ils deviendront.

« Quand un riche perd ses cheveux, il fait des implants. Quand un pauvre perd les siens, il met une casquette Ricard. Ce n'est pas lui qui est vulgaire, c'est la société ! »

Et en plus, si tu as de l'humour, tu pourras résister à tout. Comme m'a dit un « juste assez » à la sortie d'un spectacle.

– Aujourd'hui, je suis en queue de peloton. Mais j'ai eu au moins une fois le maillot jaune. À ma naissance. Dans la course des spermatozoïdes, je suis arrivé premier !

Reste la troisième tranche du spectre de nos situations financières. Le « suffisamment ». Sans faiblesse et sans excès. Le juste milieu. L'idéal apparemment, au vu de ce que je viens de te dire du « beaucoup » et du « juste assez ». Certainement. À condition de résister à la tentation du « plus ».

Je vais m'arrêter sur mon « suffisamment » personnel. Parce qu'il est une clé essentielle de mon bonheur. Je veux t'en faire profiter. Tu pourras l'étalonner à ton cas et en faire ce que tu veux. Encore une fois, je ne professe pas, je raconte. Je ne te parle pas de mon « suffisamment » d'aujourd'hui. Ce serait indécent. T'écrire ça dans mon antre confortable, assis face à un paysage de rêve, te ferait bondir avec raison.

— Ça, c'est sûr ! Une grande maison, une piscine, et la Merco devant, je crois bien que ça me suffirait, confirme le « juste assez ».

— Tu sais, il y en a qui ont la même chose et qui vendraient père et mère pour avoir le double.

— Alors c'est des abrutis !

— C'est ce que je pense aussi.

Non, je veux te parler de mon « suffisamment » des années désargentées. Celui qui m'a permis de construire mille passerelles de petits bonheurs doux. J'aurais tenté les viaducs, il y a longtemps que je me serais écrasé en contrebas.

— Mémé, j'ai faim !

— Mange ta main et garde l'autre pour demain !

C'était ça, mes sentences de jeunesse. Des phrases stupides. Des maximes de vieux paysans.

— J'ai la tête qui tourne !

— Profites-en pour te regarder les fesses !

Un humour insipide qui ne servait qu'à désamorcer le grave. En l'occurrence, le ventre vide qui donnait parfois des vertiges. C'est dans ces conseils de pacotille qu'on puisait nos force de vie. Avec deux principes de base : ne pas se plaindre et se contenter du « suffisamment ».

– Je voudrais bien une autre paire de chaussures !

– Pour quoi faire ? Tu as quatre pieds ?

Logique. Pourquoi acheter trois escalopes si on n'est que deux à table ? Et par extension, on en revient à Stanislas et ses trois voitures, dont deux qu'il n'utilise jamais. On peut même étendre au-delà :

« Travailler pour gagner sa vie, c'est bien. Mais, vu qu'on n'a qu'une seule vie, à quoi ça sert de travailler deux fois plus ? »

C'est ça, le « suffisamment » si cher à mes grands-parents. Asséné chaque jour pour m'apprendre à me contenter. À ne manger que deux marrons glacés, parce que toute la boîte, ça écœure. Attention, pas par pingrerie. Par précaution. C'est ce qui guide chacun de mes choix aujourd'hui. Ce qui m'a enseigné à ne pas dépasser les limites de mon bonheur. À surtout prendre l'argent pour ce qu'il est : le salaire de la sueur pour se payer l'essentiel. Et s'il en reste, on a droit au superflu. En évitant surtout d'inverser le processus : se tuer au boulot pour se payer le superflu, et ne plus avoir assez de forces ni de temps pour en profiter.

Avec en point d'orgue, la métaphore cent fois rabâchée par Maman :

« On n'a jamais vu un coffre-fort suivre un corbillard ! »

Ce qui n'est pas totalement juste d'ailleurs. Parce qu'à l'enterrement de Maman, le coffre-fort, c'était moi ! Je plaisante bien sûr. C'était juste pour faire le lien avec ce que l'argent apporte comme sollicitations en tout genre dès qu'on en a un peu plus que la moyenne. Les demandes de rançon de la gloire !

Je suis un généreux chronique. Cent fois escroqué, mais cent fois remboursé en estime de moi. Avec des tentatives de ponctions incroyables de culot :

— Tu pourrais me prêter cent mille euros ?

— Ça va pas être possible.

— Alors, deux mille seulement, ça ira !

Coluche m'avait refilé un truc pour les tapeurs professionnels. Si quelqu'un te demande de lui prêter dix mille, tu lui dis :

— D'accord ! Untel me les doit. Va les lui demander, ils sont à toi !

Hormis ces cas extrêmes, l'argent que tu partages est de l'argent qui te revient. En estime de toi, comme je l'ai dit plus haut, mais aussi en sérénité et surtout en force. Celle de ne pas être esclave de ce Dieu de papier inventé par les hommes. Il règne en maître sur le monde. Je le respecte, mais en aucun cas il ne me fera emprunter une route sur laquelle je ne veux pas aller.

Je suis bien moins riche que je pourrais l'être. Ma fortune est ailleurs. Dans mon miroir, chaque matin. Il n'y a que moi qui connais la combinaison de ce coffre-là. Personne ne peut l'ouvrir. J'ai eu des disques d'or, de platine, mais mon véritable bonheur a été d'entendre fredonner par des enfants mon petit bonhomme… en mousse. J'ai eu un cheval qui gagnait des courses. Il ne m'a jamais rendu aussi heureux que celui de mon premier Noël… en bois. Question de matière. À l'ambiance de plomb des couloirs de la télé, je préfère ma section cuivre sur scène.

Jules Renard a dit :

« Si l'argent ne fait pas le bonheur, rendez-le ! »

Ah, non ! J'ai assez transpiré pour le gagner. Et puis, comme je viens de te le dire, je le partage. Sans compter. L'avarice pour moi est bien plus qu'un défaut. C'est une maladie. Au nom de ça, je ne méprise pas les radins, je les plains. Parce que je n'en connais pas un seul qui soit vraiment heureux. Ils m'amusent aussi. Quand je vois leur regard se voiler au moment de payer une addition collective. Chaque fois qu'ils m'inventent un oubli de portefeuille. Quand ils s'invitent chez moi, les mains vides. Et qu'ils repartent parfois les poches pleines de friandises chapardées. J'en ai même connu un qui m'a réclamé un doggy bag pour rapporter chez lui des restes du repas !

Ce sont des Pinocchio. Des pantins de chèques en bois. Pas méchants. Juste ridicules. Presque capables, sur un coup d'angoisse, de ronger les ongles d'un autre ! J'en ai connu des tas. J'en connais encore. Certains sont de vrais amis. Parce qu'ils ont des qualités, et non des moindres. Mais il leur en manquera une. Celle que personnellement je place au-dessus des autres : l'honneur. Ce n'est peut-être pas un hasard si les lettres qui servent à l'écrire sont toutes dans le mot « bonheur ».

C'est Maman qui m'a appris à ne jamais renier cette valeur-là. C'est cet « honneur » qui a fait pencher ses amitiés vers les bandits du même nom. Ses copains qui sont devenus les miens. Tout simplement parce que quand elle faisait des ménages chez les « riches », on lui passait la main aux fesses. Et que les voyous ne se sont jamais permis le moindre geste déplacé.

Alors, c'est vrai qu'à première vue, même « bandit d'honneur », braqueur, c'est pas très compatible avec l'argent qu'on mérite. Faut voir ! Je te raconte une anecdote et tu jugeras par toi-même. Tu comprendras que je ne cite ni les noms, ni les lieux. Mais je te jure que l'histoire est authentique.

Ils étaient deux, à motos. Sans violence, ils venaient de braquer une banque en ville. Au lieu de filer, ils se sont cachés dans le parking en face. Premier coup de génie. Les flics les cherchaient partout sans se douter qu'ils se planquaient à quelques mètres. Alors, évidemment, l'agitation traditionnelle : les gyrophares, les prises d'empreintes, et les témoignages. Ils ont attendu que tout se calme.

Au bout de quatre heures, la rue était redevenue tranquille. Ils ont décidé de sortir du parking. Au moment où ils allaient filer vraiment, un camion de la Brinks est arrivé pour ravitailler. Un sourire, un clin d'œil, et juste une phrase :

— On y retourne ?

Ils y sont retournés. La même banque deux fois dans la même journée. Double jackpot !

Alors, à ton avis : mérité ou pas ?

Pour moi, oui. J'ai toujours eu de la sympathie pour les voleurs qui volent des voleurs. Le rapport avec le sujet du livre, ton bonheur à toi ? Sûrement pas de te conseiller d'en faire autant. On n'est jamais heureux en taule. On n'est jamais heureux en cavale. Dormir avec un flingue sous l'oreiller, tu parles d'un doudou !

— Faut bien aller chercher le pognon où il est, me réplique la petite racaille. Tu crois quand même pas que c'est avec le RSA que j'aurai la BM et la meuf qui va avec ?

— Et bosser, tu y as pensé ?

— C'est ça, oui ! Pour un patron qui va se gaver sur ma sueur ? Comme mon père. Quarante ans de boulot pour une retraite de merde. Désolé, mec, mais j'ai pas le temps de vieillir, moi ! Je veux du cash tout de suite.

Allez, je suis honnête. Aux quatre coins de la société, ça deale, ça arnaque, ça rackette, ça exploite, ça capitalise, ça triche. Trafics, cartels, bandes, sociétés off-shore, cercles de jeux, banques, mafias, réseaux. C'est vrai que vu de là, mon bouquin sur le bonheur, ça fait bible de Bisounours. C'est Casimir dans *L'Île aux enfants*. Bien sûr que tout peut s'acheter et tout peut se vendre. Absolument tout. L'idéalisme béat, c'est pour les retardataires, les lunaires.

— Tu peux garder ta plume, l'ami Pierrot ! Je fais tout par mail, et je me fous de la chandelle morte, j'ai la lumière sur mon portable !

Alors, d'accord, je suis une vieille baderne, pour employer un vocable aussi dépassé que mes rêves d'absolu. Mais j'y crois encore, moi, à ces bonheurs d'insoumis intègre. Je crois qu'on peut être aussi heureux avec peu d'argent qu'avec beaucoup. Parce que tout compte fait, en toute objectivité, mon mille-feuille était bien plus épais quand je n'avais pas encore de quoi m'acheter la boutique du pâtissier.

Je me souviens de mon enfance aux chaussures trouées. Je pouvais garer mon vélo contre un arbre sans horodateur. Un couple de cerises à cheval sur l'oreille en guise de garde-manger. Pour donner rendez-vous à une fille, je glissais un mot sous une pierre. Wifi ! C'était juste le bruit du piaillement d'une mésange. On jouait à cache-

cache, pas à cash-cash. Je marchais sur des chemins sans péage. L'écureuil n'avait que des noisettes sur son compte en banque.

C'était bien.

Je me souviens de mon adolescence aux petits boulots d'été. Pour une paye de misère. La semaine de cinquante heures. L'ombre de l'échafaudage pour toute clim. Les ampoules aux mains. Mais la limonade fraîche de l'après-midi pour compenser la sueur. Et la récompense au bal du samedi. Le flirt. La glace à deux boules vanille-pistache à croquer à deux, c'était la pension alimentaire de ma conquête du jour.

C'était bien.

Je me souviens de la chambre de bonne à mon arrivée à Paris. Minuscule. Sixième étage sans ascenseur. Lundi, c'était ravioli. Mardi aussi. Et les autres jours, pareil. Le café en poudre en rentrant des cabarets à trois heures du matin. *What else?* Et les quatre billets de dix francs étalés en marguerite sur le lit. J'avais vingt et un ans, quarante francs pour finir le mois et j'étais heureux un peu, beaucoup, passionnément, à la folie.

C'était bien.

Ce n'est pas de la nostalgie. C'est encore de la relativité. Je ne rêvais pas d'avoir beaucoup. J'essayais juste de tirer le meilleur du presque rien. Et quand, de temps en temps, j'avais un gros coup de blues, je m'allongeais pour « le visage aux ouvertures cousues ».

Ç'a été ma première autoprojection. J'avais dix-sept ans. Elle m'avait été enseignée, à Brive, par un professeur de français qui nous faisait faire du théâtre en amateur. Chaque fois que j'ai été dans le besoin ou dans le doute, elle m'a offert une passerelle. Je vais te l'expliquer. Tu pourras la tester dans quelques lignes seulement, à la fin de ce chapitre. Il te suffira juste de t'isoler. Et si tu appliques bien cette visualisation, je te promets un joli moment de bonheur doux.

Je t'explique « le visage aux ouvertures cousues ».

Tu t'isoles donc devant un paysage si tu peux. C'est le mieux, mais ça marche aussi à l'intérieur. Que tu sois assis, debout ou couché, peu importe. Il faut juste que tu restes immobile le temps de l'autoprojection.

D'abord, tu regardes bien ce qui t'entoure. Chaque détail. Tu écoutes. Chaque son. Et tu respires à fond. Calmement.

Tout ça, pendant quelques minutes.

L'autoprojection peut commencer.

Tu fermes les yeux. Tu visualises un fil blanc qui coud tes paupières. Sans douleur. Sans aiguille. Lentement. Il glisse entre tes cils, comme un lacet de chaussure. En douceur.

Puis tu visualises la même chose avec ta bouche. Le fil blanc qui scelle tes lèvres. Lentement aussi. Prends bien ton temps.

Ensuite, tes oreilles. Pareil. Le fil blanc. Là, tu dois te concentrer un maximum pour tenter d'écarter les bruits extérieurs.

À ce stade-là, si tu as bien tout intériorisé, tu ne peux plus parler, ni voir, ni entendre.

Avant de procéder de la même façon avec ton nez, tu prends une grande respiration. Puis, tu la bloques, en visualisant le fil blanc qui ferme tes narines.

Tu tiens comme ça le temps que tu peux.

Ce sont tes narines que tu vas libérer en premier. Comme si tu avais éclaté la couture de fil blanc. Tu respires à plein poumons.

Puis tu libères tes oreilles. Lentement.

Ensuite tu libères tes paupières. Lentement aussi.

Et enfin tu entrouvres les lèvres pour prononcer une phrase :

« Je suis vivant. »

Et tu regardes autour de toi, toujours lentement, pour capter le moindre détail du décor que tu as choisi.

Tu écoutes en essayant d'identifier le moindre souffle, le moindre son.

Et tu gonfles tes poumons en essayant de déceler la moindre odeur, le moindre parfum.

Tu contemples, tu respires, tu écoutes.

Là, tu peux commencer à te déplacer.

Tu es vivant. Juste vivant.

Et c'est bien.

Cette autoprojection m'a été utile cent fois. Juste pour me rappeler que pouvoir jouir de tous mes sens était ma première richesse. Que le simple fait d'exister en pouvant voir, entendre, sentir, parler, marcher est le capital le plus essentiel. Je ne remercierai jamais assez ce petit professeur humaniste et fou de théâtre de me l'avoir enseignée. Il nous l'imposait avant chaque répétition.

Il nous avait aussi donné à tous un texte. Il l'avait écrit de sa main pour chacun de nous sur le papier quadrillé d'un cahier à spirales.

Je l'ai encore :

« La plus belle scène du monde, c'est le théâtre de la vie. Nous jouons tous notre propre rôle. On n'interprète bien sa vie que quand on est sincère. L'acteur doit toujours être plus important que le décor. L'apparence est un costume ; l'argent, un accessoire. Les réussites, ce sont les applaudissements, les échecs, les sifflets. Ce n'est pas le plus important. Le plus important, c'est de pouvoir jouer un autre soir. Le plus important, c'est le bonheur. Et le bonheur, c'est d'abord de se sentir vivant. Juste vivant. »

Rideau !

LE PONT AUX DAMES

« Pont-aux-Dames », c'est la localité de Seine-et-Marne où se trouve la maison de retraite des artistes. Le dernier stand avant l'arrivée et le drapeau à damiers.

J'ai choisi ce « pont »-là comme intitulé de cet avant-dernier chapitre symboliquement. Je ne te parlerai pas spécifiquement des artistes. Je te parlerai de nous tous. Parce que c'est le bonheur à chaque âge de notre trajet de vie que je vais évoquer dans les lignes qui vont suivre. Celui qu'on peut apporter à nos enfants, et celui qu'on peut espérer, selon qu'on est adolescent, adulte, ou vieillard. Je finirai le chapitre là-bas. Sur « le pont au dames ». L'ultime passerelle.

Notre horloge affective a des tintements très différents selon l'heure à laquelle elle sonne. Selon le temps qui passe. Comme m'a fort justement repris un ami :

— Non, ce n'est pas le temps qui passe. Lui, il reste, c'est nous qui passons !

C'est notre meilleur ennemi, ce temps. Un sournois. Un fourbe. Physiquement, il nous forme, nous redresse, nous étire. Il nous offre la fleur de l'âge. Puis il la fane, nous ploie et nous éteint. Avec, en fin de parcours, nos reflets craquelés dans les miroirs. Nous, en moins bien. On a beau se consoler en se disant que la jeunesse, c'est dans la tête, l'évidence est devant nos yeux. Impitoyable. Mélancolique aussi, comme le générique de fin d'un film. On y reviendra. Le début d'abord. L'enfance.

C'est une chanteuse connue. Elle se confiait entre deux répétitions des *Années bonheur* :

— J'en ai pas voulu jusque-là pour ma carrière, mais si cet album ne marche pas, je vais faire un enfant. Et juste après, j'en ferai un autre.

— Un autre enfant ?

— Non, un autre album. Je suis sûre que la grossesse va m'inspirer !

— Tu as trouvé le père ?

— Oui. Un gros bijoutier. Avec lui, au moins, je sais que je ne manquerai de rien.

— Et ton gosse non plus.

— Ben, oui. Forcément. C'est surtout pour ça que je l'ai choisi !

Et un mioche de plus sur catalogue !

Un calcul extrêmement malsain, en l'occurrence : l'enfant « tiroir-caisse ». Que les féministes retiennent leurs cris indignés un instant. Il y a le pendant masculin. Deux catégories : d'abord, ceux qui « inséminent » et qui fuient. J'en suis le résultat. Et ensuite, ceux qui fabriquent la mère pour s'approprier la femme. Pas mieux !

L'idéal serait de faire des enfants pour eux avant de les faire pour nous. Ce n'est pas souvent le cas, hélas ! On les colle à nos couples en tampon d'authentification. Je ne dis pas qu'on ne pense pas à leur bonheur, mais on pense d'abord au nôtre. On anticipe les beaux moments doux : les câlins, les premiers pas, les premiers mots. On se voit déjà déambuler, une mimine dans chacune de nos mains. Les bisous, les rires et les émerveillements des premiers Noël. Et nous, ébahis. Gagas !

On se le projette au plafond de la chambre, ce bonheur promis, juste après avoir fait l'amour. On s'imagine à trois dans le lit. Blottis. Inséparables. On se raconte les balades en poussette, les premières fournitures scolaires. On choisit le prénom. On se promet de ne jamais se quitter. Parce que ce petit, c'est nous pour la vie. Éternels. Ce sera le plus beau, le plus gentil, le plus intelligent de tous les bébés du monde !

Bien sûr, on ne préjuge pas du revers de la médaille de baptême. Les nuits de pleurs, les premières dents, les chutes, les bronchiolites, les caprices. La bougeotte chronique qu'on soigne en plantant nos agités, mini-légumes cathodiques, devant Disney Channel. Et bien entendu, on ne préjuge pas non plus de l'étendue de leur ingratitude. En particulier, on change leurs couches de bébés, sans se douter qu'ils nous enfermeront peut-être un jour dans un mouroir pour ne pas avoir à changer nos couches de vieux.

Pour résumer, on ne projette surtout pas les cent contrariétés postnatales qui font dire aux plus cyniques :

– Les enfants, le meilleur moment, c'est quand on les fait !

Il faut neuf mois pour faire un enfant. C'est faux. Neuf mois pour le concevoir, le porter et en accoucher, soit. Mais le « faire » prend beaucoup plus de temps. Je veux dire : le fabriquer, le former à la vie. Avec, pour moi, une première réserve : un môme, ce n'est pas de la pâte à modeler ! Le protéger, le nourrir, l'éduquer, bien sûr. Mais un des obstacles les plus nuisibles à son bien-être est de vouloir le sculpter à la mesure de nos envies ou de nos actes manqués. Le rêver en calque de ce que nous sommes ou, pire, de ce que nous aurions voulu être.

Charcutier de père en fils. Danseuse parce que Maman n'a été que petit rat. Combien de frustrations parentales ont accouché de vies fourvoyées ? Combien de passages de témoin forcés ont faussé de courses au bonheur ?

Au comptoir, il finit de boire le septième, et s'épanche :

— Je voulais pas être dans les pièces détachées, moi ! Je voulais être marin. Mais la mer, c'était trop loin de Bourges. Et mon père voulait que ce soit moi qui reprenne l'entreprise familiale. D'ailleurs, je me suis toujours demandé si les Meccano qu'il m'a offerts à chaque Noël de mon enfance, c'était mon cadeau ou le sien.

— Tu lui en veux ?

— Un peu parce que c'est sûrement à cause de ça que je picole autant. Mais pas trop, quand même. Il était chouette, mon père !

— Et ta mère ?

— Pareil. Elle, c'est chanteuse qu'elle aurait aimé faire. Mais il avait besoin d'elle à la compta. Allez, à la sienne ! Le huitième c'est toujours pour elle. Elle était née un 8 !

« Nos enfants sont “de” nous. Pas “à” nous. Le pire de notre tendresse est de leur imposer l'ombilical éternel. »

Alors, c'est quoi, le bonheur qu'on peut apporter à nos petits ? Quel mille-feuille ?

Je pense qu'il faut laisser les enfants « être » avant de « devenir ». Obnubilés par les précautions, il arrive souvent qu'on déprécie les plus beaux moments de leur petite vie. Parce qu'il s'agit bien de ça : l'enfance, c'est d'abord une antichambre douillette. C'est une insouciance, comme je te l'ai dit précédemment. Un passage protégé. Alors l'éducation exige des préventions, bien sûr. Mais sans abus.

« À trop vouloir polir un meuble, on peut finir par le rayer ! »

En pédiatrie de comptoir, ça donne :

— Fous-y la paix, à ton gosse ! Arrête de lui dire « fais pas ci, fais pas ça » ! C'est d'un père et d'une mère qu'il a besoin, pas d'un maton et d'une fliquette !

Les interdits sont obligatoires. Les sanctions aussi. Mais il ne faut pas que ce soit au détriment du bonheur du jour. C'est l'équilibre le plus délicat à gérer pour des parents responsables : contraindre le présent pour préparer mieux le futur, mais inculquer des valeurs sans bousculer la candeur. Pas facile ! La suppression du « doudou » pour une grosse bêtise, ça peut se tenter. Mais ça fait des grosses larmes. Et pas sûr que la punition laisse des traces bénéfiques. La frustration de la privation peut en laisser de bien plus négatives.

Et en avant pour la farandole des conseils et des réprimandes !

— Mets pas les coudes sur la table ! Gratte pas tes croûtes ! Fais tes devoirs ! Cours pas dans l'escalier ! Dis bonjour, merci, au revoir ! Tiens-toi droit ! Ne joue pas à ci, ne joue pas à ça ! Ne dis pas de gros mots ! Ne réponds pas ! Range ta chambre !… Si tu n'obéis pas, ça va tomber !

Une parenthèse au passage sur les violences faites aux enfants. Je suis contre tout châtiment corporel. Je le réécris en majuscules au cas où tu ne l'aurais pas compris : JE SUIS CONTRE TOUT CHÂTIMENT CORPOREL. Et je l'ai toujours été.

Ça me donne l'occasion de revenir brièvement sur une polémique qui m'a réellement blessé. Il n'y a rien de pire que d'affirmer une chose et d'être accusé de son contraire. À l'occasion de la sortie du livre précédent, je me suis fait traiter de « salaud » par Yann Moix dans l'émission de Laurent Ruquier.

Je croise souvent des gens qui me disent :

— Mais comment t'as fait pour pas lui voler dans les plumes ? Vous ne parliez pas du tout de la même chose. Moi, à ta place…

L'armure, bien sûr. D'ailleurs, si tu revois les images, tu pourras même identifier les quelques secondes où je l'enfile.

J'explique pour ceux qui n'auraient pas eu vent de « l'affaire ». J'avais simplement écrit dans ce livre qu'enfant, j'avais reçu quelques fessées et qu'elles ne m'avaient pas traumatisé. Mais que, ceci dit, en aucun cas je n'étais capable de reproduire cette violence « éducative » sur mes enfants et que je ne la conseillais à personne. C'était clair, non ?

Pas pour Yann Moix, qui s'est lancé dans un pilonnage en règle. Il me reprochait, en ayant affirmé que ces fessées ne m'avaient pas traumatisé, d'en approuver l'utilité. Et, par extension, d'être complice de toutes les violences les plus sordides imposées aux enfants. En passant sous silence évidemment le fait que j'avais écrit y être opposé.

Victime parfaite, puisque lui-même avait été un enfant battu, il a donc terminé sa diatribe par :

— Vous êtes un salaud !

Comme si, soudain, je devenais la caution de toutes les brutalités imposées aux enfants par des adultes dégénérés. Effectivement, on ne parlait pas de la même chose. J'ai trouvé et trouve encore ce détournement d'idée d'une bassesse infinie. De la malhonnêteté intellectuelle de haute tenue. Une manœuvre classique de victimisation utile, hélas ! Se réfugier derrière une ignominie subie pour en justifier une autre.

Je ne m'attarde pas plus. Le buzz souhaité a eu lieu. C'était le but premier. À défaut de faire réfléchir, ça a fait parler. Juste une observation pour en terminer : l'analyse patronymique de cet homme est symbolique : « Moi + x. ». Ce que l'ego reproche à l'anonyme. Difficile d'accepter de n'être que ce qu'on est. Alors, on se surjoue. Il faut bien exister.

Mais, bon, ce n'est qu'une déduction de saltimbanque primaire. Je n'ai pas l'intelligence de ce garçon. Quel dommage ! Je précise que « quel dommage ! », c'est pour mon intelligence, par pour le garçon. Mais quel dommage quand même de dévoyer à ce point une intelligence si brillante !

J'en reviens à l'éducation stricte et ses bienfaits paradoxaux. En fait, par trop de contraintes éducatives, on impose mille petits malheurs à nos enfants pour un bonheur hypothétique. Parce que rien ne dit que le mieux préparé à la vie la réussira mieux que les autres.

— Tu vois, moi, j'ai été élevé à la dure, ça m'a pas empêché de déraper, m'avoue mon vieux copain, au parloir d'une prison du Sud.

— Il aurait mieux valu que tes vieux te laissent la bride sur le cou ?

— Même pas. C'est trop facile de leur mettre nos conneries de grands sur le dos. Ça, c'est de la défausse de pleurnichard ! Moi, j'assume. Je suis pas au trou à cause du môme que j'ai été. J'y suis parce que j'ai joué au con et que j'ai perdu.

Il m'a souri, et a ajouté :

— Mais ça m'empêchera pas de recommencer.

Sale gosse !

À l'inverse, j'en connais des dizaines, prétendument mal élevés, livrés à eux-mêmes, qui aujourd'hui ont des conduites et des réussites irréprochables. De ceux auxquels le moindre pédopsychiatre aurait prédit un avenir incertain et tourmenté, au vu du manque de repères et de l'absence totale de discipline durant leur bas âge.

Elsa, par exemple, une amie.

— Regarde, me dit-elle, c'est là que j'ai grandi !

Un terrain vague au gazon pelé comme les chiens sales qui s'y traînent encore. Au bord, un immeuble gris de trois étages de la hauteur de deux. Des arbres laids. Des portiques rouillés sans balançoire.

Elle me murmure :

— En trente ans, ça n'a même pas changé. Moi aussi, j'aurais pu rester ça.

— C'était quoi, ta vie ici ?

— Mon père buvait et frappait ma mère. Les gueulantes des voisins. Les avions qui décollaient de Blagnac et qui nous passaient au ras. Les premiers Restos du cœur. Zola, quoi !

— Pas d'éducation ?

— Si. Celle que je me suis faite moi-même. On ne m'a jamais punie. Mais j'ai vite compris que si je ne me mettais pas des barrières, je me punissais moi-même pour la vie.

— Y a eu un déclic ?

— Oui, les avions que je regardais s'envoler, collée aux grilles du tarmac.

— Tu rêvais d'en prendre un ?

— Non. D'en fabriquer un.

Elle est ingénieur dans l'aéronautique. Comme son mari. Elle est droite, intègre et généreuse. Ils ont deux enfants qui respirent la santé et le bonheur. Elle les élève sans interdits. Sans réprimandes. J'ai vu un jour sa petite fille casser un verre de colère. Aussitôt, elle en a cassé un aussi. Et elle lui a dit, en souriant et en l'embrassant sur le front :

— Je vais ramasser tes morceaux, tu vas ramasser les miens.

Parfois, je la taquine :

— Ils sont un peu turbulents, tes enfants. Tu crois que c'est bon de tout leur passer ?

— C'est faux. Je ne leur passe qu'une chose : le relais.

Alors, il faut des règles, bien sûr. Des précautions et des garde-fous. Mais avec indulgence. Il ne s'agit pas de laisser faire à nos petits bouts de nous tout et n'importe quoi. Mais de les laisser d'abord être ce qu'ils ont envie d'être. Leur donner un cadre, oui. Mais ne surtout pas peindre le tableau à leur place. Pour ne pas les sortir de leurs rêves en leur imposant trop tôt notre réalité.

C'est essentiel pour mieux accepter, une fois grandis, leurs différences sans rancune. Pour ne pas s'alarmer de leurs chemins de traverse, des coups de téléphone qu'ils oublient de nous passer, de leurs absences à Noël, de leurs critiques générationnelles, de leurs torts et de leurs raisons.

Parce que, comme je t'ai l'ai dit plus haut, l'ingratitude est fréquente. Il y a des enfants violents qui en arrivent à donner des coups de pied dans le ventre qui les a portés. Moins graves, les bagarres de mots, les insultes, parfois les culpabilisations. Pour ce qui me concerne, je sais très bien que ma Lily me reprochera certainement son adoption, un jour de colère :

— Je ne t'ai pas demandé d'aller me chercher !

Ça fait partie du deal. Élever nos enfants, au sens propre du terme, c'est les aider à monter le plus haut possible. Qu'importe s'ils nous toisent, une fois arrivés au sommet qu'ils se sont choisi. On aura fait le job !

« Nous devons pardonner à nos enfants. Ne serait-ce que pour les dédommager de les avoir condamnés à la douleur de nous perdre. »

Mais nous ne devons être surpris de rien. C'est pour cela qu'il ne faut pas non plus tout miser sur eux. Soyons responsables, aimants et protecteurs. Mais pas asservis.

Ce n'est pas parce qu'ils sont de notre sang qu'ils sont de notre âme. Pour ne pas trop entamer notre bonheur par des désillusions cruelles, il faut assimiler dès le départ une règle incontournable :

« Nos enfants sont capables de tout, hélas ! Et, va savoir, même du meilleur. »

C'était par une journée triste de novembre 1997. J'étais allé rendre une visite à un petit garçon en fin de vie dans un hôpital, à la fondation McDonald. Cette fondation permet aux parents de demeurer près de leur enfant malade. J'avais été sollicité par une famille pour apporter un rayon de soleil à leur gamin qui m'adorait. L'arc-en-ciel a été pour moi.

Quand il m'a vu, le petit homme m'a sauté au cou. Et puis il a ri, il a chanté, et m'a entraîné dans sa chambre pour me montrer sa collection de CD de moi. Il a retiré son bonnet et sa petite tête d'oiseau déplumé a grimacé.

Je me suis inquiété :

— Ça va aller ?

— Oui, t'en fais pas. Mais j'en profite qu'on est tous les deux. Je peux pas faire voir que j'ai mal devant mes parents. Alors, t'as vu, je rigole, je chante. Ça leur remonte le moral.

Et il a enchaîné d'une voix posée :

— Je sais que je vais mourir, mais si je leur montre que j'ai peur, ils vont pas tenir le coup !

On porte nos enfants pendant neuf mois. Après, il y en a certains qui nous portent pendant toute notre vie. Capables de nous rendre au centuple le bonheur qu'on leur a donné. C'est le meilleur. Quant au pire, c'est lorsqu'ils meurent avant nous. Parce que ce n'est pas l'ordre des choses. D'ailleurs, même les dictionnaires le confirment. Quand on perd ses parents, on est orphelin. Quand on perd un enfant, il n'y a pas de mot… non, il n'y a pas de mot !

Un enfant, c'est fragile. C'est un début, une promesse. Nous ne sommes pas là pour lui tracer sa route. Nous sommes juste là pour l'éclairer sur celle qu'il va choisir. Et, en attendant qu'il grandisse, pour moi, il faut le laisser profiter du moindre moment de quiétude. Avant les chagrins d'amour, les impôts, les accidents, les deuils, les reniements, les trahisons. Lui inventer chaque jour un conte de fées pour de faux. Il a bien le temps de souffrir pour de vrai !

Entrer dans la vie, c'est le contraire d'entrer dans l'eau pour se baigner. Au début, on s'habitue. C'est après seulement qu'on peut se dire :

— Elle est un peu froide !

Avant de passer à l'adolescence, je voudrais revenir sur Lily, ma princesse adoptée. Et par extension à tous les enfants que l'on élève sans qu'ils soient nés d'un couple traditionnel. J'en parle parce que certains intégristes mettent en doute le bonheur éventuel de ceux-là. Les enfants des couples homosexuels, en particulier, qui, d'après eux, seraient promis forcément à une dégénérescence. Les enfants de mères porteuses aussi, qui seraient victimes de traumatismes pouvant entraîner des déviances de personnalité.

L'argumentaire serait trop long. Je vulgarise :

« Hitler n'est né ni de GPA, ni de PMA ! »

Le bonheur de nos enfants dépend de l'amour qu'on leur donne au quotidien, pas de deux signatures au bas d'un acte d'état civil. Vous avez le droit de ne pas être d'accord. Ce sera un bonheur d'en discuter de vive voix avec vous.

Tiens, Maman ! Ça faisait longtemps.

— Oui. Je t'écoutais. Tu as dit de jolies choses. D'autres que je ne cautionne pas.

— Lesquelles ?

— Pour moi, le bonheur d'un enfant passe par une mère et un père.

— Pourquoi ?

— Parce que la nature l'a voulu ainsi depuis la nuit des temps.

— La nature évolue.

— Alors elle évolue mal.

— Tu veux que je rature ?

— Non. Je veux que tu y réfléchisses un peu plus.

— Promis !

L'adolescence, donc, maintenant. L'âge bête, comme il est coutume de dire. Pas pour moi. Le contraire même. Peut-être même la période la plus intelligente de nos existences. Parce qu'on a dépassé la naïveté de l'enfance et qu'on n'est pas encore suffisamment stupide pour tomber dans tous les pièges de l'âge adulte : le paraître, la course contre la montre, le profit, le consensus et la soumission.

C'est justement l'insoumission le principal atout bonheur de l'adolescence. À seize ans, je bouffais du curé, du flic, du pdg, du politique et des sandwiches parce que je n'avais pas les moyens. Aujourd'hui, j'ai des amis curés, flics, pdg, politiques, et je bouffe des sandwiches parce que je n'ai pas le temps. Ce temps qui nous transforme inévitablement. Qui ne boursoufle pas que nos ceintures abdominales. Il empâte notre confort orgueilleux au fur et à mesure qu'il étiole nos illusions.

Ah, nos belles utopies d'ados ! L'amour éternel, la justice pour tous, le monde qu'on veut changer. Tu as vu, j'ai écrit « ado ». Le seul âge de notre vie qui a un diminutif.

Le symbole de nos points de vue abrégés. Catégoriques. Sans argumentation inutile.

— Le monde est pourri. Il faut tout changer !

— Mais, si on considère que…

— Y a pas de mais. C'est comme ça, et c'est tout !

C'est après qu'on considère. Qu'on considère trop. Qu'on soupèse le pour et le contre. Et que finalement, c'est le pour qui l'emporte. Parce que le contre entraînerait trop de frais, trop de remises en question. On va quand même pas fermer les usines qui polluent pour sauver la planète ! Et le chômage alors ? On va quand même pas redistribuer les richesses pour que tout le monde en profite ! Tu imagines le temps qu'il faudrait pour établir le plan des répartitions !

Alors, l'ado grandi remballe ses utopies, devient adulte responsable, et se range gentiment derrière son bonheur personnel en se disant de celui du monde entier :

— C'est dommage pour les autres ! Mais bon, pour l'instant, moi, ça va !

J'aime les ados. Parce que leurs imperfections me régalent. Parce que, dans le fond, je suis jaloux. De leur jeunesse, de leur fraîcheur, de leur vitalité. Et de tout ce qui va avec. Même de leurs questions inutiles qui n'auront jamais de réponses. Même de leurs défonces à tout ce qui se fume et tout ce qui se boit. Même de leurs portables hypnotiques qui les font marcher dans la rue, tête basse, scotchés à leurs textos. Même de leurs musiques obligatoires dont certaines ne valent même pas les miennes, c'est dire ! Même de leurs rires crétins. Même de leurs addictions à leur PS4 et à la première mode qui passe. Même de leur irrespect impoli pour les vieux cons comme moi.

— D'accord, mais tes conseils de bonheur, c'est quoi ?

Pour leurs parents, quelques-uns. D'abord éviter de faire copain-copine. C'est tentant, bien sûr. Histoire de retrouver sa propre adolescence. Le parler jeune, les fringues raccord, les confessions ami-ami, ça donne l'impression à papa-maman d'être en phase. L'impression seulement. Parce que vingt ans d'écart, ça reste vingt ans d'écart. Tout change tellement vite. Et puis une fois la barrière ouverte, pas facile de la refermer pour imposer l'autorité nécessaire.

Ce ne sont pas les dialogues de sourds les plus stériles. Ce sont les dialogues d'aveugles. Quand de parents à enfants, on ne se voit plus comme on est : chacun à sa place.

Le père :

— T'as vu l'heure ? Je t'interdis de rentrer aussi tard.

La fille :

— Mais je m'amusais.

Le père :

— Et moi, je m'inquiétais. Tu ne sortiras plus pendant quinze jours.

La fille :

— Je croyais que tu étais mon ami.

Le père :

— Je ne suis pas ton ami, je suis ton père.

La fille :

— Mon père, j'en ai rien à foutre ! C'est maman qui va décider. Elle au moins, c'est ma copine, elle me comprend.

Et le bonheur s'enfuit par la porte de la chambre qui claque.

Autre conseil aux parents : ne vous mêlez pas des histoires d'amour. Vos gosses ont autant de raisons d'aimer leurs premiers flirts que vous en avez de vous en méfier. Vous n'êtes ni dans leurs draps ni dans leur cœur. Même leurs erreurs leur appartiennent. Leurs larmes aussi. Vous n'êtes pas là pour les éviter ou les justifier. Juste pour les sécher.

Et surtout, n'essayez pas de mater leurs révoltes. Argumentez, mais laissez-vous contredire. N'imposez pas.

Laissez-leur croire qu'ils ont sans doute raison, même quand ils ont tort. Un ado soumis est un ado qui souffre vraiment. Les refus, les contradictions, les reproches, c'est un signal de normalité. Vous êtes leur tête de Turc, tant mieux ! Un ado qui s'en fout, c'est un ado qui s'enfuit.

Des conseils pour eux maintenant ? Aucun. De toute façon, il suffirait que je leur indique un chemin pour qu'ils en prennent un autre. La déviation est la nature même de leur tranche d'âge. Par bonheur. La désobéissance est le défaut que je leur préfère.

À la limite, j'en aurais peut-être un seul, conseil : ne rêvez pas vos vies, les mômes, vivez-les ! Prenez des trains, des avions, des bateaux. Allez faire, si vous le pouvez, la seule chose que je regrette de ne pas avoir assez faite : découvrir le monde. Cela ne m'aurait sans doute pas rendu plus heureux. Aussi sage qu'aujourd'hui, seulement… Mais un peu plus tôt !

L'âge adulte, maintenant. Et l'occasion d'énumérer une dernière fois les bonheurs envisageables. Explosifs, éphémères, paradoxaux, sereins, durables, volés ou vaillamment acquis.

Les bonheurs explosifs, ce sont les succès. Les concours réussis, les accords obtenus, les gros lots gagnés, les contrats signés, les victoires sportives, que l'on soit sur le terrain ou dans les tribunes. Ce sont tous ces instants suspendus où on bondit, où on peut hurler de plaisir. Du bonheur ? Oh, oui. Intense, brûlant. Et d'autant plus éclatant que l'attente pour l'obtenir a été longue. L'intensité de nos jouissances est à l'aune de nos patiences. Chaque véritable bonheur explosif est une levée d'écrou.

En 1997, j'étais président du club de rugby de Brive. La ville attendait un titre majeur depuis toujours. Nous avons gagné la coupe d'Europe à Cardiff. Un énorme mille-feuille. L'aboutissement d'une campagne menée à l'affect. Avec une bande de fous merveilleux.

Et au bout de l'aventure, toute une région qui chavire de plaisir partagé. Avec en plus la satisfaction d'avoir réussi sans gros moyens financiers. À l'heure où les compétitions sportives ressemblent plus à des ventes aux enchères de médailles, un pur bonheur. La liesse sans liasses !

Étrangement, dans la nuit qui a suivi le titre, j'ai eu un accès de morosité intense. Une sorte de baby blues. C'est là que j'ai compris que le bonheur, c'est le but atteint, bien sûr, mais c'est surtout le chemin. C'est se fixer un sommet et tout faire pour y planter son drapeau. Le bonheur, c'est le projet. Et même quand ce chemin est semé d'embûches (et ç'avait été le cas), il faut savoir se satisfaire de la tentative. L'année suivante, nous sommes revenus en finale de la coupe d'Europe à Bordeaux, et nous l'avons perdue d'un tout petit point. Une grosse déception, bien sûr. Mais ça n'a pas entamé le bonheur du chemin parcouru.

Je te raconte ça pour que tu apprennes à minimiser le poids de tes échecs. Quand on vise une cible, on a une chance sur deux de la rater. Celui qui ne tire pas ne pourra jamais attraper le bonheur en plein dans le mille. Alors, tente, ose, essaie ! La trajectoire, c'est déjà le bonheur.

Tu as déjà vu une cible venir vers la flèche, toi ?

« Le bonheur ne s'attend pas. Il se traque. Ce n'est pas une chasse à l'affût. C'est un jeu de pistes. On ne rentre bredouille que de ne pas l'avoir cherché. »

Son explosion tient parfois à si peu. Un petit point comme nous à Bordeaux, un boyau de vélo sur une ligne d'arrivée, un millième de seconde au chronomètre du stade olympique, un amour raté d'un cheveu de maîtresse sur une veste de mari. Tous ces ratages au poil près qui nous font déverser des « C'est trop bête ! » et des « C'est pas juste ! »

Un conseil pour atténuer ces immenses déceptions ? La relativité encore.

Au lieu de nous attarder sur nos bonheurs perdus de si peu, il faudrait nous satisfaire de nos malheurs évités d'autant. Penser aux accidents de la route auxquels on a échappé pour quelques centimètres parfois. Une portière qu'on a évitée de justesse à vélo, la plaque de verglas qu'on a frôlée, le chauffard qui aurait pu croiser notre route quelques secondes plus tôt. Tous ces « poils près » qui nous ont sauvés du pire, et bien souvent, sans qu'on s'en aperçoive. Ces foudres qui ne tombent pas loin, ces marches d'escalier ratées qu'on a rattrapées in extremis en s'accrochant à la rampe, ces maladies décelées juste à temps.

Et si on est vraiment un optimiste forcené, on peut toujours cautériser la blessure d'une défaite au millimètre en se disant :

— À un spermatozoïde près, je ne serais même pas là !

Je voudrais m'arrêter maintenant sur les « bonheurs paradoxaux ». Amusants, étonnants, la plupart sont d'une absurdité criante. J'en ai encore eu l'exemple flagrant en regardant récemment une arrivée d'étape du tour de France.

Ils sont venus voir les coureurs « en vrai ». Ils ont attendu des heures en haut du col. Les voilà ! Et hop ! la tablette ! Ils filment pendant dix secondes, l'œil rivé sur l'écran pour être sûrs du cadrage.

— Alors, cette arrivée du tour ?

— Comme à la télé, mais en plus petit !

Dans la catégorie « bonheur de nazes », je demande le maillot jaune !

Ce n'est qu'un exemple parmi tant d'autres de l'utilité paradoxale des nouveautés techniques que le progrès nous invente chaque jour. Elles sont censées améliorer nos petits bonheurs. La salière multifonction qui offre de grands avantages sauf parfois celui de saler. Les télécommandes de tout qui en cas de rupture de piles peuvent nous bloquer chez nous sans lumière, sans eau et sans chauffage. La cacophonie en voiture du téléphone mains libres, du GPS et du Coyote. J'ai même découvert cet été le parasol qui ne fait pas d'ombre !

Et en point d'orgue, bien sûr, la salle de bains high-tech de l'hôtel quatre étoiles. Le bonheur du luxe, enfin. Mais pour trouver l'eau tiède, il faut un bac technique. Le système de fonctionnement, c'est un tableau de bord de fusée.

– Allô, la réception ! Je veux pas aller sur Mars, je veux juste me laver !

Et puis les bonheurs imposés qui tournent à la corvée. On a tous vécu au moins un réveillon pourri. Cotillons et joie certifiée. Chenille obligatoire. On a tous participé à une soirée d'amis avec projection de diapos des vacances en Grèce ou ailleurs. On a tous fait semblant de savourer avec un enthousiasme menti :

– Ma femme vous a fait des cailles, vous allez m'en dire des nouvelles !

– Un régal. Et puis, cette idée de ne pas les vider, ça donne un fumet vraiment original, n'est-ce pas, chéri ?

Et, en vrac : le concert géant à cent euros la place, noyé dans la foule après cinq heures d'attente. Sur la pointe des pieds pour n'apercevoir qu'une moitié d'idole... Le gentil toutou, parce que le bonheur des animaux de compagnie, c'est le bonheur de leurs maîtres. Il pisse sur la moquette, détruit les fauteuils avec les griffes mais ne mord que quand on lui caresse la queue… La série télé du soir. Pour se changer les idées d'une journée pluvieuse, de la photocopieuse en panne et des embouteillages pour rentrer. L'épisode s'appelle *Mort sous perfusion.* L'histoire d'une petite fille droguée et violée par un médecin psychopathe.

Que du bonheur !

Les vacances méritées, enfin ! Quatorze heures de route dont huit de bouchons. La pizza aux anchois frelatés qu'on a mangée en trois fois et qu'on a vomie en quatre. Le coup de soleil obligatoire. Un avantage quand même, la brûlure des cloques atténue les piqûres de moustiques. L'amour sur la plage à minuit et les gémissements. Pas de plaisir, d'éraflures. Le sable dans les muqueuses, ça râpe ! Et bien évidemment, les quatorze heures de route dont huit de bouchons pour rentrer au bercail. Alors, ces vacances ?

Que du bonheur !

Allez, assez plaisanté !

On va passer au bonheur tranquille de l'adulte en pleine force de l'âge. Il est encore beau, travailleur. Elle est encore belle, assumée. Ils ont tout pour eux. Tous les « ing » du bonheur moderne : stretching, planning, marketing, baby-sitting, shopping, blogging, training, cocooning, cardiotraining, zapping, tuning, mailing, piercing. Et malgré tout, ils doutent, se déroutent, s'arc-boutent, se voûtent et puis… burn out !

Et la comptine de Christophe Mahé revient, revisitée :

« Il est out, le bonheur, il est out ! »

Ils sont des centaines chaque jour à consulter des psychologues, des psychiatres, des psychothérapeutes, des coaches. À essayer toutes les présumées méthodes à bonheur. Des plus sérieuses aux plus farfelues. La para-psychologie nourrit plus de gens qu'elle n'en soigne. Au menu : faux mages et dessert !

Je vais sans doute me mettre à dos toutes les professions du bien-être. Tant pis. Je maintiens que notre quête de bonheur ne doit pas nous mener au-delà de nous-mêmes. Je suis sûr qu'on peut être heureux sans traitements, sans séances, sans promesses sur rendez-vous.

Pour cela, je vais reprendre une à une les couches du mille-feuille. Et tenter de te persuader que toi seul as la faculté de leur redonner leur épaisseur sucrée.

La sérénité.

Ne te pose plus les questions qui n'ont pas de réponse. Ne réécris pas le passé, tu n'y changeras rien. N'anticipe pas l'avenir. Chacun a son aura. Tu as la tienne. Sois convaincu qu'elle te protège. Tes angoisses sont des fruits secs. Secoue les branches qui les portent. Bouge ton corps, ris aux éclats, fais l'amour, ils finiront par tomber. Un sale moment ? Un contretemps ? Un incident de parcours ? Identifie-les à la minute où ils sont arrivés. Le temps qui passe les éloigne forcément. Ils restent sur place et tu avances. Sois patient. Tout peut arriver, même le meilleur.

La force.

Isole-toi. Prends ton pouls, il bat. Bouge tes yeux, ils voient. Serre les poings aussi fort que tu peux. Respire profondément. Tu es vivant. Imagine un feu dans ton ventre. Un cratère qui bout. Ouvre la bouche, et hurle. Tu es dragon. Tu es fort. À partir de là, tente des victoires sur toi-même. Même les plus infimes. La cigarette que tu allumeras plus tard. Le verre que tu ne boiras pas. Le bras d'honneur à la portière que tu ne rendras pas à celui qui t'en fait un. Le téléphone que tu ne décrocheras pas, même si ton amour t'a quitté et que tu n'attends que ça. Tu souffres ? Va te sourire dans la glace pendant une minute. Bats-toi contre toi. Tu connais tes faiblesses par cœur. Donc, tu ne peux pas perdre.

La joie.

Traque les films drôles, les comédies sentimentales, les humoristes. Essaie de trouver des images d'un bébé qui rit, et passe-les en boucle. Fuis les grises mines. Abrège les conversations avec les tristes. Le présentateur du journal t'annonce un drame ? Imagine-le assis les fesses à l'air. Tu t'es coupé en te rasant ? Mets le sang sur ton nez pour faire clown. Un enterrement ? Chante-toi dans ta tête : « Qu'est-ce qu'on est serré au fond de cette boîte ! » On l'a incinéré ? D'accord, alors oublie-moi, passe à Johnny : « Allumer le feu ! » Et surtout étalonne ton spectre des couleurs. Vois blanc ce qui est gris, rouge ce qui est rose. Ensoleille tout. C'est facile, il suffit de penser à faire briller tes yeux à chaque objet, chaque être humain sur lesquels ton regard se pose.

L'invulnérabilité.

Pas facile de résister aux mille petites piques quotidiennes. Les ragots, les jugements, les jalousies, les contrariétés. C'est là que mes autoprojections sont le plus utiles. L'armure et le radeau de fortune surtout. Pour les trahisons plus graves, évite de retourner toi-même le couteau dans ta plaie. Souvent, ce n'est pas la blessure elle-même qui nous fait le plus mal, mais notre entêtement à la remâcher sans cesse. L'accès à l'indifférence après un mal profond est certainement notre travail de bonheur le plus ardu. Ton seul allié, c'est le temps. Tout passe, tout s'atténue, même le pire. Un feu finit toujours par s'éteindre… à condition de ne pas souffler sur ses braises.

L'optimisme.

Regarde toujours le verre à moitié plein. Et crois à l'incertitude. Nous ne sommes jamais à l'abri du mieux. Comme le dit la formule célèbre : « Le jour qui vient est le premier du reste de ta vie. » L'optimisme, c'est sortir sans parapluie les jours de ciel bas. Ça n'empêche pas la pluie. Le parapluie non plus, d'ailleurs. On trouvera toujours un abri le cas échéant. Ne présage pas du pire tant qu'il n'est pas arrivé. L'optimiste ne se contente pas de cueillir des fruits, il plante des arbres. Je terminerai avec la plus belle citation que je connaisse sur le sujet. Elle est de Jack Penn: «Il vaut mieux être optimiste et avoir tort qu'être pessimiste et avoir raison.»

La légèreté.

Joindre le futile à l'agréable. Être léger ne veut pas dire manquer d'épaisseur. Les ballons dirigeables sont volumineux. C'est justement quand nos existences sont le plus lourdes qu'il faut s'appliquer à lâcher du lest. Sois taquin, farceur, blagueur, insignifiant. Il y a de la noblesse dans l'insipide. Les gens graves sont les serfs du malheur. Bien sûr, ils seront nombreux autour de toi à te reprocher de ne pas prendre la vie au sérieux. Mais est-elle vraiment sérieuse, cette vie ? En tout cas, mérite-t-elle qu'on la considère comme telle ? Elle est brève, incertaine, cruelle. C'est une forêt épaisse. À déambuler dans son labyrinthe, on se perd. Autant la survoler.

L'équilibre.

Ne sois excessif en rien. Ni dans tes enthousiasmes, ni dans tes renoncements. Ni dans tes colères, ni dans tes absolutions. Tu es funambule. Assure ton balancier. Dans tes plaisirs, d'abord. L'overdose de drogue, d'alcool, de sexe, de jeu peut te faire basculer à tout moment, et transformer tes rêves en cauchemars. Dans tes contraintes ensuite: trop de travail, trop de dépendance à l'argent, trop de responsabilités, pareil. Ne t'aliène à rien. Ni au nécessaire, ni au superflu.

L'équilibre, c'est aussi ne pas aimer trop les autres, mais suffisamment. C'est ne pas haïr ceux qui nous font du mal, les fuir seulement. Et surtout, dis-toi que tu ne possèdes rien. Ni les biens matériels, ni les gens qui t'entourent. C'est leur usufruit sans abus qui fera ton équilibre.

L'estime de soi.

Crois à toutes tes capacités. Surtout à celles que tu n'as pas encore exploitées. N'attends pas des autres ce que tu es en mesure de t'apporter toi-même. L'orgueil n'est pas un défaut. Il ne peut froisser que ceux qui en ont plus que toi. S'aimer trop est nuisible, mais s'aimer beaucoup est essentiel. Le pire des défauts est de se rabâcher sans cesse qu'on en a plein. Nous sommes tous imparfaits. Pourquoi le serais-tu plus qu'un autre ? Au nom de tes erreurs ? Qui n'en fait pas ?

« L'estime de soi, c'est une petite voix qui te dit : "Tu n'as pas les qualités pour faire ça !" Et à laquelle tu réponds : "Ta gueule !" »

L'insouciance.

C'est la légèreté plus les risques. C'est s'engager dans un combat sans envisager qu'on peut le perdre. C'est entamer une histoire d'amour en étant persuadé qu'elle sera éternelle. C'est embarquer toutes ses peurs sur un radeau de fortune. Celles d'échouer, de se tromper, de se perdre, de souffrir, de mourir. Par définition, un insouciant ne se préoccupe pas plus qu'il ne s'inquiète. Pour l'insouciant, l'avenir est un présent à ne vivre que le moment venu. Alors ne te pose pas cent questions par jour. Laisse ça aux jeux télé. Trouve d'abord les réponses. Applique-toi à démontrer: «Parce qu'on est faits l'un pour l'autre.» Il sera toujours temps de te demander: «Pourquoi déciderions-nous de vivre ensemble?»

La confiance.

Une sous-marque de l'optimisme et de l'estime de soi. Avec un petit plus. Celle que tu dois t'efforcer d'accorder aux autres. Je sais, les trahisons échaudent. Mais être méfiant de tout et de tous sape le bonheur en société. Tu ne peux pas être heureux au milieu de la foule en état de suspicion permanente. Même le plus fourbe de ceux qui t'entourent peut avoir un éclair d'intégrité. Je ne dis pas qu'il faut confier ton enfant à un pédophile. C'est un cas extrême de défiance justifiée. Mais lutter contre tes a priori ne peut être que bénéfique. Les Roumains ne sont pas plus voleurs que les autres et les coiffeurs ne sont pas tous homosexuels. Donc, tu peux aller te faire brusher chez «Dimitru coiffure». Tu ne risques ni la sodomie, ni le vol de carte bleue!

Le recul.

Attends pour juger! Et encore plus pour condamner. Les autres, mais surtout toi-même. Ne t'inflige aucune peine non appropriée sans avoir bien tout pesé. Il arrive tant qu'on se flagelle à chaud. Sans l'analyse qu'impose une vraie distance sur ce que nous avons fait ou subi. Nous sommes nos pires avocats généraux. Le recul, c'est le temps nécessaire pour relativiser. Il évite toutes les sanctions « coup de sang » pour les autres et pour nous-mêmes. Il nous soustrait à bien des regrets et bien des remords. Ça, c'est pour le passé. Mais fort de l'expérience, c'est aussi lui qui nous signale les écueils à venir. C'est un guetteur.

« Le recul, c'est la vigie du bonheur ! »

L'espoir.

Essentiel. Celui qui fait vivre selon l'adage. Survivre surtout. À tout. Moins utopique que l'optimisme qui fait entrevoir le meilleur, l'espoir peut se contenter du bon, seulement. C'est une moue de dépit qu'on inverse en sourire. C'est une bouée de sauvetage. Emporte-la toujours avec toi. Partout. On ne sait jamais. C'est un des piliers principaux du bonheur. Une évidence. Pas la peine de s'étendre.

Il suffit de citer Tristan Bernard. Il a dit à sa femme lorsque les Allemands les ont arrêtés :

— Nous vivions dans la crainte, désormais, nous allons vivre dans l'espoir !

L'amour.

Évidemment, l'amour. Sous toutes ses formes. Bien trop nombreuses pour les énumérer ici. L'attachement affectif est le socle du bonheur. Indissociable. Les contradicteurs peuvent m'opposer qu'on pourrait être heureux de mépriser, de haïr. Assouvis, satisfaits, peut-être, mais certainement pas heureux. L'amour est indispensable au bonheur de nos enfants, de nos couples, de notre vie en société si on veut qu'elle soit épanouie. Alors aime ! Même à la sauvette, même en dilettante, de près, de loin, par actes, par paroles, par écrit. Mais aime du mieux que tu peux.

Le soir de la mort de mon fils, c'est mon pote Carlos qui m'a poussé à monter sur scène. Il m'a dit :

— Tu vas leur donner de l'amour et ils vont te le rendre. C'est ça qui te fera tenir debout.

Il m'a sauvé la vie. Il a sauvé mes bonheurs d'après.

Les caricaturistes et autres imitateurs singent souvent mes envolées lyriques sur l'amour : « C'est que d'l'amour ! Ah ! putain, c'est génial ! » Je persiste. J'en rajoute même. En leur souhaitant de tout cœur qu'ils n'en manquent jamais. Ni à recevoir ni à donner.

Le sens de l'humour.

L'enchaînement est parfait. J'ai toujours accepté les caricatures qu'on a faites de moi avec bienveillance. C'est la moindre des choses. Le miroir déformant de nos défauts est d'abord essentiel à notre humilité. Et si cette image ne nous est pas renvoyée par les autres, il ne faut jamais oublier de se la renvoyer soi-même. Rire de soi désamorce toutes nos velléités de présomptueux. La suffisance ne va pas avec le bonheur. Une évidence : elle nous pousse à croire qu'on mérite toujours mieux, donc elle entraîne frustration sur frustration.

Il est essentiel aussi de s'amuser des autres. C'est toujours plus apaisant que de les détester. C'est pour ça que je t'ai abreuvé pendant tout ce livre de philosophie de comptoir. Pas forcément la plus profonde, mais certainement une des plus lucides. Alors ris de toi, des autres, de tout ! Même du pire ! C'est thérapeutique. Je t'ai déjà démontré précédemment, à l'occasion de drames intimes, combien les pirouettes humoristiques pouvaient être utiles. Je t'en offre une dernière :

À l'occasion de l'enterrement d'un ami très cher dont l'ardeur au travail n'était pas la qualité première, on a dit à sa veuve :

— On aurait préféré qu'il se tue au boulot !

Ç'a été son seul sourire de la journée. Une toute petite passerelle. Elle nous en a remerciés.

La sagesse.

Elle s'acquiert au fil du temps. À la mesure des blessures subies, elle puise toute sa plénitude dans les embûches surmontées. Dans toutes les leçons que la vie nous a distillées. C'est pour cela que je l'ai placée en fin de liste. Juste avant d'évoquer les capacités de bonheur de la vieillesse. La sagesse est la couche du mille-feuille qui arrive en dernier. Et paradoxalement, elle ne se place pas dessus, mais dessous. Parce que c'est celle qui donne à notre bonheur son assise définitive. Elle a surtout l'avantage, une fois acquise, de ne plus se perdre. Certains ne l'acquièrent jamais. Dommage ! Parce que c'est le plus bel héritage de conseils qu'on puisse laisser à nos enfants.

« La sagesse, c'est le legs à nos héritiers de l'expérience accumulée. Le seul, sans impôts, sur lequel ce sont eux qui encaisseront la plus-value. »

Après cette récapitulation des couches de notre mille-feuille que je te souhaite le plus utile possible, le « pont aux dames », donc.

La vieillesse. Et tous les bonheurs qui vont avec. Le premier : celui d'avoir tenu jusque-là. On est des survivants. Il y a deux siècles, ils étaient bien moins nombreux à dépasser la soixantaine. Quand un môme me toise et me prend pour un vieux con, j'en crève de lui dire :

— Eh oui, je suis vieux ! Mais j'ai un avantage sur toi, j'y suis parvenu. Pas sûr que tu tiennes jusque-là. Un accident est si vite arrivé !

Mais, je me retiens. Pour ne surtout pas être de mauvais augure.

Un autre bonheur : la mémoire riche. Que Dieu m'épargne alzheimer ! C'est mon coffre-fort le plus précieux. J'y ai emmagasiné tous les rires, toutes les fêtes, tous les amours. Quand je fouille, étrangement, le moche s'est estompé. Faiblesse de pré-sénilité ? Je ne sais pas. En tout cas, c'est bien agréable.

Un autre bonheur encore : la conscience pour beaucoup, dont je suis, de ne s'être jamais trahi. D'avoir respecté les valeurs enseignées par ses parents et de les avoir transmises. C'est cette satisfaction du devoir accompli qui fait marcher les anciens tête haute.

« Le temps ploie le corps inévitablement. La véritable fierté d'un homme d'honneur, c'est que ce temps n'ait pas tordu son âme. »

Un dernier bonheur : le plus grand avantage de la vieillesse, c'est ce qu'on lui pardonne. Il faut bien. Les oublis, les faiblesses, la maladie parfois sont autant de circonstances atténuantes. Même si certains en abusent. Je connais des vieux méchants, d'une perversité hors norme, qui peuvent sévir en toute impunité. Pensez donc ! Ils sont chancelants, si faibles. On ne va quand même pas leur casser la gueule, elle l'est déjà !

C'est le plus vil des avantages. Les autres sont des tendresses de petits-enfants, des journées sans heures, des tisanes de nuit sans l'angoisse de s'endormir en sursaut parce qu'il faudra se lever tôt pour aller travailler. Ce sont des bancs d'épieurs d'où les retraités regardent avec nostalgie des jeunes s'embrasser. Des plus vieux courir contre la montre pour ne pas rater leurs rendez-vous. Les plus mélancoliques ont un regard attendri et fataliste pour le ventre bombé de la femme enceinte qui passe, en ne soupirant que pour eux :

— Si tu savais ce qui t'attend, petit gars, tu ne sortirais pas !

Alors, bien sûr, il y a les inconvénients : le physique qui s'étiole, quelques remords qui pèsent sur la conscience, les érotismes cantonnés à la correspondance générationnelle. À nos âges avancés, si tu veux une jeunette nue qui se déchaîne dans ta chambre, il faut regarder Canal+ le samedi !

Ou alors payer. C'est pas mon truc. Trop orgueilleux. Ça ne m'a pas dérangé de payer quand j'avais les moyens de ne pas le faire. Aujourd'hui, ce serait une humiliation pour moi. Alors, je fouille dans « le coffre de ma mémoire riche ». Il y a toujours deux ou trois lolitas encartées. Et je leur refais l'amour en solo. Ça réchauffe le cœur, même si ça fragilise les poignets.

Et puis, il y a l'inconvénient de l'irrespect. Un marqueur plutôt ancré dans les civilisations occidentales. À l'autre bout du monde, il existe des pays où les plus âgés sont sacralisés. Eu égard à ce qu'ils ont vécu et à ce qu'ils savent, ils deviennent des espèces protégées. Sages de référence. Une marque de déférence obligatoire. D'intelligence aussi. C'est bien connu : un vieux qui meurt, c'est une bibliothèque qui brûle. Alors, là-bas, on les protège. Ici, le « vieux » est un livre usé. C'est tout juste si on ne s'en servirait pas pour caler un meuble.

Chez nous, « vieux » est le plus souvent une dépréciation, voire une insulte. Le cheveu blanc est moqué au mieux, chassé au pire. Professionnellement, c'est devenu un handicap. Socialement, une étiquette de rangement. Intimement, un signe de déconnexion.

Pour la majorité des jeunes, ça comprend rien, un vieux d'aujourd'hui. C'est toujours en retard d'un train, voire de plusieurs gares. Ça raisonne en anciens francs. Ça donne des leçons. Ça n'arrête pas de dire « de mon temps », sans se rendre compte qu'il a changé, ce temps. Ça tousse, ça se gratte, ça titube et ça écoute les Beatles et Brassens en vantant les mérites du pick-up. C'est relou. Ça rabâche que les vrais amis, c'est dans la vraie vie qu'on les trouve, pas sur Facebook.

Ça préfère regarder un vieux film de Gabin plutôt que *Fast and Furious 4*. C'est plissé des yeux, du cou, des bras. Ça aime pas le bruit. Ça écrit les mots en entier sur les textos. C'est incapable de faire marcher une Nintendo. Ça te demande de réussir dans la vie et ça joue aux échecs. Ça dépasse jamais le cinquante en ville. Ça t'engueule si tu envoies des SMS pendant que tu manges.

Et puis, les vieux, ça habite avec des vieilles. Des mamies aux jambes arquées qui vont faire les commissions. Des grignoteuses de gaufrettes qui veulent toujours te faire bouffer leurs confitures maison. C'est sympa, la myrtille, mais ça vaut pas un sunday. Les vieux c'est ianch, à toujours dire que c'était mieux avant. Et surtout à se croire plus intelligent parce que ça fait les additions dans sa tête, sans calculette.

Les vieux, ça peut pas être heureux comme nous, les jeunes, puisque ça pleure des yeux tout le temps. La vie, c'est pas dans un fauteuil qu'on la connaît. Tu peux pas comprendre la rue en la regardant seulement par la fenêtre. En bas, c'est un tourbillon. Il n'y a que si tu es pris dedans que tu sais vraiment ce que c'est.

Et le jeune conclut :

— La vraie vie, c'est quand tu conduis à fond, que tu te défonces et que tu t'éclates !

D'accord, ça se tient !

— Mais « ça pleure des yeux », c'est un pléonasme, et le sunday à répétition, à vingt piges, ça va te faire un cul de sumo, ma fille ! Et puis rassure-toi, mon gars, je sais écrire JTM sur mobile, mais je préfère le dire de vive voix. De toute façon, ta meuf, que tu lui dises « T'as d'beaux yeux, tu sais ! » ou « J'vais t'mettre une cartouche », si elle veut pas, elle veut pas. Ton mégot de Royale menthol ou de beuh, faudra te le mettre sur l'oreille pareil pour le fumer après ! Pour le reste, conduis vite et va te viander à scoot si ça t'amuse. Je te prêterai mon fauteuil roulant pour aller en boîte. Au moins tu trouveras la place pour te garer. Y a toujours un parking handicapé de libre ! De toute façon, même en bonne santé, vu ce que t'as dans la tête, tu peux t'y garer sans risquer d'amende !

Ah, le conflit des générations !

De tout temps. L'incommunicabilité qui n'empêche pas la tendresse, bien sûr. Mais la défiance mutuelle prend le pas sur l'écoute. Parce que les jeunes pensent que leurs questions n'ont besoin de rien et que les vieux croient qu'ils ont des réponses à tout.

L'inconvénient majeur de l'âge avancé, ce n'est pas une réponse, c'est une question, justement. Celle qui nous taraude tous, nous, les seniors, les anciens, les âgés, les vieux, les papys :

— Quand ?

Quand va-t-elle nous quitter, la vie ? Quel jour ? À quelle heure ? D'un coup ? Après une agonie ? Sans prévenir ? En s'annonçant ?

Quand ?

Protéger le bonheur de ses derniers jours est la quête de tout être vieillissant. Avec un léger bémol, tout de même : il ne faut pas être trop heureux au moment de mourir. Ça donne d'autant plus de regrets de s'en aller. Mais, bon ! On ne va pas chipoter non plus ! Si c'est l'heure, c'est l'heure. On ne va quand même pas demander un sursis juste pour s'infliger des chagrins de raccroc, seulement pour être satisfait d'en finir !

J'en plaisante, mais à partir d'un certain âge cette proximité de la dernière extrémité laisse très peu d'entre nous indifférents. Alors, on feuillette les journaux aux pages réservées aux avis d'obsèques. On s'arrête sur chaque âge de départ. Et quand on en trouve deux ou trois moins avancés que le nôtre, on lâche un laconique :

— Ah, quand même !

En regrettant de ne pas nous en être tenus à la page « Sport et loisirs ».

Mais, bon ! On n'y est pas encore. Essayons d'abord de vivre ce qu'il nous reste le mieux possible. Et ce n'est pas toujours simple. Même si nos plus proches nous rassurent en permanence :

— Mais tu n'es pas si vieux que ça. D'ailleurs tu ne fais pas ton âge !

Je ne sais pas si je le fais, mais ce que je sais, c'est que « les outrages du temps », comme on dit, le défont. J'ai un miroir. Et ce n'est pas lui qui plisse, c'est moi !

— Soixante-quatre ans, c'est jeune encore !

— Ben voyons ! Et quatre-vingt-treize, c'est adolescent ?

La jeunesse, ce n'est pas dans la tête. La jeunesse, ce n'est plus là, c'est tout. Dans la tête, il y a juste l'idée qu'on se fait de la vieillesse. Et surtout tous les aménagements qu'on peut y apporter pour qu'elle soit le plus agréable possible. Peut-être même la période la plus intense de notre vie, si on sait s'y prendre.

Mais surtout pas en essayant de faire tourner les aiguilles à l'envers. Tu sais, les papys dynamiques, à la pointe du sport, de la mode. Casquette de rappeur et dentier Polydent ! Et les mamies stretching, défigurées au Botox.

Couguars en terrasse. À l'heure où les jeunes fauves vont boire. Ça c'est de la vieillesse en leasing. Très peu pour moi !

Je suis âgé, certes, mais pas usagé. Je n'ai pas de beaux restes. Je n'ai pas de restes du tout. J'ai tout un festin devant moi. J'ai les idées parfaitement claires, des érections estimables, une santé provisoirement excellente, une sensibilité de midinette, une énergie intacte, de l'expérience, de l'imagination et des souvenirs plein mon carquois.

C'est d'avoir trop grignoté mon mille-feuille qui m'a fabriqué des poignées d'amour, et remplacé les tablettes de chocolat par l'emballage. Mais, bon, la carrure se tient quand même. Pas toujours alerte, mais vivace s'il le faut. J'aime bien ma niche, mon confort et mon Canigou à la truffe, mais s'il faut lâcher mon os pour cavaler en chien fou, je suis disponible. À toute heure de la nuit ou de la nuit. Je perds un peu mes poils sur le dessus, mais je ne mords pas, j'aboie de moins en moins, et je suis doux et affectueux. Chien bâtard d'accord, mais bien dégrossi. J'ai tous mes vaccins et un pedigree de célébrité.

Qui veut m'adopter ?

La référence canine n'est pas juste ludique. Elle est pour moi l'occasion d'apporter peut-être un rayon de soleil à ceux qu'on a enfermés au « chenil ».

Mon ami Norbert, de Carcassonne, me rapportait récemment une conversation avec un client de son restaurant. L'homme lui confiait ne pas aimer du tout ce que je faisais et ce que j'étais. Sans me connaître, bien entendu. Le jugement péremptoire du filtre cathodique. Norbert n'a pas argumenté, se contentant seulement de confirmer son amitié pour moi. Puis, au hasard de la conversation, il a demandé :

— Qu'est-ce que tu fais à Carcassonne ?

— Je passais dans le coin. J'en profite pour aller dire bonjour à ma mère en maison de retraite. Ça fait trois ans que je ne l'ai pas vue !

Alors, Norbert a conclu :

— Je crois que Patrick serait fier qu'un mec comme toi ne l'aime pas !

Ça, c'est sûr !

« Il est pour moi impardonnable de ne pas accompagner jusqu'au bout de leur vie ceux qui nous ont donné la nôtre. »

Ce n'est même pas une question de reconnaissance. C'est l'honneur de tout être humain. La moindre de nos obligations. Et pourtant, ils sont des centaines à pleurer les ingratitudes filiales.

Juste un mot pour eux :

— Moi, je vous aime. Les étoiles de mon cabaret sont aussi pour vous. Je vous le dis, d'ailleurs, au début de chaque émission du nouvel an. Considérez que je suis le fils, le frère que vous n'avez plus. En espérant que ces mots vous réconforteront autant que ça me réchauffe le cœur de vous les dire.

Le plus grand bonheur d'être vieux, pour moi ? Celui de retrouver vraiment l'enfant qu'on a été. Ce n'est pas un scoop. C'est une loi de la nature. Au fur et à mesure que le temps va nous affaiblir, il y aura les mêmes petits pas hésitants, les mêmes couches, les mêmes mots bafouillés, la dépendance. Sinistre bien sûr, la fin de course. Mais juste avant, quel pied !

Le changement, c'est maintenant ! comme disait l'autre.

De cinquante ans à ce qu'il reste, quelle extase ! Si tu savais comment je m'en régale depuis plus de dix ans de cette enfance à crédit ! Si tu savais les farces, les insouciances, les caprices, juste pour le plaisir d'emmerder « les grandes personnes ». Les cadeaux que je me fais. Les dérapages contrôlés de mon esprit lutin, comme ceux des roues arrière de mon vélo de minot sur le gravier.

Si tu savais ce que je me permets comme mensonges de sale gosse et comme vérités qui dérangent. Comme gros mots, et comme escapades. Comme quand j'allais courir dans les sentiers de ma campagne, tout seul, en sifflotant. En parlant aux oiseaux, au soleil. Si tu savais le nombre de mes secrets de journal intime, loin, très loin des couvertures de magazine. Libre, ou presque. Bâtard à nouveau. Et fier de l'être plus que jamais. Ingérable, polisson, provocateur, rêveur, débile et définitivement insolent.

C'est bien ce qui irrite ma nouvelle directrice d'école publique à la télé. Je ne suis pas sa tasse de thé, qu'elle a dit ! Normal, j'en bois pas. J'ai été élevé au café au lait parce qu'il n'y avait que ça. Entouré de petites gens du petit peuple, parce qu'il n'y avait que ça aussi. Alors, c'est pour eux que je fais dans le léger, le populaire de base. Par plaisir, et par devoir de mémoire.

Mais elle n'aime pas ça du tout, madame Delphine. Malgré mon travail appliqué et mes bonnes notes. C'est pas son monde. Elle a le droit. Elle a tous les droits. Si je suis viré, tant pis. Ou peut-être tant mieux. À dire vrai, les emmerdements commencent à dépasser le plaisir, alors…

Pas grave. J'irai construire mes passerelles ailleurs. Sur des scènes. Pour prolonger l'instant de ce livre, par exemple. J'ai déjà le titre du one-man-show que je vais bientôt venir jouer vers chez toi. De l'intime. Sans sardines. Juste du tout vrai comme ici.

Ça s'appellera : « Avant que j'oublie ! »

Sous-titré : « Tout ce que je n'ai jamais pu dire à la télévision ».

Tu viendras ?

Parce que, même vieux, il est hors de question que je glisse mon cœur dans des pantoufles. Il faut être prudent avec la cessation d'activité. Ça, c'est un vrai conseil de bonheur :

— Tant que tu peux, ne t'arrête jamais !

« Il vaut mieux éviter de mourir un peu avant de mourir vraiment. Ça pourrait te tuer. »

D'accord, c'est tentant, la pêche à la ligne, le bricolage, le jardinage. Mais l'adrénaline, ça entretient les durites. En tout cas, pour moi, tant que je pourrai tenir un micro, je gueulerai dedans.

Et je ne veux surtout pas mourir sur scène.

Ah, non ! Je veux signer les autographes après !

LE PETIT PONT DE BOIS ROUGE

Comme chaque fois, ça ressemble à un « baby blues ». Les derniers pas sur la passerelle. Les derniers mots du beau voyage. Écrire est aujourd'hui pour moi le plus essentiel des bonheurs. Le dernier chapitre, c'est une étreinte d'adieu sur un quai de gare. J'ai toujours détesté m'attarder. Alors je ne resterai pas longtemps, et à la dernière page, je te ferai « coucou » de la main.

Tout ce qui pouvait avoir un rapport avec le bonheur m'a habité pendant des jours et des jours. Des nuits surtout. Planté, capitaine, au volant de ma voiture comme à une barre de navire. C'est là que tout vient, que tout s'éclaire. J'ai besoin des autoroutes, des nationales, des départementales, des chemins, pour réveiller mon imagination. Je ne sais pas pourquoi, c'est ainsi.

Je pars pendant des heures. Rouler, glisser, sinuer. Un enregistreur à portée de main. Je dévide le passé, je pressens le futur, j'invente des formules, je construis, j'argumente, je prépare. À la fin du parcours, tout s'entrechoque dans ma tête. Ça déborde. Alors, arrivé près du « petit pont de bois rouge », je cours tout déverser sur les touches de mon ordinateur.

Ce petit pont japonais, c'est l'œil de mon cyclone. Il est planté au-dessus d'une mare minuscule au cœur de mon antre, à Martel. Entre deux maisons. Celle d'avant, le socle, et la nouvelle que j'ai bâtie un peu plus loin. Entre celle de Maman et celle de Lily. Entre ce que j'ai été et ce que je suis devenu. En équilibre entre l'anonyme et le célèbre. Symbolique. Zen. Rassurant. Apaisant. En plein cœur de ma « résilience secondaire ».

Il n'y a que là que je suis vraiment chez moi. Je veux dire : en moi. Au plus près de mon vrai et de mes autres. Mes partis, mes disparus dont les âmes mortes me frôlent à chaque pas. Au loin, ma campagne. Majestueuse. Les arbres collés au ciel. Des oiseaux nus en transit. Les fragrances d'herbes, de bois. Et le silence. La paix. Mon bonheur.

Et Maman, bien sûr.

— J'espère que ce livre leur plaira, murmure-t-elle.

— Moi aussi. Tu sais le nouveau départ qu'il représente.

— Bien sûr puisque c'est moi qui te l'ai soufflé.

C'est Maman qui m'a dit qu'il fallait commencer une autre vie. La dernière. Un peu moins bruyante, moins tapageuse. Un « after », comme on dit aujourd'hui. Ranger les fanfares, les envolées. Moins bateleur, plus discret. Moins bleu éclatant, plus pastel. Au nom de cette quête de bonheur que j'ai tenté de te faire partager tout au long de ce livre. Pour être Patrick plus que Sébastien.

Sans regret, ni mépris pour les extravagances. Surtout pas. Mais dire au clown :

— Allez, va ! Tu peux ranger ton nez rouge et tes grosses chaussures. Repose-toi. Tu l'as bien mérité.

À la retraite ? Sûrement pas. Il y a encore tant de scènes à fouler, de regards à allumer, de solitudes à consoler. Maman me l'a dit à chaque rupture, à chaque virage, à chaque lassitude :

— Ce n'est pas la fin de quelque chose, c'est toujours le début d'autre chose !

Ne crois pas que je suis hors sujet. En pleine crise d'égocentrisme. Comme depuis le début, je ne me livre qu'en exemple, en référence. Pour que tu adaptes à ta guise mes ressentis aux tiens. Les chemins de traverse que j'ai décidé d'emprunter aujourd'hui, je t'encourage à suivre les mêmes. Il faut oser, risquer, tenter, bousculer. À tout moment. À tout âge. Tu connais la formule pour se débarrasser des importuns :

— Va voir ailleurs si j'y suis !

C'est la phrase de chevet de tout bonheur. Parce que si ça se trouve, il y est, justement. Alors il ne faut pas hésiter à laisser derrière soi les usures, les habitudes lancinantes. Il faut apprendre à ne pas se contenter d'un travail, d'un couple, d'une résidence, même d'un confort dans lesquels on ne se sent plus tout à fait à sa place.

Même si, comme on le dit souvent, on sait ce qu'on quitte, mais on ne sait pas ce qu'on trouve. Et alors ? En changeant de direction, on ne quitte rien. On se prolonge. Ailleurs. Autrement. On se donne une chance d'être au lieu de paraître.

« Il n'y a qu'en se remettant en question qu'on peut trouver des réponses. »

Et encore un aphorisme !

J'en ai usé, voire abusé certainement. Mais bon ! Je ne suis qu'« écriveur », pas « écrivain ». J'aime les formules. On peut jouer avec elles à n'importe quel moment. Les développer, les contredire. Il m'est arrivé de passer des soirées entières à disserter autour de certaines avec des amis. C'est le jeu de société le plus intéressant que je connaisse. D'ailleurs, à la toute fin, je t'offrirai une récapitulation de quelques-unes de celles que j'ai créées pour ce livre.

Le dernier aphorisme que je vais te proposer est peut-être le plus optimiste, et le plus jouissif. Car il ne s'agit pas seulement d'être heureux, il s'agit aussi d'y croire encore quand on l'a été et qu'on ne l'est plus. Tous nos mille-feuille sont provisoires. Et quand ils s'effritent, il n'y a rien de plus réconfortant que d'en recoller chaque miette éparpillée.

« Rien n'est jamais acquis, rien n'est jamais perdu. Il n'y a pas de bonheur plus grand que de l'avoir retrouvé ! »

Crois-moi ! Tout est possible.

Si tu travailles à être heureux sans relâche, je te promets des jours tranquilles et des nuits apaisées. Mais c'est ta volonté seule qui t'apportera ce que tu mérites. Si tu le décides vraiment, tu gagneras chaque fois que le mauvais sort ou que l'acharnement des autres se mettront en travers de ta route. Et si tu t'appliques à t'inspirer de tout ce que je t'ai conseillé dans ce livre, je suis persuadé que tu multiplieras tes passerelles. C'est tout le bonheur que je te souhaite !

Après chaque deuil, chaque abandon, tu pourras retrouver la sérénité.

Après chaque insulte, chaque rabaissement, chaque humiliation, tu pourras reconquérir l'estime de toi, la force, la confiance.

La joie, la légèreté, l'insouciance, le sens de l'humour seront les contre-feux de tous tes incendies intimes.

Les armures et les radeaux de fortune t'assureront l'invulnérabilité.

Chaque minute passée sans emportement excessif t'apportera un peu plus d'équilibre, de recul et de sagesse.

Tu pourras goûter pleinement tous tes amours. Celui de ta famille, de ton travail, de tes amis, de toi. Celui de la vie, tout simplement.

Et surtout, tu pourras dire à ton reflet dans le miroir les mots qui te réconcilieront définitivement avec le bonheur :

– Je ne suis pas heureux par hasard. Je suis heureux parce que je l'ai voulu, que je me suis battu pour, et que je l'ai bien mérité.

Tu te demanderas :

– Merci qui ?

Et tu te répondras, en te souriant :

– Merci moi !

FIN

Et boum !

Je venais de taper le mot « fin ». Et quelques minutes plus tard, l'accident stupide. Les pieds mouillés, l'escalier glissant, et la dégringolade. Un étage sur le dos. Hôpital. Urgences. La clavicule cassée. Le hasard ? Va savoir ? En me relisant, je me suis aperçu que j'avais évoqué deux fois une chute dans un escalier. Comme si « le maître des dominos » de Louis m'avait dit :

– Tu viens de leur expliquer comment tout relativiser, à toi maintenant !

Je souffre. Même pour poser les doigts sur le clavier. Et pourtant, je tiens absolument à ajouter ces lignes. À chaud. Pas besoin d'enfiler l'armure, les anneaux claviculaires me corsètent. Immobilisé pendant un mois.

— Il est où, le bonheur ?

— Il est là.

D'abord, le cadeau d'écrire encore. Je me sentais tout vide. Ensuite, la chute aurait pu être bien plus dramatique si la tête ou la colonne vertébrale s'étaient explosées sur les marches. Le « poil près ». Et puis Lily m'a accompagné à l'hôpital, inquiète. J'en ai profité pour la mettre en garde.

— Tu vois ! Quand je te dis de faire attention dans les escaliers !

Ça va lui rester à vie dans la tête. Peut-être lui ai-je évité le pire un jour d'inattention.

Et, en attendant le résultat du scanner, allongé sur le brancard, j'ai projeté « le visage aux ouvertures cousues ». Je suis vivant.

Mais j'ai pleuré. Pas de douleur. D'émotion quand j'ai reçu le premier texto de soutien :

« Je m'inquiète pour toi. J'espère que tu ne souffres pas trop. Je t'aime. Maria. »

Maria, c'est mon amie. Ma presque sœur. La femme de Pierrot, mon presque frère. Elle m'a envoyé le message de l'étage au-dessus des urgences à l'hôpital. Elle s'y bat contre un cancer du pancréas.

Et c'est elle qui se fait du souci pour moi ?

De quoi se réconcilier avec la nature humaine, non ?

Moi aussi, Maria, je t'aime.

Relativiser. Toujours. Ne pas se résigner. Jamais.

Y croire encore et encore.

Le bonheur n'est pas interdit.

APHORISMES

« Je n'ai jamais été aussi heureux que demain. »

« Fumer tue ! Fulminer bien plus ! »

« Le bonheur, c'est d'abord apprendre à se passer de ce qu'on n'a pas, de ce qu'on n'a plus et de ce qu'on n'aura jamais. »

« On ne peut pas à la fois encenser la liberté d'expression et la délimiter. C'est le plus antidémocratique des contresens. »

« La presse, c'est le "chifoumi" paradoxal. La feuille de papier plus forte que la pierre, les ciseaux, et même que la vérité qui sort du puits. »

« La puissance des forces qui nous redressent aura toujours une rage d'avance sur celles qui ont tenté de nous abattre. »

« Le bonheur peut s'agrémenter de plaisirs. Mais une somme de plaisirs ne fait pas forcément le bonheur. »

« Résister, c'est subir quand même, mais en mieux. »

« Les douleurs extrêmes, on ne les soigne pas comme on veut. On les soigne comme on peut. »

« Disserter du bonheur est la façon la plus élégante de s'en approcher. »

« Chacun son chemin de croix. Quelle que soit notre couronne d'épines, c'est à nous de planter des fleurs sur le bord de la route. »

« Les jeunesses malheureuses fabriquent des enfants au regard d'adulte. Les jeunesses heureuses, des adultes au regard d'enfant. »

« Dieu n'est pas responsable de nos malheurs. Ni de nos bonheurs. Si ce n'est celui de croire en lui. Et moi, j'y crois… par bonheur ! »

« Dès que les emmerdements dépassent le plaisir, il faut arrêter. »

« Ce que la célébrité exacerbe, c'est d'abord le regard des autres. Et c'est quand il prend le pas sur le regard sur soi que le piège se referme. »

« Un bonheur est si vite arrivé ! »

« Quand tu picoles ou que tu te défonces, t'es pas meilleur. Mais quand t'es mauvais, tu t'en aperçois pas. »

« Pour qu'un couple dure, le bonheur de l'un passe obligatoirement par le bonheur de l'autre. »

« Quand on veut être heureux, il faut se marier dans sa rue. »

« La fidélité, c'est comme chez Carglass. On ne va quand même pas changer tout le pare-brise pour un impact ! »

« Être en couple rend toujours moins heureux que l'idée qu'on s'en fait. »

« À quoi ça sert d'acheter un matelas neuf à crédit si le prix du crédit t'empêche de dormir ? »

« Il y a des trains sans première classe, mais il n'y a pas de tunnel sans bout. »

« Quand un riche perd ses cheveux, il fait des implants. Quand un pauvre perd les siens, il met une casquette Ricard. Ce n'est pas lui qui est vulgaire, c'est la société. »

« À Paris, c'est probablement avenue Victor-Hugo qu'il y a le moins de misérables. »

« Travailler pour gagner sa vie, c'est bien. Mais, vu qu'on n'a qu'une seule vie, à quoi ça sert de travailler deux fois plus ? »

« Nos enfants sont "de" nous. Pas "à" nous. Le pire de notre tendresse est de leur imposer l'ombilical éternel. »

« À trop vouloir polir un meuble, on peut finir par le rayer. »

« Nous devons pardonner à nos enfants. Ne serait-ce que pour les dédommager de les avoir condamnés à la douleur de nous perdre. »

« Le bonheur ne s'attend pas. Il se traque. Ce n'est pas une chasse à l'affût. C'est un jeu de pistes. On ne rentre bredouille que de ne pas l'avoir cherché. »

« L'estime de soi, c'est une petite voix qui te dit : "Tu n'as pas les qualités pour faire ça !" Et à laquelle tu réponds : "Ta gueule !" »

« La sagesse, c'est le legs à nos héritiers de l'expérience accumulée. Le seul, sans impôts, sur lequel ce sont eux qui encaisseront la plus-value. »

« Il est pour moi impardonnable de ne pas accompagner jusqu'au bout de leur vie ceux qui nous ont donné la nôtre. »

« Le temps ploie le corps inévitablement. La véritable fierté d'un homme d'honneur, c'est que ce temps n'ait pas tordu son âme. »

« Il vaut mieux éviter de mourir un peu avant de mourir vraiment. Ça pourrait te tuer. »

« Il n'y a qu'en se remettant en question qu'on peut trouver des réponses. »

« Rien n'est jamais acquis, rien n'est jamais perdu. Il n'y a pas de bonheur plus grand que de l'avoir retrouvé. »

Et un dernier pour la route. Cadeau.

> «Fais tout ton possible pour être bon, généreux, altruiste, intègre et juste. Pour aimer les autres autant que toi. Pour respecter, partager et pardonner. Et si tu y arrives, tu seras le plus heureux des hommes, la plus heureuse des femmes. Et c'est Dieu qui s'agenouillera devant toi.»

TABLE

Mise en pages :
Sylvie Denis

FSC
www.fsc.org
MIXTE
Papier issu
de sources
responsables
FSC® C123930

Impression réalisée par CPI BRODARD ET TAUPIN
La Flèche (Sarthe), en septembre 2017

N° d'édition : 3546/01 – N° d'impression : 3024985
Dépôt légal : octobre 2017

Imprimé en France